제17회
황순원문학상
수상작품집

제17회
황순원문학상
수상작품집

한정희와 나

이기호

다산
책방

수상후보작

제 1 7 회
황순원문학상

수상작가
이기호

이기호

1972년 강원도 원주에서 태어났다. 1999년《현대문학》신인추천공모에 단편 「버니」가 당선되면서 등단했다. 단편집 『최순덕 성령충만기』『갈팡질팡 하다가 내 이럴 줄 알았지』『김 박사는 누구인가?』『웬만해선 아무렇지 않다』『세 살 버릇 여름까지 간다』 등과 장편소설 『사과는 잘해요』『차남들의 세계사』가 있다. 이효석문학상, 김승옥문학상, 한국일보문학상 등을 수상했다. 광주대학교 문예창작과 교수로 재직 중이다.

수상작

한정희와 나

정희가 우리집으로 오게 된 사연은 조금 길고도 복잡하다.

이야기는 1988년 봄까지 거슬러 올라간다. 아내의 아버지, 즉 내 장인어른이 다니던 부천 춘의동 소재 한 주물공장이 사 개월 넘게 지속된 총파업과 그로 인한 고소 고발, 직장폐쇄 등의 과정을 거쳐 최종 부도가 나기까지의 이야기. 임금은 이전까지 총 육 개월 체불된 상태였고, 백이십 명에 가까운 노동자들이 퇴직금 한푼 받지 못한 채 그대로 실직자 신세로 내몰리게 된 사연들. 거기에 충남 논산 출신의 사장이 공장 부지와 자재를 은밀하게 정리하여 서울 강남구청 사거리 근처에 육층짜리 빌딩을 지었다는 소식까지…… 나는 결혼하기 전부터 또 결혼하고 난 이후에도 장인어른에게 자주 그 이야기를 듣곤 했는데, 그도 그럴 만했던 것이 그 실직 이후 아내의 가족은 단 한 번도 함께 모여 살지 못했기 때문이다. 대출을 받아 장만한 연립주택은 바로 은행에 가압류를 당했고, 이내 법원 경매로 넘어갔다. 장인어른은 급한 대로 동인천역 뒤편 쪽방 밀집 구역에 거처를 구해 장모님과 초등학교 육학년, 일학년 두 딸을 살게 했지만, 불행은 거기에서 멈추지 않았다. 동인천역에서부터 강남구청까지 매일 두 시간 넘게 지하철과 버스를 갈아타며 출근하듯 옛 사장을 만나러 다녔던 장인어른은, 그해 5월 다른 직장 동료 네 명과 함께 업무방해 및 폭력행위 등 처벌에 관한 법률 위반으로 구속되고 말았다. 숫제 사람 취급을 안 했거든, 그 사장이⋯⋯ 공장에 있을 때나 밖에 있을 때나⋯⋯ 장인어른의 옛 사장은 새로 지은 빌딩 육층에 자신의 종친회 사무실을 열고 주로 거기에 앉아 서예를 하거나, 소식지 같은 것을 만들었다. 무슨 노론 출신인가 소론 출신인가 그렇다는데, 나는 모르지, 라고 장인어른은 말끝을 흐렸다. 옛 사장은 몇 번 장인어른의 동료들과 마주칠 때가 있었지만, 뒷짐을 진 채 끔벅끔벅 먼 곳을 바라보다가 아무런 말도 하지 않고 그냥 사무실로 들어가버리곤 했다. 그러던 어느 날 장인어른의 동료 한 명이 사장의 한쪽 팔을 잡고 '아니, 무슨 말씀이라도 좀 해주셔야죠? 늘 이렇게⋯⋯'라고 실랑이를 벌이다가 그만, 후드득 사장의 양복 재킷 소매를 뜯어버리고 말았다. 그 순간, 장인어른과 동료들은 마치 그 자리에서 말라 죽은 나무들처럼 아무도 움직이지 못했는데, 그제야 처음으로, 공장이 부도난 이후 처음으로, 사장의 목소리를 듣게 되었다. '허어, 이거 날이 궂네, 날이 참 궂어⋯⋯' 사장의 양복 재킷을 뜯은 장인어른의 동료는 한동안 얼굴을 붉힌 채 그 자리에 서 있다가 무안해서 그랬는지, 그도 아니면 모욕을 받았다고 생각해서 그랬는지, 다시 사장의 멱살을 잡고 달려들었고, 그게 도

화선이 되어 사장의 운전기사와 장인어른, 장인어른의 동료들, 그리고 종친회 사무실 사람들까지 한데 뒤엉켜 건물 복도를 아수라장으로 만들어버렸다는 이야기. 1988년에, 올림픽까지 열렸던 그해에, 이게 무슨 동학혁명 이야기도 아니고…… 장인어른의 그 이야기를 들을 때마다 나는 속으로 그런 생각을 하기도 했다. 하도 많이 들어서 그런가, 아니면 너무 먼 거리의 이야기여서 그런가. 나는 고개를 갸웃거리기도 했다.

이야기는 계속 이어졌다.

장인어른이 구속된 직후, 두 딸과 살길이 막막해진 장모님은 인근 '함바집' 주방으로 일을 나가기 시작했는데, 그전에 우선 막내딸을 자신의 초등학교 동창생 집에 맡기기로 결심했다. 원래는 부평에 살고 있는 남동생이 두 딸을 모두 맡아주겠다고 나섰지만 장모님은 고심 끝에 그냥 첫째 딸만 부탁하기로 마음먹었다. 그쪽도 그해 막 결혼해 단칸방에 신접살림을 차렸는데…… 에휴, 사람이 염치가 있어야지. 장모님은 그렇게 말했다. 더구나 막내딸은 어려서부터 잔병치레가 많았고, 아토피도 심하게 앓고 있는 처지였다. 첫째 딸이야 이제 제 앞가림 정도는 스스로 할 나이여서 신경 쓸 일이 많지 않았지만, 막내딸은 사정이 달랐다. 그래서 장모님은 몇 번을 망설이다가 집 앞 공중전화로 나가 오래된 수첩에 적힌 친구의 전화번호를 꾹꾹 눌렀다. 바로 그 대목에서부터 '마석 엄마, 마석 아빠'가 처음 등장한다. 장모님의 부탁을 받고 한걸음에 달려온, 그때부터 초등학교를 마치기 직전까지 아내를 돌봐주었다는 경기도 남양주시 화도읍 마석역

인근에 살고 있던 장모님의 둘도 없는 친구, 그리고 그의 남편……
걔네가 없었으면 어쩔 뻔했을까? 장모님은 때때로 그런 생각을 해볼
때가 많았다고 한다. 살 수야 있었겠지. 어떻게든 애들도 키웠을 테
고…… 한데 나는, 나는 어떻게 됐을까? 나는 자빠지지 않고 버틸 수
있었을까? 그건 잘 모르겠더라구. 장모님은 그런 말도 덧붙였다.

　아내와 결혼하기 직전, 그러니까 지금으로부터 구 년 전에 나는 그
분들의 집을 처음이자 마지막으로 가본 적이 있었다. 국도변에 위치
한 조그마한 슈퍼 안으로 들어가 그 뒷문을 통과하자, 다시 백일홍이
있는 정원과 파란 기와를 올린 작은 단층집이 나왔다. 그곳이 바로
아내가 초등학교 시절 오 년 넘게 머물렀던 집이자, 그분들의 안채였
다. 아내가 왔다는 소식을 듣고 포도밭에 나가 있던 마석 엄마와 아
빠 두 내외분은 오토바이를 타고 돌아왔는데, 두 분 다 무릎까지 오
는 노란색 장화에 밀짚모자를 쓴 차림이었다. 마석 아빠라는 분은 키
도 크고 피부도 구릿빛이어서 어쩐지 좀 무뚝뚝해 보였지만 마석 엄
마라는 분은 어깨도 좁고 주름도 그리 많아 보이지 않았다. 마치 이
제 막 정년퇴직한 선생님처럼 보이기도 했다. 걔가 애 한 번 낳아본
적 없는 몸이잖아. 그래서 지금도 처녀처럼 몸이 호리호리해. 언젠가
나는 장모님에게 그런 말을 들은 적도 있었다.
　마석 엄마와 아빠는 아내를 보자마자 포옹을 한 채 연신 머리를 쓰
다듬어주었는데, 그 시간이 꽤 길었다. 왜 이렇게 오랜만에 왔니, 이
무심한 것아…… 마석 엄마는 아내를 안은 채 그렇게 울먹거리기도
했다. 그 모습을 옆에서 가만히 지켜보고 있자니, 왠지 나도 그 셋 사

이로 다가가 품에 안겨야 할 것만 같은, 그런 기분이 들었다. 그래서 나도 살짝 아내의 뒤로 다가가 어깨를 기대려 했는데, 바로 그 순간 그들의 포옹이 끝나고 말았다. 포옹을 마친 마석 아빠의 눈시울은 벌겋게 충혈되어 있었다.

나는 아내와 함께 마석집을 둘러보았다. 원래는 마석 엄마가 슈퍼를 운영했는데, 지금은 세를 주고 마석 아빠와 함께 포도 농사를 짓는다고 했다. 마루에는 자개 장식장과 오래된 피아노가 한 대 놓여 있었고, 그 위마다 사진 액자들이 빼곡히 진열되어 있었다. 피아노 위에는 대부분 아내 사진들이었다. 하얀색 머리핀을 한 채 활짝 핀 백일홍 앞에서 브이 자를 그려 보이고 있는 아내, 피아노 앞에 앉아 있는 초등학교 삼학년 아내, 그리고 마석 엄마와 함께 케이크 위 촛불을 끄고 있는 아내까지. 그 사진들 속 아내는 행복해 보였고, 또 생기 있어 보였다. 아내 또한 그 사실을 부인하진 않았다. 자신의 인생을 통틀어 가장 많이 웃고, 또 가장 많은 사랑을 받았던 시절이라고 했으니까. 온전히 자기 소유의 피아노를 갖게 된 것도, 크레파스 걱정 없이 그림을 그리게 된 것도, 모두 그 시절이 준 유일한 기억이라고 했다. 아내는 중학교에 입학한 이후부턴 단 한 번도 피아노를 쳐보지 못했다.

피아노 옆 자개 장식장 위에는 아내가 재경 오빠라고 부르는 남자의 사진이 놓여 있었다. 그때까지 나는 그를 단 한 번도 만나본 적 없었지만, 그렇다고 그가 누구인지 모르는 것은 아니었다. 아내가 마석을 떠나게 되자, 일 년 후 마석 엄마와 아빠가 입양한 사내아이. 고아원에서 중학교 삼학년까지 다니다가 어느 순간 부모님이 생겨버린 남자아이. 그것이 내가 그때까지 알고 있던 그에 대한 모든 것이었다. 나는 그 재경 오빠의 사진도 천천히 바라보았다. 덩치는 또래보다 조금 크고 상대적으로 눈은 작은, 장난기 많은 남자아이가 축구를 하고, 나무에 매달리고, 경주 불국사로 수학여행을 가고, 입대를 하는 시간들이 거기에 오롯이 담겨 있었다. 그리고 그때 이미 결혼을 해서 낳은 아이의 사진까지도……

마석역에서 다시 기차를 타고 청량리역으로 돌아오는 와중에 나는 아내로부터 더 많은 이야기를 듣게 되었다. 아내가 초등학교 졸업과 동시에 다시 장모님과 함께 살기로 결정되자, 마석 엄마와 아빠는 몹시 힘들어했다고 한다. 몇 년 동안 고이 키운 딸을 마치 남에게 떼어주는 심정이라고 했는데, 그래서 실제로 마석 아빠가 장인어른을 만나 간곡히 부탁하기도 한 모양이었다. 그때의 일은 장인어른도 선명하게 기억하고 있었다. 주희가 성인이 될 때까지만 그냥 우리가 키우면 안 되겠습니까? 우리 호적에 올리겠다는 게 아니고, 그냥 그 집과 우리집을 서로 왔다갔다하면서…… 마석 아빠의 제안을 장인어른은 정중하고 단호하게 거절했다. 교도소에서 출소한 후 따로 배관 기술을 배워 지방의 공사 현장을 떠돌며 일을 하던 장인어른은, 남의 집에 떼어놓은 막내딸 생각만 하면 갈비뼈 아래에 무슨 비누 거품 같은 것들이 가득 차오르는 듯 속이 더부룩하고 불편했다고 한다. 그래서 조금 무리를 해서 부천에 방 두 칸짜리 전셋집을 마련하고 서둘러 막내딸을 다시 부른 것이었다. 그래도 그때까지 막내딸을 키워준 사람들인지라 여간 조심스럽지 않았는데, 거기에서 그만 마석 아빠가 실수를 하고 만 모양이었다. 그렇게만 해주신다면 저희가 얼마 전에 땅을 하나 정리해서 마련한 돈이 있는데…… 그 말이 장인어른의 기분을 상하게 만들었고, 아내는 예정보다 일찍 부천으로 올라가게 되었다.

─너는, 너는 어땠는데?

나는 아내에게 그렇게 물었다.

─나? 나는 잘 모르겠더라구…… 엄마 아빠하고 다시 같이 사는 게 맞다고 생각이 들면서도, 마석 엄마 아빠가 내 진짜 엄마 아빠 같기도 하고…… 피아노도 계속 치고 싶고…… 여기가 더 행복한 것 같기도 하고…… 그러니까 엄마 아빠가 괜히 원망스럽기도 하고…… 뭐, 그랬지……

─마석 부모님들이 많이 힘들었겠네……

─그래서 그렇게 서둘러 재경 오빠를 입양했다나봐. 예전에 마석 엄마한테 들은 이야기인데, 구리에 있는 무슨 고아원에 찾아갔다가 거기에서 재경 오빠를 만났대. 그 고아원에서 제일 나이 많은 남자애…… 마석 아빠 말은 이왕이면 나하고 제일 닮지 않은 아이를 만나고 싶었다고…… 그게 재경 오빠였다고 하더라구.

아내는 그뒤로도 몇 번 더 마석집에 찾아갔다고 한다. 지방 공사 현장에 내려가 있던 장인어른은 싫어했지만, 장모님의 마음은 또 그렇지 않았으니까…… 무말랭이와 뜨개질한 스웨터, 숙주나물 같은 것들을 챙겨 일부러 부천에서부터 마석까지 심부름을 보낸 것이었다. 그 친구 가슴이 또 얼마나 텅 비어버렸을까. 장모님은 장바구니를 아내에게 들려주며 그렇게 말하곤 했다. 아내는 아침 일찍 마석집으로 출발했다가 밤늦게 돌아왔는데, 언제나 마석 아빠가 트럭으로 부천집 바로 앞까지 데려다주곤 했다. 그리고 그때마다 항상 재경 오빠도 트럭 조수석에 함께 탄 채 부천까지 왔다. 아내의 기억 속 재경 오빠는 친절하고 목소리가 좋은 사람이었지만, 또 한편 어쩐지 모든 것을 다 장난으로 여기고 건성건성 받아들이는, 늘 마음 한구석이 어디 다른 곳에 나가 있는 듯한 인상을 풍기는 중학교 삼학년 오빠였다. 마석 엄마와 아빠가 말할 땐 주의깊게 듣고 대답하는 것 같았지만, 손이나 발로는 항상 다른 짓을 했고, 그러다가 눈이 마주치면 물끄러미 바라보다가 이내 아무렇지도 않은 표정을 지어 보였다. 아내에게도 이런저런 것을 묻고 잘 웃어주었지만, 마석 엄마와 아빠가 자리에 없을 땐 아무런 말도 하지 않았다. 함께 먹고 있던 포도를 우물거리다가 퉤퉤, 씨를 함부로 마당에 뱉어대기만 했을 뿐. 아내는 그 모습이 꽤 오랫동안 기억 속에 남았다고 한다. 퉤퉤. 예의 없고 어쩐지 불량스럽기까지 한 포도씨 뱉는 소리.

그 재경 오빠라는 남자가 우리집에 한 번 찾아온 적도 있었다. 육년 전 가을이었나, 토요일 밤 열시쯤 누군가 초인종 대신 현관문을 거칠게 두들겨대서 나가보니 그가 서 있었다. 스포츠형 머리스타일에 통이 넓은 양복바지, 흰색 와이셔츠를 차려입은 재경 오빠. 그는 자신의 직장 후배라는 남자와 함께 찾아왔는데, 키가 껑충한 그의 후배는 허리까지 오는 커다란 박스를 들고 서 있었다. 결혼식 때 스치

듯 인사한 이후 처음 얼굴을 보는 것이었고 또 늦은 밤이었지만, 그
는 거침이 없었다. 어, 이서방. 내가 애들 깰까봐 초인종을 누를 수가
있어야지. 그는 나와 겨우 한 살 차이였지만 아무렇지 않게 말을 놓
았다. 그에게선 술냄새와 마늘 냄새가 났다. 아, 네…… 나는 조금 떨
떠름한 표정으로 그를 맞았다. 야야, 넌 그거 그쪽에 잘 내려놓고 나
가서 기다려라. 차 시동 걸어놓고. 그는 직장 후배에게도 함부로 말을
했다. 그게 그의 오래된 대화 방식인 것 같았다. 그는 근처를 지나다
가 여동생 얼굴이 보고 싶어서 찾아왔다고 말했다. 결혼한 지 몇 년
이나 지났는데 오빠라는 사람이 변변히 도와준 것도 하나 없어서 미
안하다며, 바로 박스를 풀었다. 박스에서는 물레방아가 달려 있는 계
곡 모형의 커다란 가습기가 나왔다. 계곡에서 물이 졸졸 떨어지면서
물레방아를 돌리는 가습기. 물레방아 옆에 초가집 모형도 하나 세워
져 있는 가습기. 아내가 연년생 아이들을 재우고 마루로 나오자, 그는
왜 이렇게 얼굴이 안됐냐는 둥, 이서방이 잘 안 도와주느냐는 둥, 마
치 오랜만에 며느리를 만난 시부모처럼 잔소리를 해댔다. 아내는 이
미 몇 년 전부터 마석 엄마와 전화 통화를 하면서 간간이 그의 소식
을 전해 들은 탓인지 데면데면 재경 오빠를 대했다. 그가 건강식품
사업을 한답시고 마석 아빠에게 보증을 서달라고 해서 포도밭을 모
두 날려버리게 된 사연과 이혼한 후 어린 딸을 마석 엄마에게 맡겨놓
고 생활비 한푼 보태주지 않은 일, 그러고도 또 마석집을 담보로 사
업 자금을 대달라고 부탁한 일 등등. 아내는 마석 엄마와 통화를 끝
내면 그 이야기들을 모두 내게 해주었는데, 왜 죄 없고 선량한 마석
엄마와 아빠가 말년에 이렇게 고통을 받아야 하는지 모르겠다고, 혹

시 그 모든 게 자신으로부터 비롯된 일은 아닌지, 우울한 표정으로 말꼬리를 흐리곤 했다. 그런 사정을 아는지 모르는지, 재경 오빠는 어렵고 힘든 일 있으면 언제든지 연락하라며 아내에게 명함 한 장을 내밀었다. 명함에는 '첨단부동산투자개발 투자팀장 한재경'이라고 적혀 있었다. 그는 나에겐 일주일에 한 번씩 물레방아 가습기를 수세미로 박박 닦아주라는 말을 남겼다. 그가 집밖으로 나가자마자 아내는 제일 먼저 명함부터 재활용품 통에 집어던졌다.

재경 오빠는 그로부터 사 년 후, 사기 및 배임 혐의로 징역 삼년형을 선고받고 영월교도소에 수감되었다.

말하자면 정희는 바로 그 재경 오빠의 딸이었다. 재작년 겨울, 마석 아빠가 간암 3기 진단을 받고 방사선치료에 들어가기 직전, 마석 엄마가 아내에게 전화를 걸어온 모양이었다. 마석 엄마는 한참을 주저하다가 당분간 정희를 맡아줄 수 없겠냐며 넌지시 물어왔는데, 아내는 거기에 바로 답을 하지 못하고 전화를 끊고 말았다. 마석 엄마와 아빠의 처지를 생각하면 그 옛날 그분들처럼 한걸음에 달려가는 것이 맞았지만 또 그럴 수 없었던 것이 아내의 처지였다. 아직 유치원에 다니고 있는 연년생 남매 아이들도 아이들이었지만, 아내 입장에선 내 생각 또한 묻지 않을 수가 없었을 터. 더구나 그때 당시 나는 집에 있던 서재를 큰아이의 방으로 내주고 직장인 대학 연구실로 밤마다 다시 글을 쓰러 나가던 상황이었다. 26평짜리 아파트였으니까, 나는 그게 당연하다고 생각했다. 그런 상황에서 식구가 한 명 더 늘게 된다는 것이……

─아이 생모는? 애 엄마는 아예 연락이 안 되는 거래?

　아내의 말을 듣고 나는 그 말부터 물어보았다.

　─거기도 오빠랑 이혼하고 얼마 뒤에 바로 재혼을 했다나봐. 무슨 사정이 있는지 오빠도 아이도 두 번 다시 만나고 싶지 않다는 말만 하고…… 얼마 전에 아들 낳고, 부산 어디에서 산다더라구……

　─거참……

　나는 아내의 흐트러진 앞머리를 보면서 잠깐 말을 아꼈다. 누군가가 누군가를 돌본다는 것은 마음만으로 되는 일은 아니었다. 그건 어디까지나 물리적이고 체력적인 일이었다.

　─나는 괜찮은데 당신이 문제지, 뭐…… 나야 늘 밖에서 일하는 사람이니까.

　아내는 엄지손톱으로 득득, 소리나게 식탁 모서리를 긁으며 침묵했다. 그녀는 지쳐 보였고, 또 시무룩해 보였다.

　─재경 오빠만 생각하면 나 몰라라 하고 싶지만…… 마석 엄마 아빠가 너무 안쓰러워서……

　아내는 그 대목에서 뚝뚝 눈물을 흘리기도 했다.

　─당분간만, 당분간만 그렇게 할게…… 이제 초등학교 육학년 올라가는 아이니까 손 가는 일도 얼마 없을 거야……

　그러니까 그때까지만 해도 아내도 나도 그게 정확히 어떤 의미의 일인지 잘 몰랐던 것이 맞았다. 두 아이를 키우면서도 그랬다. 한 사람을 한 사람으로 맞이한다는 것이 어떤 뜻인지, 어떤 시험이 우리를 기다리고 있는지, 잘 몰랐던 것이 맞았다. 그건 아이들을 아무리 많이 키우고 있다고 해도 저절로 알 수 있는 일이 아니었으니까. 세상에 예상 가능한 아이란 없는 법이니까……

   그런 상태에서 정희를 맞이한 것이었다.

                              *

   정희를 생각하면 언제나 한쪽 눈을 비스듬히 가린 앞머리와 핸드
폰에 연결되어 있던 빨간색 이어폰, 그리고 흰둥이 캐릭터 열쇠고리
가 달려 있는 분홍색 캐리어 같은 것들이 먼저 떠오른다. 어찌된 일
인지 목소리는 잘 떠오르지 않고 계속 그것들만 생각난다. 그게 내가
본 정희의 첫 모습이어서 그런가? 한데, 그러면 첫 목소리는? 이상하
게도 그것은 잘 기억나지 않는다.

   정희는 키가 좀 작고 통통했지만, 이목구비는 예쁘장한 소녀였다.
갑작스럽게 마석에서 우리 사는 광역시까지 오게 되어 낯설고 불안
할 법도 했을 텐데, 별다른 티를 내지 않았다. 저녁식사 자리에서 몇
번 내 얼굴을 곁눈질로 살폈을 뿐, 아내가 건네는 말에 대답도 잘했
고, 일곱 살 여섯 살 남매의 말도 안 되는 질문들에도—초등학교에
가면 정말 바깥놀이를 할 수 없는 거냐, 자기 꿈은 공주님인데 그러
면 정말 아빠가 먼저 왕이 돼야 하는 것이냐 같은—콧잔등을 찡긋
거리며 웃어주었다. 아내는 급한 대로 큰아이가 쓰는 방에 작은 조립
식 세미나 테이블을 들여놓고 정희의 책상으로 쓰게 했다. 큰아이가
평상시엔 잘 자지도 않던 자기 침대를 누나에게 절대 양보하지 않겠

다고 떼를 쓰는 바람에 좀 난감한 상황이 연출되었지만, 정희가 그냥 바닥에 요를 깔고 자면 된다고 해서 그 문제도 무난하게 해결되었다. 정희는 자신의 책상에 제일 먼저 남자 아이돌 그룹 사진을 올려놓았고('방탄소년단'이라는 그룹인데, 후에 나는 그들을 '방탕소년단'이라고 잘못 불렀다가 처음으로 정희에게 한소리 듣기도 했다), 손거울과 립밤, 로션 순으로 정리했다. 그리고 그 옆쪽에 교과서와 EBS 문제집들을 가지런히 세워두었다. 나는 아내와 함께 방문 앞에 서서 정희가 자신의 짐을 정리하는 모습을 가만히 지켜보았다. 아내는 어땠는지 몰라도, 나는 그 순간 마음이 좀 아팠는데, 이제 겨우 만으로 열두 살이 된 소녀가 낯선 곳에 자신의 짐을 푸는 심정이, 그러면서도 아무렇지 않으려고 노력하는 그 마음이 어떨까, 상상했기 때문이다. 그건 내가 경험해보지 못한 마음이었다. 더불어 나는 아내의 어린 시절을 다시 짐작해보았다. 아내 또한 내게 말로는 다 할 수 없었던 마음 같은 것들이 있었겠지, 아마 그랬겠지…… 나는 그날 자주 정희의 뒷모습과 옆에 서 있는 아내의 프로필을 번갈아가며 바라보았다.

꼭 그런 마음 때문만은 아니었지만, 나는 나름대로 정희에게 신경을 쓰고자 노력했다. 정희의 전학과 적응 문제 때문에 담임과 여러 번 통화를 하고 직접 면담도 한 차례 했다(정희의 담임은 나보다 다섯 살쯤 많은 여자 선생님이었는데, 알고 보니 나름 한국문학 애독자였다. 면담을 하던 도중 내가 작가라는 것을 알아본 선생님은 다짜고짜 나와 나란히 앉아 셀카를 찍기도 했다. 나는 뭐…… 그래서 한결 걱정을 덜었던 것도 사실이다). 남들 다 보내는 학원을 또 나 몰라라 할 수 없는 노릇이어서(거기에 가야 친구가 생긴다는 말을 들었다) 아파트 단지 앞 상가에 있는 수학학원 원장과 오랜 시간 상담을 하기도 했다. 정희만 따로 데리고 나가 뉴발란스 운동화를 사주기도 했고, 함께 스타벅스에 앉아 녹차라떼를 마시면서 이것저것 학교생활에 대해서 묻기도 했다. 정희는, 처음 한 달 동안은 내가 묻는 말에만 짧게짧게 대답했지만, 그 이후엔 그러지 않았다. 첫째 아이가 포켓몬을 너무 많이 봐서 걱정이라는 이야기, 수학학원 원장이 다른 아이를 데리고 오면 만 원짜리 문화상품권을 준다는 이야기, 고모부(정희는 나를 고모부라고 불렀다)는 작가니까 우리 오빠들(말하자면 '방탄소년단') 팬픽을 대신 써줄 수 있지 않느냐는 이야기 등은 정희가 먼저 건넨 말이었다. 정희는 글자 수보다 이모티콘이 더 많이 포함된 카톡을 내게 보내오기도 했는데, '고모부, 집에 올 때 고모가 우유 꼭 사 오래요'라는 간단한 말을 전하면서도 꼬박꼬박 컵과 젖소, 라이언과 무지 같은 캐릭터들을 잊지 않았다. 나는 그런 정희의 카톡을 보는 것이 꽤 즐거웠다.

5월 둘째 주 토요일에는 부안군 모항 근처에 있는 펜션으로 가족 여행을 떠나기도 했다. 그곳 백사장에서 조개껍데기와 작은 게들을 손가락으로 톡톡 만져보다가 다 함께 셀카봉으로 사진을 찍었다. 우리 부부가 가장자리에 서고 첫째, 정희, 막내 순으로 자리를 잡았다. 아이들은 모두 벚꽃처럼 환하게 웃었고, 정희도 계속 미소를 잃지 않았다. 나는 그 사진을 정희에게 카톡으로 보내주었고, 정희는 다시 그 사진을 같은 반 친구들이 모여 있는 그룹 채팅방에 올렸다. 지금도 핸드폰에 남아 있는 그 사진을 나는 때때로 들여다보곤 했다. 그러면

늑골 아래로 스펀지 같은 것들이 꽉꽉 채워진 것처럼 마음이 말랑말랑해지곤 했다. 물론 지금은 그렇지 않다.

정희 아빠에게선 편지가 몇 통 왔는데, 이런저런 인사도 없이 '이 서방, 내가 여기 들어온 전문가한테 들었는데, 영어는 잉글리쉬 무무라는 학원이 잘 가르친다고 하네. 동네에 그 학원이 있는가 한번 찾아봐주게. 우리 정희는 누가 가르쳐준 적도 없는데 다섯 살에 한글을 다 깨우친 아이라네' 같은 말들이 적혀 있곤 했다. 나는 정희 아빠의 그 부탁은 들어주지 않았다. 그 학원을 다니지 않는다 하더라도, 정희는 아무 문제 없어 보였기 때문이다. 수학학원 친구들과 떡볶이집도 자주 가고, 뷔페에서 하는 생일 파티에도 참석하고, 방과후 수업도 가고, 자기 나름대로 바쁜 나날을 보내고 있었다. 그러니 나 또한 아무 걱정도 하지 않은 것이 맞았다. 나중에 정희 때문에 가슴이 텅 비어버리는 일이 생기면 어떡하지? 가끔씩 그런 생각만 했을 뿐.

내가 전혀 예상하지 못한 문제가 터진 것은 그 학기가 거의 마무리되어 가고 있던 7월 초순, 방학을 삼 주 정도 앞둔 때의 일이었다.

*

정희가 '학폭위'에 회부될 것 같다는 말을 전해준 사람은 정희의 담임이었다. 전화로 하기엔 조금 긴 사정이 생겼다는 말에 찾아갔더니, 대뜸 그 얘기가 나왔다.

—학폭위요?

나는 멀뚱멀뚱한 눈으로 담임을 바라보았다.

─그게 뭐죠?

'학폭위'는 '학교폭력대책자치위원회'의 준말로, 학교 폭력의 예방 및 대책에 관련된 사항을 심의하기 위하여 각 학교에 의무적으로 설치하는 위원회를 뜻한다. 위원회 구성은 선출된 학부모 대표 5인 이상으로 위촉되고 피해 학생 보호, 가해 학생에 대한 선도 및 징계, 분쟁 조정 등을 그 주요 목적으로 한다…… 징계는 피해 학생에 대한 서면 사과, 피해 학생에 대한 접촉, 협박 및 보복행위의 금지, 학교에서의 봉사, 사회봉사, 심리치료, 출석정지, 학급교체, 전학 등으로 정해지며……

나는 담임이 내민 학교 규정집을 읽다가 심각한 표정으로 다시 물었다.

─우리 정희가…… 누구한테 괴롭힘을 당했나요?

담임은 잠깐 침묵을 지키다가 다른 서류를 내게 내밀면서 말했다.

─그게 아니라…… 정희가 가해 학생 중 한 명이라서요.

나는 뭐가 뭔지 정신이 하나도 없었다. 중학교, 고등학교에나 있을 법한 '학폭위'가 초등학교에 있다는 것도 낯설었지만, 전학 온 지 이제 겨우 한 학기도 지나지 않은 정희가 피해자가 아닌 가해자라는 것이…… 그게 더 이해가 되지 않았다.

담임이 내게 내민 다른 서류는 피해 학생 어머니가 직접 작성해서 제출한 '학교 폭력 발생 개요'였다.

1. 가해 학생들은 학기 초부터 ○○수학학원에 피해 학생과 함께 다니던 친구들로 올해 5월 카톡에 그룹 채팅방을 개설하기 전까지만 하더라도 관계가 원만한 사이였음.

2. 피해 학생에 대한 따돌림은 가해 학생 I 로부터 시작되었는데, 카톡 단체 대화 도중 피해 학생에게 '너는 우리와는 좀 어울리지 않는 것 같다'라는 말을 여러 차례 함. 이후 피해 학생만 빼고 가해 학생 6명이 따로 팸을 구성, 피해 학생에 대한 집단 따돌림을 시작함.

3. 가해 학생들은 ○○수학학원 강의가 끝나면 피해 학생이 아직 강의실에 남아 있는데도 문밖에 있는 잠금장치에 못이나 젓가락 같은 것을 꽂아놓고 그대로 달아나는 행위 등을 함.

4. 피해 학생이 가해 학생들과 관계를 회복할 마음으로 한 명 한 명에게 손편지를 작성, 전달한 바 있으나 가해 학생III, 가해 학생V 등이 학급 교탁 앞으로 나가 찢어버리는 행동을 함.

5. 가해 학생II와 가해 학생IV는 피해 학생에게 답장을 아파트 우편함에 넣어두었다고 연락함. 우편함에는 답장 대신 개 배설물을 넣어둠(CCTV 캡처 화면 첨부).

6. 가해 학생 I 은 손편지 사과 사건 이후에도 가해 학생들의 집단 행동을 부추김. 피해 학생에게 지속적으로 모욕적인 문자 발송(핸드폰 문자 수신내용 첨부).

7. 이후 피해 학생은 극심한 스트레스와 우울, 자살 충동을 겪고 현재 정신건강센터 내원 치료중(상담 소견서 첨부).

나는 서류를 넘겨보다가 핸드폰 문자 수신함 캡처 사진에서 잠깐 머물렀다.

—한데 이 찐찌버거란 말은 뭐죠?

담임이 머리를 한 번 쓸어올리면서 답했다.

—찐따 찌질이 버러지 거지요.

—아……

나는 다시 서류를 넘겨 보았다.

—그러면 우리 정희가……?

—가해 학생 I 이래요. 그래서 제가 작가님을 제일 먼저 뵙자고 연락드린 거예요.

나는 서류를 담임의 책상 위에 내려놓고 길게 한숨을 내쉬었다. 할 말은 딱히 떠오르지 않았다.

*

피해 학생은 같은 반 송미주라는 학생이었다. 초등학교 바로 옆, 3단지 임대 주공에 살고 있었고, 가족은 보험설계사이자 싱글맘인 엄마가 전부였다.

—미주 어머니께서 학교에 정식으로 말하기 전에 경찰서부터 갔다 오신 모양이에요. 그쪽 여성청소년과 학교전담경찰관이 우리 쪽으로도 연락을 해오셨고……

담임은 그러면서 다음주쯤 학교 내에 진상조사위원회가 꾸려질 예정이라고 말했다. 진상조사위원회의 의견에 따라 '학폭위' 개최 여부

가 최종 결정될 텐데, 대체로 피해 학생의 의견을 존중해주는 것이
관례라고 했다.

　—작가님, 그러니까요, 학폭위가 열리기 전에 해결을 하시는 쪽으
로…… 그게 서로에게 좋은 거 아니겠어요?

　—해결이요?

담임은 잠깐 말없이 내 얼굴을 바라보더니 무언가를 포스트잇에
적어주었다.

　—이게 그쪽 학생 주소인데…… 작가님이 한번 찾아뵙는 게 어떨
까요? 아무래도 학폭위가 열리게 되면 기록이라는 게 남게 되고 또
그러면 누구든 상처받는 사람이 생길 텐데…… 저는 담임교사로서
그런 상황까지는 안 갔으면 해서요……

　—아, 네……

나는 담임에게 별다른 말을 하지 못한 채 자리에서 일어났다. 담임
은 '제가 주소를 가르쳐드렸단 말씀은 하지 마시라'고 몇 번이나 당
부했다. 담임은 내가 교실을 나서기도 전에 다시 또 누군가에게 전화
를 걸기 시작했다.

나는 담임에게서 건네받은 주소를 지갑 안에 넣어두고, 우선 정희
부터 만나보기로 했다. 카톡을 보내니 마침 정희는 수학학원에서 나
와 집으로 가는 길이라고 했다. 학교에서 한 블록 떨어진 파리바게뜨
에서 만나자고 했더니 채 십 분도 지나지 않아 나풀나풀 뒤로 질끈
묶은 머리칼을 날리며 정희가 달려왔다. 여름이었다. 오후 세 시가 넘
어서도 여전히 해가 정수리 위에 있는 것만 같은 여름. 그늘은 짙어

지고 거미줄은 더 촘촘해지는 여름. 에어컨 바람을 쐬면 땀에 젖은 티셔츠가 섬뜩하게 느껴지는 여름.

정희와 나는 딸기빙수를 사이에 두고 마주앉았다. 정희는 자리에 앉자마자 수학학원 원장이 맨발에 슬리퍼를 신고 강의를 하는데, 엄지발가락에 난 털이 징그러워 죽겠다고 인상을 찡그리면서 말했다. 웩, 웩, 구토하는 시늉을 내기도 했다. 그건 정희가 나를 웃기고자 하는 말이었다. 나는 몇 번 웃으려고 노력했지만 잘 안 됐다. 에어컨 바람 때문인지 딸기빙수 때문인지, 팔뚝이 서늘하게 느껴져 몇 번 쓰다듬었을 뿐이다.

나는 주저하다가 미주 이야기를 꺼냈다. 담임을 만난 일도 숨기지 않았다. 말을 하면서도 계속 정희의 얼굴을 살폈는데, 정희는 스푼을 입에 문 채 바닥을 드러낸 딸기빙수만 내려다보았을 뿐, 당황하거나 긴장하진 않았다.

—걱정하실 거 없어요.

정희가 스푼을 내려놓으면서 말했다. 정희는 어이없다는 듯 짧게 웃기도 했다.

—걔가 원래 자존감 쩔어서 그런 거예요.

—자존감?

—네, 그게 다 우리끼리 연기한 거거든요, 연기. 몰래카메라 같은 거.

—아니, 정희야…… 고모부는 그게 잘 이해가 안 되는데……

—그냥 일종의 팸놀이 같은 거라구요. 따돌림받았을 때 어떤 기분인가, 누가 더 세게 나오는가, 그런 반응을 보는 거, 걔도 그거 다 알

텐데 혼자만 그렇게 예민하게……

　—정희야…… 이게 그렇게 단순한 문제가 아니고…… 네가 걔한
테 문자도 막 보냈다면서? 찐따 찌질이, 뭐 그런 거……

　—아이 참, 고모부. 그건 그냥 우리끼리 늘 하는 말이에요. 안여돼,
뭐 그런 거 같은……

　—안여돼?

　—안경 쓴 여드름 돼지요.

　—그 말도 보낸 거니?

　정희는 가만히 고개를 끄덕였다.

*

　정희의 담임을 만난 그다음다음 날 저녁, 나는 퇴근하는 길에 미주
네 집으로 찾아갔다.

　아내와는 그 문제를 두고 이틀 내내 자정 무렵까지 이야기했는데,
결론은 늘 같았다. 담임이 하라는 대로 하는 것. '학폭위'가 열리지 않
도록 해결책을 찾는 것. 다른 학부모들하고 함께 가는 게 낫지 않을
까? 그 부분에선 아내와 내 생각이 달랐다. 우르르 찾아가면 더 기분
나쁠 거 같은데…… 한 명 한 명 따로 찾아가는 게 낫지. 그게 더 효
과적이지 않겠어? 아내의 말에 나는 손바닥으로 얼굴을 한 번 문질렀
다. 가서 뭐라고 그러지? 나는 좀 막막한 심정이었다. 무조건 사과해
야지, 뭐…… 아직 어린아이들이라서 장난과 장난 아닌 것을 제대로

구별하지 못했다고, 앞으로 주의시키겠다고…… 나는 그 정도만으로는 미주 어머니를 설득시킬 수 없을 거 같았다. 저기, 말이야…… 그쪽 어머니한테 정희 사정을 좀 얘기해보는 건 어떨까? 아내는 그 의견엔 얼마 동안 침묵을 지켰다. 팔짱을 낀 채 내 얼굴을 바라보기도 했다. 당신이 상황을 봐서 판단해…… 그게 더 나을 거 같으면 그렇게라도 해야지, 뭐…… 아내와 나의 대화는 거기에서 멈췄다.

3단지는 지은 지 십오 년쯤 된, 엘리베이터가 없는 오층짜리 아파트 여섯 동으로 이루어진 단지였다. 미주네 집은 그중 407호였다. 과일이라도 사갈까 하다가 어쩐지 그 모습이 더 상처를 줄 것만 같아 빈손으로 4층까지 걸어올라갔다.

─누구세요?

초인종을 누르자 인터폰에서 피곤한 기색이 역력한 중년 여자의 목소리가 흘러나왔다.

─저는 저기…… 그러니까 미주 학생과 같은 반에 다니는 정희 고모부 되는 사람인데요……

인터폰 저편에선 짧은 침묵이 흐르더니 이내 말없이 끼릭, 끊는 소리가 들렸다.

나는 망설이다가 다시 초인종을 눌렀다.

─저기 미주 어머니, 저한테 잠깐만 시간을 내주실 수 없을까요? 잠깐이면 되는데요.

인터폰에 대고 몇 번을 그렇게 반복해서 말하자, 철컥 현관문이 열렸다.

미주 어머니는 덩치가 좀 컸는데, 이제 막 퇴근을 했는지 반팔 블라우스에 감청색 정장 바지 차림이었다. 눈이 크고 조금 돌출되어 있는 인상이었다. 언젠가 갑상선이 안 좋으면 그런 증상이 나타난다는 글을 본 적이 있었다.

—우리집 주소 누가 가르쳐줬어요? 담임 그 여자예요?

—미주 어머니, 제가 사과를 드리고 싶어서요……

—그러니까 그 사과, 학폭위에서 하시라구요. 이렇게 갑자기 남의 집에 찾아와서 사람 불안하게 만들지 마시구요.

미주 어머니는 조금도 누그러지지 않은 목소리로 쏘아붙였다.

—저희 정희가 시골에서 갑자기 친척집으로 올라오는 바람에…… 친구 관계가 많이 서툴렀나 봐요……

—친척집에 얹혀사는 애가 다른 애들 앞에서 임대 주공에 사는 거지 어쩌구 저쩌구 떠들어대요? 필요 없다구요, 돌아가시라구요!

미주 어머니는 소리나게 문을 닫고 돌아섰다.

나는 얼굴에 벌겋게 열이 오르는 것을 느끼며 그 자리에 서 있었다. 열은 올랐지만, 땀은 흐르지 않았다.

*

작가로 십오 년 넘게 살아오는 동안 나는 다른 많은 사람의 이야기를 쓰고 또 써왔다. 어수룩한 사람들의 이야기를 쓸 때도 있었고, 이 세상에 없을 것만 같은 사람들의 이야기도 썼지만, 그래도 내가 가장 많이 쓰고자 했던 것은 고통받는 사람들에 대한 이야기였다. 그걸 쓰지 않는다면 작가가 또 무엇을 쓴단 말인가? 나는 그렇게 배웠고, 그런 소설들을 되풀이해서 읽었으며, 주변에 널려 있는 제각각의 고통에 대해서, 그 무게에 대해서, 오랫동안 고민하고자 노력했다. 그걸 쓰는 과정은 단 한 번도 즐겁지 않았다. 고통에 대해서 쓰는 시간들이었으니까…… 어느 땐 나도 모르는 감각이 나도 모르게 찾아와, 쓰고 있던 문장 앞에서 쩔쩔맸던 적도 있었다. 그리고 다시 거기에서 빠져나오려고 일부러 책상 옆에서 팔굽혀펴기 같은 것을 하기도 했다. 작가는 숙련된 배우와도 같아서 고통에 빠진 사람에 대해서 그릴 때도 다음 장면을 먼저 계산해야 하고, 또 목소리 톤도 조절해야 한다고 들었는데, 그게 잘 되지 않아서 고통스러웠던 적이 많았다. 그게 잘 되지 않는 고통…… 어느 땐 내가 이해할 수 있는 고통이란 오직 그것뿐인 것 같다는 생각이 들기도 했는데, 그런 생각이 들 때면 어쩐지 내가 쓴 모든 것이 다 거짓말 같았다. 누군가의 고통을 이해해서 쓰는 것이 아닌, 누군가의 고통을 바라보면서 쓰는 글. 나는 그런 글들을 여러 편 써왔다.

내겐 환대, 라는 단어도 마찬가지였다. 나는 어느 책을 읽다가 '절대적 환대'라는 구절에서 멈춰 섰는데, 머리로는 그 말이 충분히 이해되었지만, 마음 저편에선 정말 그게 가능한가, 가능한 일을 말하는가, 계속 묻고 또 묻지 않을 수가 없었다. 신원을 묻지 않고, 보답을 요구하지 않고, 복수를 생각하지 않는 환대라는 것이 정말 가능한가, 정말 죄는 미워하되 사람은 미워하지 않는 일이 가능한 것인가, 그렇다면 죄와 사람은 어떻게 분리될 수 있는가, 우리의 내면은 늘 불안과 절망과 갈등 같은 것들이 함께 모여 있는 법인데, 자기 자신조차 낯설게 다가올 때가 많은데, 어떻게 그 상태에서 타인을 이해하고 받아들일 수 있는가…… 나는 그게 잘 이해가 되질 않았다. 나 자신이 다 거짓말 같은데……

정희는 별다른 변화가 없었다. 계속 수학학원을 다녔고, 집에 오면 소파에 앉아 하리보를 먹으면서 음악 방송을 보았다. 내게 카톡을 보내진 않았지만, 누군가에게서 전화가 걸려오면 거실 베란다로 나가 오랫동안 통화를 하기도 했다. 발을 동동거리면서 큰 소리로 웃을 때도 있었는데, 그럴 때면 나는 조금 사나운 마음이 들곤 했다. 베란다 한편에 놓인, 정희 아빠가 가져다준 물레방아가 있는 가습기와 정희의 얼굴을 번갈아가며 바라보기도 했다. 어떻게 지금 이 순간에 웃으면서 전화 통화를 할 수 있는가? 아무리 어린 나이라고 해도, 어떻게 그게 가능한가?

그런 생각이 들 때면 나는 자주 담배를 들고 집밖으로 나갔다.

*

'학폭위'가 열린 것은 8월 초순의 일이었다.

원래는 7월 말로 일정이 잡혀 있었지만 가해 학생 학부모 중 한 명이 학기말 시험을 이유로 두 차례나 연기 신청을 내는 바람에 예정보다 며칠 더 늦춰졌다. 나는 여름 양복을 꺼내 입고 정희와 함께 학교까지 걸어갔다. 걸어가면서 우리는 서로 아무런 말도 하지 않았다. 오전 아홉 시가 막 지난 시간이었지만 등줄기에선 땀이 줄줄 흘러내렸다. 인도에는 지나다니는 사람이 거의 없었고, 길고양이 한 마리만 느리게 우리 앞을 가로질러갔다. 정희는 길고양이가 사라진 화단 앞에서 잠깐 멈춰 앉아 있기도 했다.

위원회는 책임 교사가 사건의 개요를 설명하는 것으로 시작했는데, 얼마 지나지 않아 웬 남자가 손수건으로 땀을 훔치면서 불쑥 회의실 안으로 들어왔다. 모두의 시선이 그에게 쏠리자, 가해 학생Ⅲ 어머니가 자리에서 일어나 양해를 구했다. 서울에서 내려온 '학폭위' 전문 변호사인데, KTX가 연착되는 바람에 조금 늦었다는 것이다. '학폭위' 위원 중 한 명이 '변호사가 여기 참석해도 되나요?' 하고 교감에게 묻자, 변호사가 대신 대답했다. 법적으로 아무 문제 없습니다. 오히려 더 깔끔하죠. 변호사는 들고 온 가방에서 서류를 꺼내놓으면서 말했다. 미주는 계속 고개를 숙인 채 앉아 있었다.

그날, 나는 '학폭위' 위원들 앞에서 정희 아빠 얘기를 했다. 아울러 정희가 우리집에 오게 된 사정도 더듬더듬 이야기했다. 그 이야기를 하지 않고선 정희와 나의 관계를 달리 설명할 길이 없었기 때문이다. 미주와 미주 어머니, 정희와 다른 가해 학생들, 그리고 나머지 학부모들은 모두 회의실 밖에서 대기하고 있었다. 학부모 한 명 한 명씩 들어가 의견을 진술하는 순서였다. '학폭위' 위원들은 내게 더 할 말이 없냐고 물었고, 나는 아이를 제대로 보살피지 못해서 죄송하다는 말을 했다. 그 말을 하는 동안 이상하게도 계속 오른쪽 정강이가 당겼다. 하지만 그렇게 오래가지는 않았다. 그것으로 내 차례는 모두 끝났기 때문이다.

*

정희는 여름방학이 다 끝나기도 전에 우리집에서 떠났다.

학교에서 오후 늦게까지 대학원 세미나 준비를 하고 있었는데, 아내에게서 전화가 걸려왔다. 아침 일찍 수학학원으로 간 정희가 지금까지 돌아오지 않고, 연락도 안 된다는 것이었다. 나는 컴퓨터 위에 걸려 있는 벽시계를 힐끔 올려다보았다. 오후 다섯 시가 넘은 시간이었다. 곧 돌아오겠지, 뭐. 학원 끝나고 친구들하고 극장 같은 델 갔을 수도 있고…… 말은 그렇게 했지만 마음 한편이 계속 찜찜했다. 정희가 우리집에 온 이후, 그런 일은 단 한 번도 없었기 때문이다. 일을 대충 마무리하고 집으로 돌아가보니, 여전히 정희에게선 아무런 연락이 없었다. 알고 보니 그날 수학학원엔 아예 오지도 않았고, 정희를 봤다는 친구들도 한 명 없었다. 어떻게 해야 하나, 경찰에 연락을 해야 하나, 망설이고 있을 때 아내의 핸드폰이 울렸다. 마석 엄마였다.

―아니, 애가 그 먼 곳에서부터 버스를 타고 혼자 여길 왔네. 할머니 보고 싶다면서……

마석 엄마는 막 요양병원에서 돌아오는 참이라고 했다. 돌아와보니 애가 마루 피아노 의자에 기대 잠들어 있었다는 말도 함께 전했다.

정희가 우리집을 떠나기 사흘 전, 나는 학교장의 직인이 찍힌 '학폭위' 결정 통지문을 등기로 받아보았다. 결과는 가해 학생 모두 '서면 사과' 조치. 후에 아내에게서 전해 들은 바로는 가해 학생Ⅲ 어머니가 데리고 온 변호사의 활약이 대단했다고 한다. 아이들의 카톡 메시지와 메일함을 샅샅이 뒤져 미주가 예전에 했던 욕과 아이들과 함께 나눴던 수학학원 원장에 대한 험담, 미주가 먼저 머리끄덩이를 잡아당겼던 일, 미주도 함께 다른 아이를 따돌렸던 사례들을 일목요연하게 표로 정리해 제출했다고 한다. 쌍방의 잘못으로, 일상적이고 무지한 잘못으로 몰아가는 것. 그것이 변호사의 전략이었던 것 같았다. 가해 학생Ⅲ 어머니는 '서면 사과' 조치도 부당하다며 따로 재심을 청구한다는 소식이었다.

　—거 봐요, 고모부. 제가 아무것도 아니라고 했잖아요.

　정희는 내가 결정 통지문을 보여주자 대뜸 그렇게 말했다. 그러면서 '서면 사과? 그럼 사과문을 쓰라는 건가?' 하고 혼잣말을 했다. 나는 정희의 책상 옆에 말없이 서 있었다.

　—그러면 고모부. 이거 고모부가 대신 써주면 안 돼요? 고모부는 작가니까 이런 거……

　왜 그랬는지 모르겠지만, 나는 그 순간 폭발하고 말았다. 하지 않았으면 좋았을 말들과 해서는 안 되는 말들을 아이에게 하고 말았다. 말을 하는 도중에도 나는 내가 무슨 잘못을 하고 있는지 알지 못했다.

　—너 정말 나쁜 아이구나. 어린 게 염치도 없이……

*

　그후로 정희는 마석에서 다시 부산으로 거처를 옮겼다.

엄마와 함께 살게 되었다는데, 그 자세한 사정은 아내도 나도 알수 없었다. 다만 정희 엄마가 문자로 주소를 보내와 그쪽으로 정희의 남은 짐을 부쳐주었을 뿐이다. 정희의 짐을 부치고 며칠 후, 나는 큰아이 방에 있던 조립식 세미나 테이블을 분리해 베란다 다용도실에 넣었다. 그걸 뺐는데도 큰아이 방은 그리 큰 여유가 생기지 않았다. 나는 아파트 단지 앞 마트에서 작은 책장을 사와 그곳 빈자리에 들여놓았다. 책장에는 안방에 있던 아이의 동화책과 백과사전 전집을 꽂아놓았는데, 그러자 비로소 안방이 한결 더 여유로워졌다.

아내와 나는 가끔 산책을 하면서 정희 이야기를 했다. 잘 지내고 있을까? 아내가 그렇게 물어오면 그때마다 나는 잘 지내겠지 뭐, 하고 자신 없는 목소리로 대답했다. 나는 아내에게 차마 그 말은 하지 못했다. 내가 하지 않았으면 좋았을 말들과 해서는 안 되는 말들. 그 말을 들은 정희의 표정…… 그건 아내에게도 너무 가혹한 일이 될 거라고 생각했기 때문이다.

요즈음도 나는 밤마다 글을 쓰기 위해 다시 학교 연구실로 걸어나간다. 원래는 차를 타고 나갔는데, 얼마 전부턴 건강을 생각해서 백팩을 메고 걸어다닌다. 눈이 많이 내린 날이나 기온이 영하 십 도 아래로 내려간 날도 나는 빠짐없이 그 길을 걸었다. 때때로 그렇게 귀가 시리고 얼굴 전체가 쩡쩡 얼어버릴 것 같은 길을 걷다보면, 아, 어쩐지 대단한 글을 쓸 것만 같은 착각에 빠지기도 한다. 그러면서 한편이런 생각을 하기도 한다. 이렇게 춥고 뺨이 시린 밤, 누군가 나를 찾아온다면, 누군가 나에게 도움을 요청한다면, 그때 나는 그를 어떻게 맞이할 것인가? 그때도 나는 과연 그에게 손을 내밀 수 있을까?

그 생각을 하면 나는 좀처럼 글을 잘 쓸 수가 없었다.

권순찬과 착한 사람들

내가 그 이상한 남자를 처음 만난 것은 지난해 여름, 그러니까 마른장마가 이 주 이상 계속되고 있던 7월 초순의 목요일 자정 무렵이었다.

　장마 따위는 다 죽어버리라지.
　나는 그날 밤도 살고 있던 아파트 단지 정문 옆 작은 호프집에 앉아 혼잣말을 내뱉었다가 또 버릇처럼 머리카락을 쓸어올렸다가 하면서 소주 탄 생맥주를 야금야금 마셔대고 있었다. 호프집 창문 밖으론 사우나 불빛을 닮은 가로등이 하나 서 있었고, 비어 있는 공중전화 부스와 어둠에 잠겨 있는 도로 건너편 야산도 한눈에 들어왔다. 거리엔 지나다니는 사람 한 명 보이질 않았고, 테이블 네 개가 전부인 호프집엔 사십대 중반의 여주인과 나, 그렇게 단둘뿐이었다. 벽에 매달린 선풍기가 파닥거리며 내 쪽으로 고개를 돌릴 때마다 머리는 점점 더 아래쪽으로 수그러졌고, 얼굴은 불쾌하게 변해갔다.

그즈음 나는 알 수 없는 무력증에 빠져 일 년 넘게 소설 한 편, 에세이 한 꼭지 쓰지 못하고 있는 처지였다. 그건 나로서는 생경한 경험이었는데, 이상하게도 화난 사람처럼 자꾸 주먹을 움켜쥐었고, 혼자 있을 땐 책상 귀퉁이나 의자 팔걸이를 주먹으로 툭툭 내리쳤으며, 그러다보면 실제로 화가 났다. 나는 내가 왜 화가 나는지도 알 수 없었고, 그래서 화가 난 것을 주위 사람들에게 들키지 않으려고 자주 숨을 길게 들이마신 후 그대로 멈춰 있는 일을 반복했다. 그렇게 하루를 지내다가 집으로 돌아오면 온몸에서 열이 오르고 팔꿈치와 종아리가 아팠다. 그 상태에서 또 무언가 써보겠다고 한글 파일을 열면 깜빡이는 커서가 화면 아래로, 모니터 밖 방바닥으로 뚝뚝, 떨어지는 것만 같은 착시가 일었다. 나는 관절이 아예 없는 고무 인형처럼 의자에 널브러져 있다가 그대로 잠이 들곤 했다.

딱 한 번 화를 내는 것을 남에게 들켜버린 적이 있긴 있었다. 나는 팔 년째 G시에 있는 한 대학교에서 선생으로 일하고 있었다. 칠 년째 되는 해엔 동기 교수들과 함께 부교수로 승진을 했고, 학과 강의 말고도 학교 내 이런저런 위원회와 TF팀, 교수협의회와 학생상담센터 운영위원 같은 일도 함께 하고 있었다. 그건 뭐 내 또래 교수들이라면 대다수가 엇비슷하게 맡고 있는 일들이어서 별다른 불만은 없었다. 내가 지금 뭘 하고 있는 거지, 생각하면서도 엑셀 파일에 최근 삼 년간 도서 구입비 증감 현황이나 전임교원 강의 담당비율 같은 것들을 표로 작성했다. 그렇게 한참 동안 엑셀에 숫자를 기입하다보면 내가 지금 뭘 하고 있는 거지, 따위의 생각들은 잊을 수 있었다. 온전히 숫자에 몰입할 수 있었다.

회의가 많다보니 그만큼 회식도 잦았는데, 그날이 그랬다. 교육부에서 시행하는 무슨무슨 사업에 신청서를 내기 위해서 회의와 서류 검토가 방학 내내 이어지던 시기였다. 도시락을 먹으면서 밤 열시까지 회의를 하고 나서려던 순간, 교무부처장이 내 팔을 슬쩍 잡았다. 이선생, 한잔하고 가야지? 집에 가면 누가 있다고? 나는 순순히 교무부처장에게 고개를 끄덕여주었다. 나 말고도 젊은 교수 두 명이 더 교무부처장의 일행이 되었는데, 학교 근처 꼬치어묵집 앞에서 문제가 생겼다. 여기로 가지. 교무부처장이 다시 내 오른팔을 쓱 잡아당기며 말했다. 그 순간 내가 왜 그랬을까? 나는 그 자리에 우뚝 멈춰 선 채 교무부처장에게 잡힌 내 팔꿈치를 내려다보았다. 이렇게 잡아당기지 좀 마요. 내 목소리는 낮았고, 날이 서 있었다. 교무부처장과 다른 교수들이 어리둥절한 얼굴로 나를 바라보았다. 나는 멈추고 싶었으나, 그게 잘 되지 않았다. 이렇게 사람 좀 잡아당기지 말라고! 말로 하면 되지 왜 이렇게 잡아당겨! 나는 교무부처장의 팔을 뿌리치고 성큼성큼 도로에 정차해 있던 택시를 잡아탔다. 택시 룸미러를 통해 굳은 듯 그대로 서 있는 교무부처장과 다른 교수들의 모습이 보였으나, 나는 택시를 멈추지 않았다. 주먹을 쥔 채 택시 시트를 반복적으로 툭툭 내리쳤을 뿐이다. 그리고 집으로 돌아와 또다시 고무 인형처럼 의자에 앉아 있다가…… 나는 교무부처장에게 미안하다고, 몸이 좋지 않아서 신경이 날카로워진 거 같다고, 죄송하다고, 문자를 보냈다. 교무부처장은 바로 답 문자를 보내왔다. 이선생, 글 쓰는 사람이라는 걸 내가 잠깐 잊었네요. 난, 다 이해합니다. 그럴 수도 있지요. 신경 쓰지 마세요.

G시에서 내가 살고 있는 곳은 학교에서 차로 이십 분 정도 떨어진, 지은 지 이십오 년이 넘은 국도변 아파트였다. 큰방과 작은방이 있고 거실은 없는, 전 세대 동일하게 십삼 평형으로 지어진 복도식 아파트였다. 시 경계 지역에 있고, 버스도 한 시간에 한 대꼴로 다니고, 변변한 교육 시설이나 상업 시설이 없어 아파트 시세는 다른 곳에 비해 놀랄 만큼 쌌지만, 전체 백오십 세대 중 비어 있는 곳이 삼십 세대가 넘는다는 말을 듣기도 했다. 실제로 아파트 정문 옆 단층짜리 작은 상가를 제외하곤 주변에 다른 건물은 없었다. 작은 상가 건너편은 야산이었고, 야산을 지나면 비닐하우스 단지와 공장단지가 나왔다. 아파트에 사는 사람들 가운데 노인 수가 압도적으로 많았으며, 주차장에는 주로 낡은 트럭이나 택시, 오토바이 등이 세워져 있었다.

나는 그 아파트에 혼자 세 들어 살았다. 아내와 아이들은 서울에서 지냈다. 처음 G시에 내려올 때부터 그랬으니 어느새 팔 년이 흐른 것이었다. 이 주나 삼 주에 한 번꼴로 서울에 올라가 아내와 아이들을 만나고 프랜차이즈 뷔페 음식점이나 대게 전문점에서 외식을 하는 것, 그러다가 다시 일요일 오후에 아내가 싸준 밑반찬이나 속옷, 비타민 등을 챙겨 G시의 낡고 가난한 아파트로 돌아오는 것, 알 수 없는 무력증에 빠진 이후에도 나는 꼬박꼬박 그 일을 거르지 않았다. G시에서 서울로 올라가는 고속버스 안에서는 애꿎은 가족에게 화를 내지 말자고 계속 혼잣말을 했고, 다시 G시로 돌아오는 고속버스 안에서는 애꿎은 가족을 향해 속엣말로 마구 화를 냈다. 주먹으로 버스 좌석 팔걸이를 툭툭 내리치면서까지 화를 냈다.

나는 왜 자꾸 애꿎은 사람들에게 화를 내는가? 나는 왜 자꾸 애꿎은 사람들에게 화를 내려 하는가? G시의 작은 아파트 책상 앞에 앉아 나는 자주 그런 생각을 했고, 그러다가 아파트 정문 옆 작은 상가에 있는 호프집으로 나가 술을 마시는 날들이 늘어갔다. 호프집 여주인은 내가 갈 때마다 말하지 않아도 오백 시시 생맥주 한 잔과 소주한 병을 내왔고, 거기에 다시 천 시시짜리 빈 맥주잔을 내주었다. 나는 천 시시짜리 빈 맥주잔에 맥주와 소주를 섞어 마셨다. 혼자 그걸 다 마시고 나면 적당한 취기가 올랐고, 그러면 아무에게도 화를 내지 않은 상태에서, 한글 파일을 열지 않은 상태로, 잠이 들 수 있었다. 그러니까 내가 그 이상한 남자를 만난 것은 바로 그런 나날 중 하루였던 것이다.

몸을 조금 비틀거리면서 화장실을 다녀오니 호프집 창가 바로 앞 테이블에 못 보던 남자 한 명이 앉아 있었다. 팔 년째 살고 있는 덕분인지 몰라도 나는 아파트에 거주하고 있는 대부분의 사람을 알고 있었다. 이름이나 직업까진 몰라도 얼굴은 모두 눈에 익었다. 나는 그호프집에서 전직 구청 공무원인 육십대 중반의 입주민 대표와도 술을 마신 적이 있었고, 관리소장과 경비 용역업체 사장과도 눈인사를 나눈 적이 있었다. 호프집 오른편 '참좋은 마트' 사장과는 비치파라솔 아래에 앉아 담배를 나눠 피운 적이 있었고, 딸기 비닐하우스 단지에서 일하는 402호 남자와는 호프집 왼편 '란 헤어센스'에서 함께 머리

를 자른 적이 있었다. 그들은 하나같이 내게 친절했고, 무리한 부탁을
한 적이 없었으며, 모두 나를 '교수님'이라고 불러주었다.

그러니까 그 남자는 아파트 입주민이 아닌 것이 확실했다. 나는 자
리에 앉으면서 호프집 여주인을 향해 입 모양만으로 '누구?'라고 물
었지만, 그녀는 어깨를 짧게 한 번 으쓱하고 말았을 뿐이다. 나는 다
시 맥주잔에 담긴 술을 마시면서 남자의 뒷모습과, 창가에 비친 남자
의 얼굴을 간간이 훔쳐보았다. 파마를 한 것인지 원래 곱슬머리인지
알 수 없는 부스스한 머리칼과 툭 불거져나온 광대뼈, 거기에 계절에
맞지 않는 검은색 양복까지. 머리가 유달리 커 보인다고 생각했지만,
자세히 보니 그건 어깨가 지나치게 좁고 굽은 탓이었다. 호프집 조명
때문인지 취기 때문인지 몰라도, 내게 등을 보인 채 조용히 생맥주
를 마시고 있는 남자는 그냥 좀 흐릿해 보였다. 이런 표현을 쓰긴 뭐
하지만…… 남자를 보며 당시 내 머릿속에 떠오른 이미지는 '먼지 뭉
치'였다. 오랫동안 청소를 하지 않아 방구석에 머리카락과 함께 둥글
게 부풀어오른 '먼지 뭉치'. 실이라도 뽑아낼 수 있을 것만 같은 '먼
지 뭉치'. 나는 그게 좀 이상했다. 왜 사람이 사람으로 보이지 않고 유
리창에 덧댄 패널처럼, 힘없이 흩날리는 눈송이처럼 보이는 걸까? 저
남자의 무엇이 그런 것들을 떠올리게 만드는 것일까?

그러거나 말거나 나는 다시 고개를 숙인 채 남은 술을 다 마셨고,
얼마 지나지 않아 계산을 마치고 호프집 밖으로 빠져나왔다. 잠깐, 호
프집 여주인이 걱정되었지만, 별 위험은 없어 보였다. 카드 전표에 사
인을 하면서 또 한번 슬쩍 바라본 남자의 얼굴은 왠지 겁을 잔뜩 집
어먹은 듯한 표정이었다. 무언가 어떤 대상을 겁내는 것이 아닌, 아예

그 상태 자체가 표정이 되어버린 듯한 얼굴. 그래서였는지 몰라도 나는 호프집 밖으로 나오는 순간 쉽게 그 남자를 잊었고, 그 남자 발치에 놓여 있던 커다란 여행용 배낭 또한 미처 보지 못했다. 그리고 후에 내가 그 남자의 멱살을 잡고 흔들면서 화를 내게 될 것이라는 사실 또한 전혀 예상하지 못했다. 하긴, 내가 그걸 어찌 예상할 수 있단 말인가. 흩날리는 눈송이를 손아귀에 움켜쥔 채 화를 내게 될지, 그 누가 예상할 수 있단 말인가.

그것이 나와 권순찬씨의 첫 만남이었다.

*

다음날 오전, 나는 차를 몰고 출근을 하다가 다시 그 남자를 만났다. 단지 정문 출입구 옆 버스 정류장에 나와 있는 사람들이 일제히 도로 건너편 야산이 시작되는 철조망 부근 쪽으로 몸을 돌린 채 서 있는 것이 보였다. 정문 경비도 밖으로 나와 팔짱을 낀 채 그쪽을 향해 돌아서 있었다. 뭐지? 나는 차 속도를 천천히 줄이면서 유리창을 내렸다. 후끈한 7월의 공기가 차 안으로 훅 밀려들어왔다. 공장단지에서 나는 비릿한 사료 냄새도 함께 섞여들어왔다.

거기, 야산이 시작되는 버려진 땅 앞에는 소나무가 두 그루 있었는데, 그 나무들을 기둥 삼아 파란 천막이 지붕처럼 펼쳐져 있었다. 그리고 그 아래 한 남자가 돗자리를 편 채 가만히 앉아 있었다. 남자는 대자보 두 장을 합판에 붙여 들고 있었는데, 한 장은 글씨가 너무 작아 잘 보이지 않았지만, 나머지 한 장은 똑똑히 읽을 수가 있었다.

103동 502호 김석만씨는 내가 입금한 돈 칠백만 원을 돌려주시오!

붉은색 매직펜으로 큼지막하게 쓰인 그 글씨들을 읽고 나는 남자의 얼굴을 다시 한번 바라보았다. 분명 어젯밤 호프집에서 만난 그 남자가 맞았다. 부스스한 머리칼도, 검은색 양복도 그대로였다. 남자는 사람들을 향해 대자보를 높이 쳐들지도 않았고, 아파트 쪽도 쳐다보지 않은 채, 그저 가만히 고개를 숙인 상태로 앉아만 있었다. 돗자리 끝부분엔 남자의 것으로 보이는 감색 운동화 한 켤레가 가지런히 놓여 있었다.

나는 창문을 올리고 다시 차를 움직였다. 정문 경비가 내 차를 보자 인사를 했고, 나도 꾸벅 고개를 숙였다. 망신을 주려고 온 사람이었구나. 나는 핸들을 돌리면서 그렇게 생각했다. 뭐야, 그럼 어젯밤부터 저기에 저러고 앉아 있었다는 건가? 502호? 502호에 누가 살지? 저런다고 소용이 있을까? 직접 찾아가서 담판을 내야지. 나는 속도를 높이면서 그런 생각들을 하다가 이내 다시 그날 작성해야 할 서류들과 학과 취업률 따위들을 떠올렸다. 칠백만 원이든 천칠백만 원이든 남과 남 사이에 벌어진 일이었다. 내가 참견할 만한 일도, 참견할 수도 없는 일이었다. 그저 누군지 모를 사람의 망신을 한 번 보았을 뿐. 저러다가 금세 말겠지. 나는 그렇게 생각했다. 나는 학교에 도착한 후 인터넷으로 죽은 아이의 아빠가 단식을 시작했다는 기사와, 교육부에서 대학의 구조조정 로드맵을 발표했다는 기사를 차례로 읽었고,

교무처와 인재개발원 팀장들과 길게 통화를 했다. 그러다보니 어느 순간 점심시간이 되었고, 자연스레 아침에 보았던 남자를 잊을 수 있었다.

그러나 저러다가 말겠지, 했던 남자는 내 예상과는 다르게 몇 날 며칠 그 자리에 계속 앉아 있었다. 그사이 파란 천막 모서리에는 커튼처럼 얇은 비닐이 사면으로 매달렸고, 돗자리 위에는 스티로폼 두 장이 새로 깔렸다. 밤이 되면 비닐을 내리고, 스티로폼 위에 침낭을 깔고 자는 모양이었다. 그리고 다시 아침이 되면 비닐을 둘둘 말아올린 후, 합판에 붙인 대자보를 자신의 무릎 앞에 세웠다. 남자는 여전히 말이 없었고, 아파트 단지 안으로 들어오는 일도 없었으며, 아파트로 들어가는 사람들을 붙잡고 말을 거는 일도 없었다. 그는 그저 고요하게 거기에 앉아 있을 뿐이었다.

그 며칠 사이 나는 '참좋은 마트' 사장에게서 남자에 대한 사정을 좀더 자세히 듣게 되었다. 그게요, 사정이 좀 딱하게 됐더라구요. '참좋은 마트' 사장은 나를 비치파라솔 의자에 앉힌 후 음료수 한 병을 따주면서 말을 이었다. 저 사람이 어린 시절부터 부모 떠나서 어렵게 지낸 모양인데, 아, 얼마 전까지는 인천에 있는 무슨 세차장에서 일을 했다고 하더라구요. 한데, 저 사람 어머니라는 분이 몇 달 전에 갑자기 찾아와서는 자기가 빚을 졌으니 조금 도와달라고 하면서 계좌번호를 놓고 간 모양이에요. 알고 봤더니 이 사람 어머니라는 분이 사채를 쓴 모양인데…… 추어탕집 주방에서 일했다나 어쨌다나. 뭐 아무튼 거기에서 일하다가 관절염 때문에 그만두고 철없이 사채를 썼나 봐요. 처음에 이백만 원을 빌린 게 금세 사백만 원이 되고 육백만 원이 되고 칠백만 원까지 된 모양이에요. 그러니 덜컥 겁이 났겠죠. 그래서 할 수 없이 오래전부터 왕래가 없던 아들을 찾아간 모양인데…… 남자도 선뜻 돈을 보내진 못한 모양이에요. 당장 그만한 돈을 마련하기도 어려웠겠지만, 뭐 안 봐도 뻔한 거 아니겠어요? 거 왜 섭섭하고 원망 같은 게 없었겠어요. 딱 봐도 해준 것도 없는 어머니 같은데, 갑자기 찾아와서 도와달라고 하니…… 아무튼 그래도 이 사람이 몇 달 뒤에 그 계좌로 돈을 넣은 모양이에요. 군소리 없이 칠백만 원 전부.

'참좋은 마트' 사장은 그 대목에서 잠시 말을 끊었다. 언제부터인가 '란 헤어센스' 여사장도 우리 옆에 와서 자리를 잡고 앉아 있었다. 매미가 울고, 날파리가 많은 여름 저녁이었다.

한데, 여기서부터가 더 안타까운 얘기인데…… 그사이에 저 사람 어머니도 그 돈을 갚았다는 거예요. 살고 있던 방 보증금도 빼고 여기저기 아는 사람들한테 조금씩 융통도 하고…… 그리고 그 돈을 갚고 얼마 뒤에 바로 돌아가셨대요. 저 사람이 말은 안 하는데 아마도 스스로 목숨을 놓은 모양인데…… 그러니까 결과적으로 사채업자에게 돈이 두 번 들어간 거죠. 저 사람이 한 번, 저 사람 어머니가 한 번…… 저 사람, 얼마 전 어머니 장례를 뒤늦게 치르고 곧장 여기로 내려온 모양이에요.

그걸 저 남자가 다 얘기했어요?

나는 도로 건너편 남자를 슬쩍 바라보며 '참좋은 마트' 사장에게 물었다.

뭐 대충 그랬다나봐요. 여기 사는 어르신들이 한 분 두 분 지나다니면서 말을 걸고 말을 들어보니 대강 그런 사연이더래요.

그런데 김석만이 누구지? 502호? 502호에 그런 사람이 살았나?

'란 헤어센스' 여사장이 물었다.

있긴 누가 있어? 우리 아파트에 사채업 하는 사람이 어디 있다고. 왜 거 유모차 할머니 있잖아…… 그 할머니 아들이래. 그 아들이 주소지를 여기로 올려놨다나봐.

유모차 할머니라면 나도 얼굴을 알고 있었다. 새벽, 신문이 올 시간이면 어김없이 유모차에 의지해 공장단지로 폐지를 주우러 가는 할머니. 눈썹 끝에서부터 귓불 근처까지 검버섯이 피어 있는 할머니. 유모차 없이는 제대로 걷지도 못하는 뚱뚱한 할머니.

아니, 그러면 그 할머니 통해서 연락하면 되잖아? 아무리 사채업자라도 돈이 두 번 들어간 거까지 나 몰라라 하진 않을 거 아니야?

'란 헤어센스' 여사장 말에 '참좋은 마트' 사장이 담배를 꺼내 물으면서 대답했다.

관리소장 말이 할머니도 아들 연락처를 모른대요. 한 사 년 전인가, 설날에 잠깐 얼굴을 비친 이후론 코빼기도 안 보였대요. 뭐 교도소에 갔다는 말도 있고, 경찰에 쫓기는 중이라는 말도 있고…… 아이고, 그러니까 더 안타깝다는 거 아니에요. 저 남자도 안됐고, 유모차 할머니도 불쌍하고…… 이 할머니가 저 남자 저러고 있는 뒤부터는 밖으로 나오지도 않아요. 폐지 안 주우면 제대로 살 수도 없는 할머니가……

나는 '참좋은 마트' 사장 말을 다 들은 후에도 별다른 반응을 보이

지 않았다. 담배 필터를 몇 번 툭툭 비치파라솔 탁자 위에 두들기다
가 슬그머니 비닐봉지에 담긴 생수와 치약을 들고 집으로 돌아왔다.
집으로 돌아와서는 라면을 끓여 먹었고, 신문을 펼쳐놓고 발톱을 깎
았으며, 서울에 있는 아이들과 짧게 통화를 하기도 했다. 날이 너무
무더워 에어컨을 켤까 하다가 그냥 샤워를 했다. 샤워를 하면서 나는
남자 생각을 했다. 양복 재킷이라도 좀 벗고 있지. 이제 다 아니까 그
거라도 좀 벗고 있지. 나는 머리에 샴푸 거품을 내면서 그렇게 중얼
거렸다. 남자는 어머니 대신 칠백만 원을 보내기까지 어떤 시간을 보
냈을까? 돈을 보낸 뒤에는 왜 바로 어머니한테 연락을 하지 않았던
것일까? 나는 남자가 돈보다는 자신에게 느닷없이 찾아온 죄책감을
어쩌지 못해 저러고 있는 것이라고, 어쩔 수 없는 것이라고, 저러고
있는 시간을 보낼 수밖에 없는 것이라고 생각했다.

　샤워를 마친 후, 나는 다시 한글 파일을 열어놓고 컴퓨터 책상 앞
에 앉아 있다가 채 삼십 분도 지나지 않아 슬리퍼를 끌고 어기적어기
적 호프집으로 걸어나갔다. 남자는 계속 거기에 앉아 있었지만, 나는
가급적 그쪽을 바라보지 않으려고 노력했다. 타닥타닥. '참좋은 마트'
차양 아래 설치해놓은 형광색 해충 퇴치기에서 요란한 소리가 들려
왔다. 장마 없는 여름밤은 무덥기만 했다.

*

　7월이 다 가고 8월 중순에 이를 때까지도 남자는 계속 그 자리를
지키고 앉아 있었다. 그사이 양복을 벗고 흰 면티와 베이지색 칠부바

지로 갈아입었다는 것이 그나마 남자의 달라진 점이라면 달라진 점
이었다. 남자는 중간중간 딸기 비닐하우스 단지 근처에 있는 약수터
까지 물을 길으러 가기도 했으며, 때가 되면 아파트 단지를 등지고
앉아 휴대용 가스버너로 밥이나 라면을 끓여먹기도 했다. 그러고 나
선 다시 아파트 단지를 향해 대자보 판을 들고 앉아 있었다. 남자의
얼굴은 조금 까무잡잡하게 변했고, 그래서 그런지 광대뼈는 더 도드
라져 보였다.

광복절 다음날이었던가, 아침에 나가보니 남자도, 천막도 사라지
고 없었다. 그래서 나는 아, 이제 다 끝났구나, 남자도 지쳤구나, 생각
했다. 하지만 오후에 담배를 사러 나가다 보니 다시 천막이 쳐져 있
고 남자가 앉아 있는 것이 눈에 들어왔다. 저 양반 취직도 했대요. '참
좋은 마트' 사장이 턱으로 남자를 가리키며 말했다. 우리 단지에 사는
경비 용역업체 사장이 저쪽 봉선동 아파트 지하 주차장 청소 일을 소
개시켜주었다나봐요. 월수금 오전에만 일하고 한 달에 오십만 원씩
받는 조건으로. 나는 그래요? 잘됐네요, 라고 짧게 대답했다. 한데, 저
양반 웃긴 게, 출근할 때마다 저 천막 다 걷고 나갔다가 돌아와서 다
시 치고 그러는 거 있죠. 이사 갔다가 들어오고, 다시 이사 갔다가 들
어오는 사람처럼. 나는 말없이 고개를 끄덕거려주었다. 스티로폼은
요? 그건 갖고 나가기가 힘들 텐데. 그건 저기 경비 아저씨한테 맡기
는 모양이에요. 저 아저씨가 김치도 몇 번 갖다주더라구요.

한번은 호프집에 나갔다가 아파트 입주민 대표와 경비 용역업체
사장, 관리소장과 함께 앉아 있는 그를 보기도 했다. 사람들은 내가

호프집에 들어서는 것을 보자 인사를 건넸고, 교수님도 이쪽에 같이 앉으시죠, 라고 권하기도 했다. 나는 그들에게 살짝 고개를 숙이고 그냥 그들 뒤 테이블에 앉았다. 호프집 여주인은 바로 생맥주와 소주를 내왔다.

권순찬씨, 우리가 다른 뜻 때문에 이러는 건 절대 아니에요. 그러니까 오해하지 말아주었으면 좋겠어요. 여기 있는 사람들 다 같은 마음입니다.

입주민 대표의 굵고 낮은 목소리는 얇은 나무판으로 만든 테이블 칸막이 너머로 선명하게 들려왔다. 그래서 나는 남자의 이름이 권순찬이라는 것을 비로소 알게 되었다.

권순찬씨 사정 딱한 것도 잘 알고요, 뜻도 잘 알겠어요. 한데 여기서 이런다고 해결되는 건 없잖아요?

이미 알고 있겠지만 502호엔 그 사람이 안 살아요. 불쌍한 할머니 한 분만 사시지.

입주민 대표와 경비 용역업체 사장, 관리소장이 돌아가면서 말을 했지만, 남자는 묵묵부답이었다. 호프집 여주인이 무언극 배우처럼 남자 쪽을 가리키며 가슴을 팡팡 치는 시늉을 해서 나는 씨익, 한 번 웃어주었다.

그쪽 관리소장이 권순찬씨 칭찬을 많이 하더라구요. 성실하고 청소도 아주 잘한다고.

권순찬씨 때문에 우리가 불편한 건 전혀 없어요. 권순찬씨가 우리에게 피해를 입히는 건 아무것도 없으니까요. 이건 진짜 순수하게 권순찬씨 개인을 위해서 드리는 말이에요.

입주민 대표는 그러면서 남자에게 자신이 책임지고 김석만이라는 사람이 나타나면 꼭 연락을 주겠다고, 그것도 안심이 안 되면 자신의 연락처를 적어가도 좋다고, 그러니 거기에서 그러지 말고 거처를 구하거나 인천으로 돌아가는 게 어떻겠냐고 말했다.

여기 사는 사람들이 다 형편이 뻔하고 어려운데…… 그래도 다 착한 사람들이에요. 저쪽 102동 203호에 혼자 사는 할아버지가 한 분 계신데, 정 그러면 당분간 당신 작은방을 내줄 테니 거기에서 지내도 좋다고, 젊은 사람이라도 한데에서 자면 큰일난다고 꼭 전해달래요. 여기 사는 사람들 다 같은 마음이라니깐요.

나는 더이상 술을 마시면서 그 자리에 앉아 있으면 안 될 것 같은 기분이 들었다. 그 남자 때문이 아니고 입주민 대표나 관리소장, 경비 용역업체 사장 때문에 그랬다. 지갑을 챙겨 일어서는데 관리소장이 나를 보고 말을 걸었다.

교수님도 한말씀 해주시죠.

나는 어정쩡하게 테이블 앞에 선 채 제가 무슨…… 하면서 뒤통수를 긁적거렸다. 그 순간 짧게 그 남자, 권순찬이라는 사람과 눈이 마주쳤다. 그는 마치 죄를 지은 사람처럼, 그러나 자신이 지은 죄가 무엇인지 모르는 사람처럼, 두 눈을 끔벅거리면서 관리소장 옆에 앉아 있었다. 나는 정말 할말이 없었다. 내 말보다 입주민 대표나 관리소장, 경비 용역업체 사장의 말이 그에게 더 도움이 될 것 같았다. 나 또한 그를 안타깝게 생각하긴 했지만, 그렇다고 아파트의 작은방을 내주거나 일자리를 알아봐줄 만큼 성의를 갖고 있지는 않았다. 안타깝지만 성가신 것. 그것이 그때 내 솔직한 마음이었다. 나는 그들에게 다시 한번 고개를 숙이곤 호프집을 빠져나왔다.

*

안 써도 좋고 쓴다 해도 그만인 그와의 일화 하나를 여기에 적어놓자면…… 이학기가 시작되고 얼마 지나지 않아서인가 권순찬씨와 나, 단둘이서 호프집에 앉아 술을 마신 적이 딱 한 번 있었다.

학생들과 술을 마신 후 택시를 타고 집으로 돌아왔는데, 아파트 단지 정문을 막 들어서려던 나를 그가 불러 세웠다.

저기…… 교수님이시죠?

그는 맨발에 운동화를 신은 채 도로를 뛰어 건너왔다. 평상시 앉아 있는 것만 봐서 잘 몰랐는데, 그는 오른쪽 다리를 조금 절었다. 손에는 A4용지 두 장이 들려 있었다.

죄송한데…… 이것 좀 봐주시면 안 될까요……

남자는 내게 종이를 내밀면서 말했다. 남자의 목소리는 얇은 철삿줄이 울리는 것처럼 여렸고, 몸에선 쉰내가 났다. 종이엔 남자가 대자보에 옮겨 쓸 내용이 적혀 있었다. 2014년 6월 3일 하나은행 권순찬 계좌로부터 일금 칠백만 원을 국민은행 김석만 명의 계좌로 이체하였고, 다시 6월 25일 권순찬의 모친 김복순의 농협 계좌로부터 일금 칠백만 원이 국민은행 김석만 계좌로 또 한번 입금……

나는 종이에 적힌 문장들을 가로등 불빛에 의지해 읽어나가다가 말고 남자에게 물었다.

한데, 이걸 왜 저에게……?

저기…… 맞춤법 좀 봐주셨으면 해서요…… 이게 틀린 게 없이 정확해야 하거든요……

나는 말없이 남자의 얼굴을 바라보다가 그를 데리고 호프집으로 들어갔다. 그리고 가방에서 빨간색 플러스펜을 꺼내 남자의 문장을 하나하나 고쳐주었다. 취기가 조금 올랐지만 나는 정신을 집중하려고 노력했다.

문장을 다 고친 뒤엔 남자와 소주를 탄 생맥주를 한 잔씩 나눠 마셨다. 나는 남자에게 입주민 대표나 다른 사람들이 했던 말들을 또 한번 건네진 않았다. 우리는 말없이 그저 술만 마셨을 뿐이다. 전작이 있었던 나는 어느 순간부터 그만 정신을 놓아버렸는데, 그래서 남자와는 더더욱 다른 말을 할 수가 없었다. 다만 남자와 함께 호프집을 나선 후, 아파트 단지 정문 입구에 서서 이런 말을 나누었던 기억만은 어렴풋이 남았다.

저려요?

나는 몸을 제대로 가누지 못하면서 남자에게 물었다.

네?

그 다리, 계속 앉아 있어서 저리냐고요?

아, 이거요. 아니에요…… 원래부터 좀 절었어요. 어렸을 때 다쳐서.

어쩌다가 그랬는데요?

그냥…… 어릴 때 뒷산에서 놀다가 떨어지는 바람에…… 그때 뼈에 이상이 생겼는데 아버지가 믿어주질 않더라구요. 아무리 아프다고 해도…… 그렇게 두 달 정도 지났더니 이렇게 되더라구요.

어머니는요? 어머니한테라도 말해보시지……

그땐 어머니가 돌아가셨을 때라……

네? 뭐라고요? 지금 어머니 돈 찾으려고 이러는 거 아니었어요?

맞아요…… 새어머니……

*

추석 연휴가 지나고 10월에 접어들 때까지도 남자는 계속 그 자리
를 지키고 앉아 있었다.

늦더위가 남아 있다고는 하나 아침저녁으론 한기가 느껴져 보일러
를 실온으로 가동시키고 따뜻한 커피를 손에 쥐고 있는 날들이 늘어
가는, 그런 계절이 돌아온 것이었다. 오후엔 황사 섞인 바람이 불어올
때가 잦았는데, 그런 날이면 남자의 천막 비닐 끄트머리에 묵직한 돌
덩이가 정면 후면 가지런히 놓여 있기도 했다. 바람은 비닐이, 한기는
스티로폼이 막아준다고 하지만, 가로수가 헐거워지고 하늘이 높아갈
수록 그의 천막을 바라보는 마음은 상대적으로 점점 더 무거워져갔
다. 더운 국을 먹을 때나 따뜻한 물로 샤워를 할 때, 그러지 않으려고
하는데도 저절로 남자 생각이 났다. 어렸을 때 키우던 고양이가 가출
했던 기억이 새삼 떠오르기도 했고, 군 시절 혹한기 훈련을 하면서
보았던 은하수와 언 강물 같은 것들이 뒤죽박죽 계통 없이 떠오르기
도 했다. 늑골에 자잘한 돌무더기가 우르르 굴러다니는 듯한 기분도
들었다.

그런 기분은 비단 나뿐만은 아니었는지, 10월 첫째 주엔 아파트 엘리베이터 옆 게시판에 특별 모금을 한다는 안내문이 나붙었다. 딱한 사정에 처한 502호 할머니와 단지 정문 건너편 남자를 위해 작은 정성을 모으자는 취지의 안내문이었다. 입주자 대표 명의로 작성된 그 안내문엔, 해마다 연말에 실시했던 불우이웃 돕기 성금을 올해는 이것으로 갈음한다는 내용도 적혀 있었다. 안내문이 나붙은 지 사흘 뒤엔 반장 회의를 한다는 공고문이 그 옆에 내걸렸고, 그로부터 다시 이틀이 지난 후엔 반장이 집집마다 돌아다니면서 성금을 걷었다. 만 원씩 내는 것으로 했는데, 나는 십만 원을 냈다. 반장은 내 돈을 건네받으면서 실은 자기도 오만 원을 냈다고 콧잔등을 찡긋거리면서 말했다.

　금세 모을 것 같았던 칠백만 원은 그러나 쉬이 모이지 않는 모양이었다. '참좋은 마트'에 들를 때마다 나는 사장에게서 지금 얼마가 모였고, 얼마가 모자라다, 약수터에 드나들던 사거리 약국 약사가 백만 원을 선뜻 내놨다, 구의원하고 구청 직원들도 얼마를 내놨다고 하더라, 입주민 대표가 이곳저곳 뛰어다니면서 애를 쓰는 모양이다, 라는 말을 들을 수 있었는데…… 그래서인지는 몰라도 전처럼 호프집에 거리낌없이 드나들기가 어려웠다. 혼자 술을 마시고 있노라면 어쩐지 무슨 잘못을 저지르고 있는 듯한 기분이 들었고, 비정한 사람이 된 것만 같은 찜찜함이 계속 머릿속을 맴돌았다. 나는 몇 번이고 호프집으로 내려가려던 마음을 다잡고 집에서 그냥 캔맥주를 마시거나 그도 아니면 그냥 아무것도 마시지 않았다. 마시지 않을 수 있었다.

그 덕분인지 몰라도 나는 한글 파일에 무언가 조금씩 적어나갈 수 있게 되었다. 무력증은 여전했고, 나도 모르게 주먹을 움켜쥐는 일들 또한 비일비재했지만 그래도 그때마다 숨을 길게 내쉬면서 문장을 써보려고 노력했다. 떠오르는 이야기마다, 그것이 말이 되든 되지 않든 포스트잇에 휘갈겨 일단 컴퓨터 책상 뒷벽면에 물고기 비늘 모양으로 길게 붙여놓기도 했다. 학교에서의 생활도, 가족에게 보여주는 모습도, 별 이상은 없지 않은가. 소설만 쓴다면, 문장과 문장을 이을 수만 있다면, 이 모든 것들을 무사히 유지할 수 있을 것만 같았다. 기꺼이 그렇게 돌파할 수 있을 것만 같았다.

무엇이 잘못됐는지도 모른 채, 나는 그렇게 계속 자리를 지키려 꾸역꾸역 애를 썼던 것이다.

*

칠백만 원이 다 모인 것은 11월 초순의 일이었다.

성금을 전달하기 하루 전, 나는 '참좋은 마트'에 라면을 사러 갔다가 그곳에 모여 있던 입주민 대표와 여러 사람들을 만날 수 있었다.

막판에 502호 할머니가 사십칠만 원을 냈대요. 그래서 칠백십만 원이 조금 넘게 모였대요.

'참좋은 마트' 사장은 내게 귓속말로 그렇게 전해주었다.

자, 그럼 이 돈을 어떻게 전달해줄까요?

입주민 대표가 사람들을 쭉 한 번 둘러보면서 말했다. 나는 라면을 고르는 척하면서 창문 너머 권순찬씨를 힐끔 바라보았다. 처음 이곳에 왔을 때 보았던 검은색 양복 위에 초록색 패딩 점퍼를 새로 걸쳐입은 그는, 자신의 옆구리를 주먹으로 통통 쳐대면서 그 자리에 그대로 앉아 있었다. 길게 하품을 하기도 했고, 대자보 판을 다시 바르게 고쳐 세워놓기도 했다.

제가 아는 지방신문 기자가 한 명 있는데요, 내일 부를까요?

누군가 그렇게 말하자 입주민 대표가 손사래를 쳤다.

정중하게 합시다, 정중하게. 이건 정확하게 말하자면 저 남자를 돕는 게 아니고 502호 할머니를 우리가 도와드리는 거예요. 저 남자는 받을 돈을 받는 거구요.

입주민 대표가 말하자 아무도 이의를 제기하지 않았다. 나 또한 그의 말이 맞다고 생각했다.

아, 그래도 저 남자하고 정이 참 많이 들었는데…… 뭘 한 것도 없지만 몇 달 동안 매일매일 얼굴 보고 인사했는데……

그나마 첫서리 내리기 전에 일이 이렇게 돼서 얼마나 다행이에요. 저러다가 겨울 맞으면 큰일나죠.

502호 할머니는 나서지 않을 거 같으니까 우리가 직접 전하는 거로 하죠. 뭐, 절차가 따로 필요 있나요?

나는 거기까지만 듣고 '참좋은 마트'를 나섰다. 바로 집으로 들어가려다가 말고 걸음을 멈춘 채 뒤돌아 남자를 한 번 바라보았다. 남자는 대자보 판을 아예 양팔로 끌어안은 채 꾸벅꾸벅 졸고 있었다. 남자는 이제 어디로 가게 될까? 인천으로 돌아가겠지. 나는 남자의 인천 거처가 그때까지도 무사히 남아 있기를 바라보았다. 거기까지가 내가 남자를 위해 할 수 있는 전부라고 생각했다.

후에, 호프집 여주인으로부터 전해들은 이야기에 따르면, 다음날 그 남자는, 권순찬씨의 행동은, 편지봉투에 정성껏 오만 원권 지폐로 칠백만 원을 마련해간 아파트 입주민들을 충분히 당혹스럽게 만들었다고 한다.

입주민 대표는 여비조로 따로 이십만 원이 든 편지봉투도 들고 갔고, 신문기자를 부르진 않았지만 '참좋은 마트' 사장이 스마트폰으로 그 모든 과정을 동영상으로 남기기로 했고, 사람들은 남자와 일일이 악수를 하고 박수를 칠 생각이었으며, 기꺼이 남자의 천막 철거 작업을 도울 작정이었지만⋯⋯

하지만, 남자는 사람들의 그 모든 선의를 거부했다.

저는 이 돈을 받을 수가 없습니다.

남자는 그렇게 말하고 다시 대자보 판을 잡고 제자리에 앉았다.

아니, 권순찬씨. 이게 우리가 다른 뜻이 있는 게 아니고요, 502호 할머니 대신해서 전해드리는 겁니다. 여기 502호 할머니 돈도 포함되어 있어요.

입주민 대표가 그렇게 말했지만, 남자는 요지부동이었다.

저는 원래 그 할머니한테 돈을 받을 생각이 없었습니다. 저는 김석만씨를 만나러 온 거예요. 그 사람을 직접 만나서 일을 해결하려고요⋯⋯

모여 있던 사람들의 탄식이 흐르고 몇 번의 실랑이가 더 오갔지만, 남자는 뜻을 굽히지 않았다. 그는 아무 일 아니라는 듯 천연스럽게 스티로폼 위로 올라온 모래를 손바닥으로 쓸어내리기도 했다.

그만 갑시다! 사람들의 성의를 원 저렇게 무시해서야……

누군가 그렇게 외쳤고, 사람들은 하나둘 단지 정문 쪽으로 다시 되돌아왔다. 그것이 내가 전해들은 그날 일의 전부였다.

아파트엔 그가 칠백만 원에 대한 이자를 받으려 한다는 소문이 돌기 시작했다.

*

그날 이후, 입주민 대표는 나를 따로 두 번 찾아왔다. 구청 계장으로 정년퇴직한 이 사내는, 재작년 암으로 아내를 잃은 사람이었다. 아들이 두 명 있는데 지금은 모두 서울에서 직장생활을 하고 있다고 들었다.

입주민 대표는 내가 서재로 쓰고 있는 방 한가운데 책상다리를 하고 앉아 한참 동안 엄지와 검지로 자신의 미간을 누른 채 말이 없었다. 나는 그가 입을 열 때까지 아무 말 없이 기다려주었다.

우리가 뭘 잘못한 걸까요?

그가 중저음의 목소리로 내게 물었다. 나는 아니라고, 대표님이 애많이 쓰신 거 잘 알고 있다고 말해주었다. 실제로 나는 그렇게 생각하고 있었다. 나는 그의 선의를 의심하지 않았고, 그래서 그가 느꼈을 씁쓸함이나 허탈함도 이해할 수 있었다. 아무리 따져봐도 입주민 대표가 잘못한 일은 없는 것 같았다. 그게 맞았다.

사람들 인식이 점점 안 좋아지고 있어요. 원래 안 그러던 사람들인데……

나는 입주민 대표의 말에 가만히 고개만 끄덕거려주었다.

이교수님은 혹시 다른 생각이 있으신지……?

입주민 대표는 나에게 그렇게 물었다.

제가 무슨…… 저도 똑같죠, 뭐……

날도 더 추워지는데…… 저러다가 사고나 나지 않을까, 걱정입니다.

네, 그러게요……

입주민 대표는 잠시 뜸을 들였다. 나는 그 대목에서 그가 나를 찾아온 진짜 이유를 짐작할 수 있었다. 입주민 대표는 그 짐작 그대로 내게 말을 꺼냈다.

저기, 이교수님이 권순찬씨를 한번 만나보시는 게 어떨까요? 아직 돈도 저한테 있는데……

제가요? 제가 만난다고 딱히……

그래도 해볼 때까진 해봐야죠. 이교수님도 설득하고, 저도 설득하고, 관리소장님도 찾아가보고, 뭐 그러는 수밖에 없지 않겠어요?

나는 잠깐 말없이 손가락으로 방바닥에 의미 없는 그림을 그렸다. 나는 입주민 대표도 종류는 다르지만 나와 같은 무력증을 겪고 있는 게 아닐까, 잠시 그런 생각을 하기도 했다.

나는 그에게 노력해보겠다고 말하고 대화를 끝냈다.

입주민 대표의 말 때문인지 몰라도 나는 퇴근을 할 때마다 그를 만나러 가야 한다는 부담감에 시달렸다. 차를 주차하고 바로 집으로 들어가선 안 된다고, 어디선가 사람들이 내가 권순찬씨를 만나기를, 내 걸음이 어디로 향할지 지켜보고 있을 거라고, 그런 생각들이 계속 따라다녔다. 실제로 나는 차를 주차하고 곧장 집으로 들어가지 않고 몇 번 다시 아파트 정문 앞까지 걸어나오기도 했다. 하지만 그 이상 더 나아가지는 못했다. 그를 설득할 자신도 없었지만, 왜 내가 그를 설득하려고 노력해야 하는지 그 이유를 알 수 없었다. 이유를 알 수 없는 일에 시달리고 신경을 쓰자니, 다시 무력감이 찾아오고 다시 화가 나는 기분이었다. 나는 아파트 정문 옆에 한참 동안 주먹을 움켜쥔 채 서 있다가, 이유 없이 상체를 앞뒤로 까딱까딱거리며 앉아 있는 그를 바라보다가, 말없이 집으로 돌아오는 일을 반복했다.

그리고…… 나는 다시 또 호프집에 나가기 시작했다. 아무 거리낌 없이.

*

12월에 접어든 이후, 그의 천막은 구청 공무원들에 의해 세 번 철거를 당했다. 누군가 신고를 한 모양이라고, '참좋은 마트' 사장이 말해주었다.

그냥 가만히 보고만 있던데요.

구청 공무원들이 가위로 소나무에 연결된 끈을 자르고 바닥에 깔려 있던 스티로폼을 반으로 꺾어 트럭에 실을 때도 그는 얌전히 한쪽에 서 있기만 했다고 한다. 구청 공무원들이 떠난 후에도 한동안 대자보 판을 들고 멀거니 인도 턱에 앉아 있던 그는 이틀씩, 사흘씩 자리를 뜨기도 했다. 그러곤 다시 나타나 천막을 치고 스티로폼을 깔고 대자보 판을 들고 앉았다. '참좋은 마트' 사장 말에 따르면 월수금 오전에만 나가던 지하 주차장 청소 일도 이미 보름 전에 그만둔 모양이라고 했다.

세번째 철거를 당한 이후 그는 다시 천막을 치지 않았다. 대신 어디선가 휴대용 낚시 의자를 구해와 조용히 그곳에 앉아 있기만 했다. 대자보 판은 언제나처럼 그의 무릎 앞에 세워져 있었다. 그리고 밤에는…… 박스를 얼기설기 연결해 직사각형으로 만든 후, 그곳에 들어가 잠을 잤다. 바닥엔 무엇을 깔았는지 알 수 없었지만, 분명 그는 그 안에 들어가 잠을 잤다. 관처럼 생긴 박스 안에서…… 바닥엔 마찬가지로 박스가 깔려 있었겠지…… 그 위에 침낭을 깔고 잠을 잤겠지…… 아파트 주민 모두가 숨죽인 채 그의 행동을 하나하나 훔쳐보고 있는 눈치였지만, 다들 서로 그런 말은 하지 않았다. 그런 내색도 비치지 않았다.

G시에 첫눈이 내리던 날, 나는 호프집에서 술을 마시다가 충동적으로 문을 열고 나가 도로를 건넜다. 눈 때문이었는지 주위는 환했고, 가로등 불빛은 더 흐려 보였다. 눈 쌓인 야산의 경계는 선명했고, 야산 너머 멀리 공장단지의 굴뚝에서 하얀 연기가 피어오르는 것이 눈에 들어왔다. 힘없이 흩날리는 눈송이들, 바닥에 쌓이는 눈송이들. 나는 그것들을 밟고 그의 앞으로 다가갔다. 초록색 패딩 점퍼에 달린 모자를 둘러쓰고, 면장갑 낀 두 손으로 대자보 판을 들고 있는 남자. 휴대용 낚시 의자에 앉아 있는 그의 뒤편에는 크기가 서로 다른 박스

들이 차곡차곡 개켜져 있었다. 그리고 바로 그 옆에는 속이 빈 커다란 업소용 식용유 깡통이 놓여 있었는데, 무언가를 태운 듯 잔뜩 그을려 있었다.

남자는 어깨를 잔뜩 웅송그리고 있다가 슬쩍 나를 쳐다보았다.

어머니 때문에 그래요?

나는 점퍼 주머니에 손을 넣은 채 말했다.

어머니가 당신 때문에 죽은 거 같아서 그러냐고요?

남자는 나를 쳐다보던 눈길을 거두고 다시 고개를 숙였다.

아닌데요…… 어머니가 왜 나 때문에 죽어……

남자가 거기까지 말했을 때, 나는 점퍼 주머니에서 손을 빼 그의 멱살을 잡았다.

아니긴 뭐가 아니야! 그런 거잖아! 당신이 늦어서 어머니가 그렇게 됐다고 생각하는 거잖아!

멱살을 잡힌 남자는 엉거주춤 자리에서 일어났고, 그 바람에 휴대용 낚시 의자는 뒤로 나뒹굴었다.

아닌데요…… 돈이 육백만 원밖에 없어서…… 두 달을 더 일해야 돼서…… 그렇게 된 건데요……

남자가 거기까지 말했을 때, 나는 그의 멱살을 잡았던 손을 풀었다. 나는 남자의 말을 제대로 듣지도 않았다.

애꿎은 사람들 좀 괴롭히지 마요! 애꿎은 사람들 좀 괴롭히지 말라고!

나는 뒤로 주춤 물러선 그를 향해 그렇게 말하곤 다시 도로를 건너 아파트 정문 쪽으로 걸어왔다. 호프집 여주인이 문을 열고 서서 나와 권순찬씨를 가만히 바라보고 있었다.

*

거기까지였다.

그는 그날 이후 사흘을 더 그 자리를 지키고 앉아 있었다.

나흘째 되는 날 오전, 'G시 노숙인 쉼터'라는 글자가 박힌 승합차가 아파트 정문 건너편에 서더니, 건장한 청년 두 명이 내렸다. 그들은 아무 말 없이 권순찬씨의 팔을 양쪽에서 잡아 일으켜세웠다. 그것이 끝이었다.

이를 덜덜덜 떨면서 끌려가더라구요. 아무 저항 없이.

나는 '참좋은 마트' 사장이 하는 말을 잠자코 듣기만 했다. 나는 그들을 누가 불렀는지 대강 짐작이 갔다. 그러나 그런 짐작에 대해선 한마디도 하지 않았다. 그저 '참좋은 마트' 유리창을 통해 도로 건너편, 그가 다섯 달 가까이 앉아 있던 자리만 우두커니 바라보았다. 거기엔 휴대용 낚시 의자와 대자보 판, 차곡차곡 쌓여 있던 박스들은 온데간데없고, 불에 그슬린 업소용 식용유 깡통만 쓸쓸하게 모로 누워 있었다.

*

나는 원래 그의 이야기를 문장으로 쓸 마음은 갖고 있질 않았다. 아니, 처음엔 쓸 생각이었지만 중간에 그만, 쓰지 않기로 마음을 고쳐

먹었다. 도무지 그에 대해서 쓸 자신이 없었기 때문이다. 하지만 나는 지금 여기에, 그의 이야기를 썼다. 그건 지지난주 금요일, 아파트 단지 주차장에서 만난 한 사람 때문이었다.

학교에서 돌아와 차를 주차하고, 102동 출입구 쪽으로 걸어가는데 못 보던 검은색 승용차 한 대가 내 옆을 스쳐지나갔다. 내가 사는 아파트에서 못 보던 쿠페형 외제 차였다. 나는 잠깐 멈춰 서서 그 차가 주차하는 것을 지켜보았다. 차에서 나온 사람은 내 또래의 남자였는데, 꽉 끼는 청바지에 검은색 가죽 재킷을 입고 있었다. 가죽 재킷의 칼라 부분엔 흰색 털이 달려 있었고, 재킷 안에는 빨간색 줄무늬 티셔츠를 입고 있었다. 복부 비만인 듯 배가 고스란히 드러나 보였고, 손에는 쇼핑백을 들고 있었다. 남자는 가만히 서 있는 나를 쓱 한 번 바라보더니 그대로 103동 출입구 쪽으로 걸어갔다. 나는 그의 뒷모습을 보며 누굴 찾아왔구나, 우리 아파트에 저런 차를 모는 사람도 찾아오는구나, 생각하며 102동 쪽으로 걸어갔다. 그렇게 몇 걸음 걸어가다가 말고 나는 다시 몸을 돌려 그가 들어간 103동 쪽을 바라보았다. 그였구나! 그 사람이었구나! 나는 숨을 멈춘 채 103동 오층 복도를 쳐다보았다. 때마침 오층에 엘리베이터가 멈춰 섰는지 복도에 하나둘 불이 들어오기 시작했다. 나는 그 불빛들을 노려보며 한참 동안 그 자리에 서 있었다.

그리고 지금 여기에, 그 이야기를 쓰기 시작했다. 우리는 왜 애꿎은 사람들에게 화를 내는지에 대해서.

황순원문학상 수상 소식을 듣고 나서
문득 이런 생각이 들었다.

아카데미 감독상이나 칸 영화제의 황금종려상, 그래미상, 프로야구
의 골든글러브는 한 사람이 여러 번 받기도 하는데, 심지어는 몇 년
연속 수상하기도 하는데, 왜 문학상은 한 명의 작가에게 두 번 다시
같은 문학상을 주지 않는 것일까?

몇 년 연속 황순원문학상 후보에만 오르고 받지 못했을 땐 들지 않
던 생각이, 이제와 슬쩍 드는 이유는 무엇일까?

따지고 보니, 황순원문학상뿐만 아니라 노벨문학상도 그렇고, 맨부
커상도 그렇다. 왜 그런가?

그건 아마 문학상이라는 것이 어떤 사업의 목적이 아닌, 제도적 성격을 더 짙게 띠고 있기 때문일 것이다.

이익이나 이윤보다는, 자신들이 정한 관습이나 규범을 더 우선시해서 생긴 관례일 것이다.

어떤 관습이고, 어떤 규범인가?

문학상마다 조금씩 다른 관습과 규범을 갖고 있겠지만, 공통적인 것은 이것이다.

'한 사람에겐 두 번 다시 같은 문학상을 주지 않는다'

세상 모든 문학상이 신인상과 같은 이유는 그 때문이다.

그러니,

우쭐댈 것도, 자랑할 만한 일도 아니다.

나는 이제 아무리 뛰어난 단편을 쓴다고 해도 황순원문학상을 받지 못할 것이다.

개명을 하고, 다시 얼굴 없는 작가로 활동하면 모를까, 황순원문학상과는 영영 작별이다.

이제 겨우 신인에서 벗어났기 때문이다.

다른 동료 작가들과 마찬가지로 문학상을 생각하면서 소설을 쓴 적은 단 한 번도 없다.

문학상 때문에 내가 쓰는 소설이 더 훌륭해질 것이라는 기대도 없고, 작품 세계가 크게 변모하게 되리라는 소망도 없다.

그냥 이전과 다를 바 없이 나는 계속 쓸 것이다.

계속 쓰는 존재가 작가라는 것, 쓰고 있는 그 순간만이 작가를 작가로 만들어주는 전부라는 것, 그것을 황순원 선생이 가르쳐준 셈이다.

더 적나라하게 쓰는 작가가 되겠다.

제 1 7 회
황 순 원 문 학 상

수상후보작

• 김숨의 「이혼」은 저작권 문제로 인하여 수록하지 않았습니다.

구병모

2008년 창비청소년문학상에 장편 『위저드 베이커리』가 당선되면서 등단했다. 단편집 『고의는 아니지만』 『빨간구두당』 『그것이 나만은 아니기를』 등과 장편소설 『아가미』 『파과』 『한 스푼의 시간』 등이 있다. 오늘의작가상, 황순원신진문학상을 수상했다.

구병모

한 아이에게 온 마을이

이완의 이번 전근은 보복성 발령의 혐의가 짙었으나 증거가 없었다. 지금이라도 증인을 비롯한 협력자를 물색하고 녹취를 뜨는 등 강압에 의한 서류 작성 여부를 다툰다고 한다면, 소송이란 게 으레 그렇듯 최소 삼사 년은 내다볼 각오를 한다는 뜻인데, 법률 비용이야 양가에 손 벌리거나 머리 좀 조아리면 어른들이 영 모른 척하진 않겠지만 흘러가는 시간과 축나는 몸은 어쩔 텐가 싶어서 정주는 싸우라고 부추기지 않았다. 그런 불편과 긴장을 유지하다 사 개월로 접어든 태아에게 무슨 일이 생겨선 안 된다는 염려, 출산과 동시에 생활비 규모가 두 배로 늘어날 것이 예상되는 상황에서 이완의 경력에 어떤 트러블이나 공백이 없기를 바라는 마음이 컸다. 입지가 좁아지고 왕따 분위기가 무르익어가던 회사에서 늦은 나이의 임신으로 인해 더욱 제 발로 나가달라는 압박에 시달리던 정주는 겸사겸사 삶의 반경을 대폭 변경해보는 것도 나쁘지 않은 선택이라 여겼다. 연고가 전혀 없는 산골 생활이란 그저 나쁘지 않은 느낌 정도로 덤벼선 안 되며 엄청난 각오와 에너지가 필요하다는 이야기를 몇몇 귀농한 동창들에게 들은 적 있으나, 그것도 사람마다 달라서 지나치게 핏대를 세우고 준비하다간 오히려 죽도 밥도 끓기 전에 지쳐버리니 맨땅에 헤딩이 차라리 낫다는 의견도 있었다. 도피 수단으로 귀농을 선택해선 안 된다는 일반론은 그다지 설득력 없었던 것이, 사람은 매 순간 어딘가로부터 도망치지 않고는 맨정신으로 살아가기도 어렵거니와, 평생 도시 생활에 젖었던 사람이 그럼 숨 좀 트고 살려고 도망치는 거지 뭐 엄청난 대오각성이라도 해서 내려가겠나. 정주는 농사를 지으러 가는 것도 아니며 당장 눈앞의 해코지가 미확인된 두려움을 압도했다.

양가에는 이완이 행정상의 복잡한 문제로 인해 전근 신청서에 써낸 지역과 무관한, 전교생 스물다섯 명의 시골 분교에서 교사 생활을 하게 됐다고 둘러댔다. 공무원 인사규정 관리법과 각종 구비 서류가 뻔히 있는 상황에서 현실성 없는 소리였지만, 평생 장사를 하며 살아온 양가에서는 불가해한 공직 사회의 인사이동 체계에 대해 의문을 제기하지 않았다. 협박에 다름 아닌 강권을 받아 서류를 썼다고 하자니 학교에서 수년간 이완이 어떻게 지내왔는지부터 설명하기가 난감했다. 이완은 지금 있는 학교에서 사 년째 근무 중이었고, 교장 교감 학부모 모두에게 불미스럽게 치여 심신이 지치기도 했겠다 순환 발령 시기도 마침 되었겠다 자포자기 심정으로 정주에게 상의 없이 일 학기 말에 본가가 있는 도시로 전출 희망 서류를 쓴 적이 있긴 했다. 그러나 서울 경기권을 비롯한 주요 도시는 전출입 희망 대기자가 언제나 많았고 매번 경쟁률이 높아서, 전출입 인원의 맞교환이 순조롭게 이루어지지 않았고 우선순위가 아닌 이들은 밀려났으므로 실제 원하는 곳으로 발령 날 확률은 희박했다. 그런데 이학기에 교감이 작성하라며 내민 것은 이완도 정주도 전혀 연고 없는 모 분교로의 전근 신청서였다. 그저 형식상 써두기만 하면 된다고, 한 학년마다 이미 근무 중인 교사들이 있으니 거기 배정될 가능성은 한없이 제로에 가까우며 그럼에도 당신을 눈엣가시로 여기는 이들의 심신 평화를 위해 적절한 노력의 제스처를 보일 필요가 있어서일 뿐이라고 교감은 그랬었다. 이완은 교감의 말을 조금이나마 신뢰한 것이 제 발등을 찍는 일이었음을 뒤늦게 알았다.

정주의 친정에서는 처음에는 당혹스러워하다가 출산이 반년 앞으로 다가온 딸을 위로하려고 자신들도 확신하지 못하는 진부하고 원론적인 장점들을 주워섬겼다. 공기 맑은 데서 애 키우면 좋지, 가서 친환경 주택 같은 거 짓고 황토벽 바르고, 아토피니 뭐니 그런 건 생전 걱정 없겠다. 아이들은 물 맑고 흙냄새 나는 데서 뛰어노는 게 제일이다. 송 서방도 한갓진 데서 근무하면 얼굴 좀 안 펴겠니. 지난 명절 때 보니 새카맣게 타들어갔던데. 우리랑 멀어지지만 시댁이랑은 가까워지는 셈이니 너무 겁내지 말고…… 그 말대로, 그전까지 차로 편도 네 시간 거리였던 시가와의 거리가 한 시간 사십 분으로 줄었다. 대폭 줄기는 했으나 한 시간 사십 분이란 유사시에 뭔가 심정적으로 의지가 될 만한 시간이라고 보기는 어려웠으며 어디까지나 자차를 몬다고 가정했을 때 그 정도였다. 하루 네 번 운행하는 버스를 타려면 삼십 분을 걸어 나가야 정류장이 나오는 산골의 교통상황을 생각하면 어림없는 일이었다. 면 소재지의 산부인과에 다니려 해도 자차는 필수일 테고, 그나마도 출산이 가능한 곳인지 의문이며 두통 치통 복통을 비롯해 내과 계통을 두루 살펴주는 진료소 정도로 예상되니 처음부터 군청이나 시 단위의 병원을 알아봐야…… 퇴사하기 바쁘게 이사 견적을 뽑는 틈틈이 정주는 일어날 수 있는 경우의 수를 가능한 한 다양하게 꼽아 체크리스트를 정리했다.

어디까지나 임시로 살 집이라는 생각에, 포장이사 견적을 내기 전 무거운 웨딩앨범을 비롯한 추억거리와 결혼 패물이며 귀금속 일체 및 각종 인테리어 장식물과 1톤 트럭 분량의 책을 친정에 맡겼다. 정주의 남동생이 사흘돌이로 실어 날랐다. 길어야 사 년 살 건데, 라는 생각이 들수록 소파나 침대 같은 덩치 큰 가구들도 맡기고 싶었으나 친정에 그만한 공간은 없었다. 대신 당장 쓰지 않고 자리만 차지하는 부엌 살림살이도 떠넘겼다. 주로 어디에서 선물로 받았는지 모를 와인글라스니, 혼수로 쓰이는 12첩반상용 한식 사기그릇 세트 같은 것들이었다. 부부가 쓸 그릇 두 벌과 수저 두 벌, 머그잔만 있으면 되었다.

그렇게 짐을 덜어냈는데도 편도 다섯 시간 떨어진 지역, 게다가 산골이라 하니 이삿짐센터에서는 일박 이일로 견적을 냈다. 잠깐 무슨 다섯 시간씩이나, 휴게소에서 먹고 싸고도 네 시간이 채 안 되는데요? 정주가 흥분하며 뒷목을 잡자 센터 팀장은 대답했다. 사모님, 고속도로 사정과 관계없이 화물차는 속도 제한이 걸려 있답니다…… 그보다 네 시간 차 몰고 달린 사람들이 당일로 짐을 내리는 일까지 가능할까요? 자연히 인건비를 이틀 치 지불하는 셈이어서 어떤 수를 써도 이사비는 보통 집의 두 배가 나왔고, 눈 밑이 새까만 임부를 긍

흉히 여긴 업체에서는 손 없는 날 명목으로 받는 추가금액을 빼주는 정도로 합의를 보았다.

　교장과 행정사무직을 포함, 교사가 학년별로 배치되어 총 8인이 근무하니 분교치고 소규모는 아니었다. 내년 신입생은 한 명이거나 아예 없을지도 모른다지만 현재는 학년별로 최소 두 명에서 많게는 일곱 명까지 다니고 있었다. 말하자면 완전 험지 근무는 아니라는 것이며, 그런 곳에서 근속 연한을 채운 교사는 그만큼 가산점을 챙겨 받아 추후 전근에 유리하니 감사한 줄 알라고 그전 학교 교감은 오히려 큰소리쳤다.

　근무환경은 젊음과 사명감으로 수용 가능한 범위라 치고, 문제는 학교 코앞에 곧바로 이사를 들어갈 집이 없었다. 워낙 인가도 드문드문 있었던 데다 갑작스러운 이사여서 즉시 입주가 가능한 곳을 찾았는데 몇 군데 있는 빈집은 웬만한 청소나 수리로 해결될 성싶지 않은 흉가였다. 새로 집을 지을 빈 터는 많았으나 부지를 매입하거나 건축업체를 선정하는 등의 과정을 추가할 시간적 금전적 여유가 없었다.

　그래서 선택된 곳이, 근무지에서 차로 십오 분 거리만큼 더 안쪽으로 들어온 곳에 자리한 이 집이었다. 업자의 설명에 의하면 삼 년째 비어 있으나 산골 다른 집들에 비해 폐가로 방치된 기간이 짧은 편이며, 주인이 건축 당시의 자재비에도 못 미치는 수준의 가격으로 내놓은 데다 가격에 비해 집 상태는 마을에서 제일 깨끗하고 튼튼한 편으로 엘피지 가스로 식생활과 난방을 하고 원하면 인터넷 연결도 가능한 환경이라 했다. 이 마을은 노령 인구가 대부분이어서 인터넷을 설치한 집이 많지 않은 까닭에 도시에서처럼 초고속 통신을 기대하기는 어려우나, 최근 농산물 거래에 스마트폰을 사용하는 어르신들도 계셔서 설비는 갖춰두었다는 것이다. 그 외에 두어 곳 후보가 있었으나 학교와 떨어진 거리가 대체로 비슷하다는 점, 마을 초입에서 십오 분만 걸어 나가면 포도밭 앞에 작은 슈퍼가 있다는 점 등을 고려하여 지금의 집으로 정했다.

도배나 장판을 새로 바를 필요도 없이 용역업체를 섭외하여 급한 수리와 청소를 마치니 집은 생각보다는 그럴듯했으며, 인터넷 업자도 사흘 내로 방문하겠다고 확답을 주었다. LPG가스는 예약해둔 대로 휴일을 아랑곳 않고 이사 당일에 와서 설치를 마쳤고, 임신 칠 개월째인 정주의 배를 보고 힘드시겠다며 값을 깎아주었다. 시골 인심이 이런 건가 보다, 정주는 첫 출발이 나쁘지 않다는 예감이 들었다. 이사와 관련된 이 모든 실무는 정주가 홀로 전투적으로 진행했다. 이완은 원치 않았던 근무지 발령으로 인해 아직까지 넋이 반쯤 나간 상태로 새 학교의 사람들에게 인사를 다니는 일만으로도 고되어 보였고, 사회생활을 순조롭게 가꾸는 대부분의 봉급생활자가 그러하듯이 자기가 아닌 것을 자기 안에 이식하기라도 한 것처럼 혼곤한 미소를 지어 보이며 학교와 무슨 관계인지 모를 지역 어르신들과 안면을 트는 중이었다. 그가 그런 중대한 바깥일을 수행하는 동안 정주는 퇴직으로 수입 절반이 잘려나간 만큼, 암만 해도 빛 안 나고 안 하면 대책없는 자잘한 노동을 전담해서 이완의 짐을 덜어야 한다는 강박에 시달리고 있었다.

뒷마당에 쌓인 나무판자를 비롯하여 마지막 폐기물을 업자들이 트럭에 싣고 떠난 뒤, 가구 배치와 세탁기 설치 등을 지시하느라 줄곧 서 있던 정주는 비로소 복부에서 기지개를 켜는 아기의 움직임에 반응하며 토닥거렸다. 임신한 몸으로 자주 다녀갈 여건이 안 되어 물이니 전기 같은 생활에 필수적인 수리만 최소한으로 의뢰했고 그 결과를 오늘 처음 보게 된 셈인데, 염려했던 것보다 집 상태는 양호했으며 특히 과거에 창고였던 작은 별도 건물이 마음에 들었다. 경력 단절을 피할 길 없으나 회사 시절 뚫어두었던 인맥이나마 잘 붙들어두면 아이가 조금 자란 뒤 디자인 외주를 받는 일도 꿈만은 아닐 터, 그때의 작업실로…… 그러자면 무엇보다 감각이 뒤떨어지지 않도록 평소 꾸준히 공부를…… 생각하며 고개를 돌리다가, 언젠지 모르게 마당 울타리 너머 다가온 이와 눈이 마주치는 바람에 정주는 비명을 지르며 어깨를 움츠렸다. 배 속 아이가 무슨 일이냐는 듯 엄마의 배를 노크했다. 아무리 인가가 적은들 사람 사는 곳이니 사람이 지나간대서 놀랄 일은 아니었으므로 정주는 귀신이나 본 양 소리친 스스로가 민망해졌으나, 따지고 들자면 인기척도 없이 다가와선 수많은 주름 사이 눈이 어디 붙었는지 얼핏 분간하기 어려운 얼굴을 들이대며 빤히 이쪽을 넘겨다보고 선 백발 노부인의 잘못이었다.

누구세요.

오늘 이사 오셨나.

그런데요. 누구세요.

저기 윗집이에요.

윗집이라고만 하면 어디 사시는 뉘신지 알 길이 없으나 그거야 차츰 알게 되겠지 몰라도 그만이고, 생각하면서 정주는 고개 숙여 인사했다.

집 좀 봐도 되나, 여기 사람 사는 거 너무 오랜만에 보고…… 어떻게 고쳤는지 궁금도 하고.

노부인은 여기가 원래 자기 집터라도 되는 양 이미 대문 안으로 발하나가 들어와 있었다. 정주는 막 혼자만의 시간을 가지려던 참이었으나, 몸을 절반 밀고 들어온 사람을 단호하게 돌려보내는 일은 상대방이 잡상인 내지는 종교 권유자일 때 시도해봄 직한 것이었다. 앞으로 오며가며 마주칠 동네 어르신과 처음 만나는 자리에서 첫 부탁을 거절하는 것이 매몰차게 보일 듯싶어 정주는 모로 비켜서서 들어오시라는 몸짓을 취했다.

예 뭐, 아직 정리가 덜 되긴 했는데요, 한번 보세요.

노부인은 두리번거리다 외벽을 공연히 손으로 두드려보거나, 미처 정리되지 않은 짐들 사이로 걸어 나가며 식탁과 소파를 쓸어보기도 했다. 통 고친 게 없으니 그전과 바뀐 게 없어서 공연히 살림살이를 만지작거리나 싶어, 정주는 노부인의 주의를 끌기 위해 곁에 있던 냉장고를 열었다.

뭐 마실 것 좀 드릴까요.

아니 물 실컷 마시고 나왔어요. 어디 보자 저기가 별채인가.

별채라기엔 좀 거창하고요, 창고 같은 거예요.

뭐라고?

노인 분들께는 분명하고 큰 음성으로 말해야 한다는 걸, 그것도 여러 번 반복하고 때론 듣기 쉬운 말로 바꿔보아야 비로소 원뜻이 올바로 전달된다는 사실을 정주는 문득 떠올리고 목소리를 좀더 높였다.

별채라고 하기엔 좀 거창해요.

별채가 좀 뭐?

어, 그냥 창고예요. 가서 보시겠어요?

정주가 굽혔던 허리를 펴고 바깥을 향해 팔을 뻗어 보일 때 노부인은 비로소 정주의 상태를 알아차린 듯 그녀를 위아래로 훑어보았다.

새댁이 아기 가졌나보네, 몇 개월인가.

새댁이라기엔 결혼한 지 이미 오 년차. 이런저런 설명도 번거로워 정주는 다만 고개를 끄덕였다.

칠 개월 됐어요.

어디 보자, 배가 크고 펑퍼짐하니 아래로 처진 게 딱 고추네.

그러면서 노부인의 손길이 배를 슬쩍 건드리는 순간 정주는 이루 말하기 힘든 감정에 사로잡혔지만, 산골 어르신이니까 이해해야 한다고 마음을 다스렸다.

아직 모르죠. 주신 대로 낳아야죠.

쉰이 넘은 이완의 큰누나가 전화로 아기 성별을 물었을 적에는, 그게 어머님이 떠보라 시켜서 대표로 총대 멘 걸 눈치 챈 이완이 앞장서서 쳐냈었다. 서울 병원에서는 의료법을 잘 지켜요. 초음파를 몇 번을 찍어도 일체 함구한다고요. 분만실 들어가기 전까지 옷 색깔 따위 묻지 말라고 딱 자르더라니까? 그리고 어느 쪽이든 간에 둘째 생각 없으니까 얘기 꺼내지 마시라고. 우린 우리 수준에서 딱 할 도리만, 기본만 하기로 했어요. 정주는 결혼생활 통틀어 그때가 이완이 제일 든든해 보였다. 그런데 돌아서고 나면, 인간의 할 도리와 기본이란 대체 누가 기준을 정해주는 건가 싶기도 했었다.

노부인이 이어서 대답했다.

대대로 조상 잘 모셨으면 고추지 뭘.

정주는 앞으로 이런 전근대적인 발화를 수시로 듣게 되리란 걸 예감하면서, 노부인의 손가락이 배에서 도무지 떨어질 생각을 않기에 별채로 나가는 척 뒤로 한 발 물러섰다.

와보세요, 창고는 창고인데 깨끗하게 썼나봐요. 장판도 깔려 있고요.

노부인은 뒤를 따라가선 창고는 보는 둥 마는 둥하며 말을 이었다.

나 얼마 전 읍내까지 나가 신문에서 봤는데, 요즘 젊은 여자들이 그렇게들 애를 안 낳는다며. 아주 못돼가지고들. 새댁은 애를 갖다니 정말 장하네.

예, 고맙습니다.

이런 어르신에게 '여자들이' 애를 안 낳는다는 사고방식부터 바뀌어야 아이들이 태어날 거라는 발상의 전환을 촉구하거나, '다들 먹고 살기 힘들어서요' 같은 최소한의 이유를 첨언해보았자 좋을 일은 없다는 걸 정주는 익히 알고 있었다. 이들은 대체로 몇몇 신문에서 불러주는 대로 그것을 진실이라 믿으며 살아가는 한편, 사람의 출산을 발목에 감기는 기름진 흙이나 젖과 꿀이 흐르는 영토에서의 추수 같은 일련의 풍요와 긴밀히 관련짓는 구시대적 관념이 있었다. 그건 세상을 향한 통로가 마땅치 않아서일 것이며 그걸 탓할 수는 없었다.

그리고 내 또 신문에서 봤는데, 일본 무슨 마을인가 통째로 없어질 뻔했다가 조금씩 인구 늘어나서 잘살게 된 거 보여주면서. 그걸 아주 멋진 말로 제목을 딱 달아놓았더라고. 한 아이를 키우는 데에는 온 마을이 필요하다, 였던가. 그거 얼마나 좋은 말이야그래. 어미들도 세상 편하고 서로 도와가며 기르고.

예, 그런 얘기가…… 있죠.

정주는 뒤에 나올 말을 삼켰다. 그거야 어르신들의 보편적 과거 체험이었겠지만, 이제 와 그런 사회학적인 명제로 익히시느라 애쓰셨습니다…… 이런 어르신들의 세계 속 어린이들은, 차 없는 거리에서 아무런 위험에도 노출되지 않고 다방구나 땅따먹기로 왁자하게 뛰놀다 저녁연기가 피어오르면 각자의 집으로 뛰어가는 생물들이었다. 거기서 좀 더 업그레이드된 세계에는 네발자전거나 축구공 같은 것이 포함되어 있을 터였다. 그리고 그 그림 같은 세계에서 어미란, 한 아이가 더 태어나면 상 위에 숟가락 하나만 추가로 올려놓으면 되는 존재였다.

바깥서방은 뭐하시고?

학교 선생님이라는 호칭을 자랑스레 떠벌릴 일도 아니어서 정주는 대수롭지 않게 대답했다.

뭐 그냥, 아이들 가르쳐요.

이쪽에서 겸손하게 둘러대면 보통은 상대방이 알아서 의미를 캐치하고 추어올리게 마련이었다.

아 학교 선생님이신가?

예, 뭐 그렇죠.

초등학교? 중학교? 고등학교?

본인이 정규교육을 받았고 어느 정도 지적 성취를 이루었음을 드러내고 싶어 하는 어르신들이 이렇게 하나하나 짚어 묻는 경우도 흔했다.

초등학교예요.

아 그렇지, 면소재지 나가면 교차로 있는 거긴가 보다.

예.

재작년까지만 해도 우리 마을에도 거기 다니는 아이 하나 살았구
먼. 그애 아빠가 매일 아침 실어 나르다가 애가 중학교 올라가니까
도저히 안 되겠다고 이사를 가데.

예.

일 년에 두 번 방문하던 시가에서라면, 정주는 아무리 피로하고 어
색하더라도 이완 부모님의 말씀에 귀를 기울이고 살갑게 대하려 노
력하는 제스처를―대화가 지나치게 일찍 끊어지지 않도록 덧붙이
거나 되묻는 등의 적절한 호응을 아끼지 않았을 터였다. 정주는 이런
식으로 말할 수도 있었다. 예, 이제 막 부임해 와서 그이도 저도 모르
는 게 너무 많네요. 이것저것 많이 알려주세요. 예, 그랬군요, 왜 이사
갔을까요? 중학교는 더 멀리 외곽에 있나 보군요. 고등학교라면 전교
생 기숙사 학교가 곧잘 있을 거예요…… 그러나 그러한 연속성에의
시도 없이 정주가 점점 단답식으로 무성의해지자, 노부인은 머쓱해
하며 대문을 향했다.

젊은 새댁이 이사해서 힘든가 보구먼. 몸도 무거운데 이제 쉬어요.

예, 와주셔서 고맙습니다. 정리 좀 되고 다음에 날 잡아서…… 남
편더러 인사 다니라고 할게요.

어이구, 인사야 새댁이 돌면 되지.

몸이 이래서요.

정주는 집과 관련된 자지레한 일들이 당연히 아내 몫이라고 여기는 어르신과 말을 길게 섞을 여력이 없었다. 이완에게 읍내 어디를 헤매든 알아서 오늘내일 사이로 이사 떡을 맞춰오라는 문자를 보내야겠다고 생각했다.

이완은 아직 돌아오지 않았다.

노부인이 떠난 뒤, 정주는 전화기에 뜨는 안테나 개수를 가능한 한 늘리려 팔을 뻗어보다가 포기하고 나머지 청소를 하느라 문자 보내는 것을 잊었으며, 이완은 그날 교감과 교사들이 따라주는 대로 환영주를 마시고 자정이 되어서야 동료 교사인지 누군지 모를 이의 차를 얻어 타고 돌아왔다. 뭐라도 이벤트를 꾸준히 만들어야 활기를 띠고 돌아가는 소규모 지역사회에서, 일종의 신고식 비슷하게 이런 일은 앞으로도 자주 있을 터였으므로 정주는 놀라지 않았다. 이튿날은 공휴일로 이완은 오래도록 깨어나지 않았고, 정주는 잠든 이완의 등을 한번 내려다보곤 전날 정리가 덜 된 자리들을 쓸고 닦았다. 떡은 인터넷 지도를 검색하여 가장 가까운 곳에 전화 주문하면 배달해줄 터였다. 인터넷 설치기사는 모레나 되어야 올 터였고, 데이터를 조회해보니 이달 치 용량은 거의 바닥나 있었다.

한낮이 지나서야 눈을 뜬 이완은 교감이 무슨 마을 공공사업 문제로 보자고 했다며 차키를 집어 들었다. 학교에 두고 온 차를 가지러 겸사겸사 나가긴 해야 했다. 그럼 학교까지는 무얼 타고 갈 건지, 큰길로 나가더라도 택시가 잡힐 만한 곳이 아닌데, 콜을 하면 이 구석까지 정말 와줄까, 그보다 공공사업은 지역 주민센터 소관이 아닌가,

왜 초등학교 교사를, 교육 연계 사업이라는 뜻인가, 그렇다고 공휴일
까지, 안 그래도 지금은 전국 봄방학 기간이며 신학기 맞춰 출근해도
그만인 걸 인사차 먼저 들렀을 뿐인데…… 정주는 물어보고 싶은 것
이 많았으나 이완의 속눈썹에 매달린 피로와 긴장을 보고 말을 삼켰
다. 작은 마을에는 늘 인구가 부족하고 고등교육을 받은 실무자가 도
시에 비해 아무래도 좀 적은 편이라 네 일 내 일 서로 구별들 없는 경
우도 있고 힘든 것만 골라다 아마 젊은 사람한테 떠맡기는 경향이 좀
있을 텐데 가서 처신 잘하게, 무조건 비위 맞춰주지 말고 자를 거 확
실히 자르고…… 뭐 말처럼 쉽진 않겠지만 처음에 자기 입장을 정하
는 게 유리하다네, 끌려 다니며 살 건지 여부는. 정주 아버지가 이완
에게 전화로 건넨 말이었다. 정주는 황망한 상황에 유산기까지 있어
서 이사를 내려오기 전에 친정과 전체 가족 모임 내지는 식사 자리를
정식으로 가질 틈이 없었으므로 인사도 거의 전화로 간단 통보했으
며, 이완 역시 장인의 충고를 듣는 둥 마는 둥 예예 하기만 했었다. 비
행기를 두 번 갈아타는 외국으로 생이별도 아니고, 명절마다 올라와
서 볼 테며, 무엇보다 시한부 근무니까.

  이완은 그날 늦도록 돌아오지 않았다.

  마을의 범주가 어디까지인지 정주는 알 수 없었다. 주위 백 미터
안팎으로는 네 가구뿐이었고, 그중 한 곳이 이사 당일 만난 노부인—
김 할머니의 집이었다. 집에서 걸어 내려가 마을 초입부터 또 십오
분을 걸어야 닿는 포도밭 앞 미니슈퍼까지 확장해도 집은 스무 채 남
짓이었다. 맞춤떡이 남아 산 아래 집들까지 돌렸다. 들르는 집들마

다 처음에는 젊은 여성의 둥그런 배에 주목했고 다음으로 그녀 입에서 나오는 표준어에 데면데면했다가, 정주네 부부가 농사지으러 완전 귀촌한 게 아니라는 사실을 알자 반색하며 좀 앉았다 가라고 권했다. 교육자라니 대단하셔라. 지식노동이 교환 가능한 가치로 간주되고 교사는 스스로를 교육노동자로 정의하며 학부모는 교사를 서비스직 정도로 여기는 게 보통인데, 아직도 이곳 어르신들은 인사치레에 불과하더라도 스승이라는 존재에 절대 의미를 부여했다. 정주는 자신들의 정보를 물어오는 이들에게 적절한 어깻짓과 말로 겸손을 표하며 자랑스러움이 묻어나는 미소를 짓지 않는 데 신경 썼다. 집집마다 밭일을 마치고 해 떨어지기 전에 들어온 장년층 부부가 수정과나 식혜, 과일을 내오며 정주더러 장하다고 칭찬에서 덕담까지 한마디씩 건넸는데 그 천편일률적인 내용에 정주 입가의 미소에는 미세한 경련이 묻어나왔다. 서울 아가씨가 남편 믿고 이렇게 촌구석까지 오다니, 아이를 배다니. 요즘 이런 젊은 여자가 어디 있담, 대견도 해라. 처음 김 할머니네 집을 포함한 네댓 집에서 같은 이야기를 듣고 다과를 얻어 마시다가, 나중에는 다른 집에도 인사를 드리러 가봐야겠다는 구실로 정주는 몸을 일으켰다. 그럴 때마다 노인들은 행여 임부가 어디 걸려 넘어지기라도 할까 먼저 슬리퍼를 꿰고 나서서 문을 열어주고 앞을 살펴주었다. 어느 노인 할 것 없이 자기들 딸이나 며느리라도 되는 듯 어깨를 쓸어내리고 등을 두드렸으며, 정주는 어깨를 살짝 움츠리면서 상대가 내민 손이 민망하지 않을 만큼의 거리를 가능한 한 유지했다.

　그 과정에서 아직 주인을 만나지 못한 포도밭 미니슈퍼에는 이틀

째 찾아갔다가 허탕을 쳤다. 슈퍼 옆에는 푸른 트럭이 주차되어 있었고 굳게 잠긴 미닫이문의 간유리 너머로 과자나 녹차, 휴지류가 정상적으로 배열된 모습이 비쳤으므로 영업을 하기는 하는 모양이었는데 그것이 언제인지는 알 수 없었다. 오늘은 떡을 냉동실에 넣어두고 내일까지도 사람이 없으면 그만 포기하자 싶은데 마침 트랙터를 몰고 돌아오던 박 노인이 가게를 기웃거리는 정주를 불렀다. 애기엄마, 뭐 사시게? 살 거 아니고요. 정주는 은박지에 싼 떡을 들어 올리며 미소 지었다. 그 집은 뒤로 한 바퀴 삥 돌아가서 사람 불러야 나와. 가서 문 뚜디려봐, 있을걸. 박 노인이 떠나고 정주는 가게 뒤편에 붙어 있는 것이 물건 보관 창고나 폐쇄 구조물 아닌 거주 공간이라는 사실에 작은 충격을 받으며 다가갔다. 계세요…… 계세요. 부르면서 보니 엉성하게 닫힌 문틈으로 가로질린 빗장의 일부가 보였다. 어둠 속에서 불쑥 튀어나온 손가락 하나가 그 빗장을 걷어 올리고 문을 열었다. 그때 배 속에서 울려오는 아이의 딸꾹질이 입으로 튀어나올 것처럼 정주의 명치를 흔들었다. 이사 오기 전까지 정주는 일하면서 세상 천지 개성 강한 사람들을 두루 상대했고, 외모로 사람을 판단해선 안 된다는 걸 비롯한 최소한의 윤리를 장착하고 있었으며, 이 순간 자신이 가게 주인을 보고 입이 다물어지지 않은 까닭은, 그의 바싹 깎은 머리에 눈매랑 몸과 옷차림까지 지나치게 전형적이어서가 아니라 믿고 싶었다. 사실 그는 십오 년 전 극장가에 창궐하던 조폭영화에서 오 분도 등장하지 않아 기억에 남을 일 없는 '스쳐 지나가며 각목을 휘두르는 똘마니 4'를 오려낸 것처럼 보였고, 한쪽 눈두덩 바로 아래 오 센티미터가량 꿰맨 자국은, 조직이 와해되어 이 고적한 마을에 은

신하며 언젠가 올 날을 위해 절치부심하거나 반대로 손을 씻고 살아간다는 인생 요약본을 배경으로 담고 있을 법했다. 정주는 첫인상이 예단의 문고리를 틀어쥐는 것을 경계하며 한 발짝 뒤로 공손히 물러났다. 어디까지나 생김새가 그렇다 뿐 그녀가 놀란 진짜 까닭은 그저 이 마을에서, 가스 배달이나 인터넷 설치기사 같은 방문객들을 제외하곤 처음으로 노인에 조금도 가깝지 않은 사람을 만났다는 낯섦일 터였다…… 정주는 마을에 미니 슈퍼가 있음을 다행으로 여겼으나, 웬만큼 급한 물건이 아니라면 미뤘다가 한 번에 몰아 시내로 나가든지 그때그때 이완의 퇴근길에 부탁하는 게 역시 낫겠다는 결론을 마음속으로 내리며 은박지에 싼 수수팥떡을 내밀었다. 슈퍼 주인은 새매 같은 눈으로 떡과 정주를 번갈아 바라보다 그녀가 저기 위쪽, 이사를…… 앞으로 잘…… 우물쭈물하는 말을 끝까지 듣지 않고 떡을 받아 들었다.

이걸로 마지막이라고 생각되는 마을 사람과 인사하는 데 성공한 그날, 마을에 젊은 사람이 다 있었어, 그런데 조직원같이 생겼어…… 같은 얘기를 들려주고 싶은 상대인 이완은 늦게까지 돌아오지 않았다.

한 대 있는 경차는 이완의 출퇴근에 주로 썼다. 정주도 가끔 산부인과 진료나 마트에 장을 보러 시내로 나가기 위해 차가 필요했고, 그럴 때면 그녀가 아침에 이완을 차로 학교까지 실어다 준 뒤 하교에 맞춰 데리러 갔다. 그러나 이완은 사전 연락 없이 퇴근이 늦을 때가 잦았고, 정주는 학교 밖에 정차 상태로 우두커니 기다릴 때가 있었다. 그러다가 교장 교감부터 동료 교사들을 한꺼번에 마주친 날도 있었다. 꽃씨 증정 및 심기 사업 관련 회의가 거의 마무리되어 간대서 기다린 지 삼십 분쯤 지났을 때 정주는 읽을 책이라도 가져올 걸 그랬지, 멍하니 휴대전화나 들여다보다니⋯⋯ 자신의 선택을 후회하는 참이었는데, 이완이 차창을 똑똑 두드리곤 어서 내려보라고 손짓하는 대로 차 문을 열었다가, 궁금증 어린 눈들로 환영하는 교사 무리 앞에 모습을 드러내게 되었다. 허리와 배가 무거웠으므로 고개를 옆으로 기울여 보이는 인사였지만 정주는 그 자리에서 도망치고 싶은 충동으로 펄떡거리는 심장을 진정시키고 최선을 다해 얼굴에 미소를 띠었다. 눈앞에 지급된 현실의 사포로 마음에 일어난 불쾌의 거스러미를 갈아내고, 부족한 남편을 잘 부탁드린다 했다. 별말씀을 다, 얼마나 솔선해서 일처리를 빠릿하게 하시는지 의지가 많이 되고 저희가 도리어 힘을 받는다는 교감의 인사치레에도 감사로 호응했다. 그리고 집에 돌아와서는 이완과 다투었다. 정주는 그런 경우를 예상치 못하여 화장기 없는 푸석하고 살찐 얼굴을 남편 직장 동료들에게 보인 데 대한 수치심을 토로했으며, 이완은 부인인데 뭐 어떠냐, 아무도 당신 얼굴 같은 건 신경 쓰지 않으며 사람들이 빤히 둘러서 있는데 아내 소개를 생략하고 안면몰수한 채 돌아와버릴 수 있겠느냐는 입장이었다. 그의 말은 일리 있었지만 정주는 감지 못한 머리를 질끈 묶고 나온 자신의 얼굴과, 질 초음파 검사대에 올라가 다리를 벌리기 용이하도록 펑퍼짐하고 후줄근한 홈드레스 쪼가리를 걸치고 나왔을 뿐인 자신의 불어난 몸집이, 무엇보다 그전과 달리 일하지 않고 있는 자신의 모습이 총체적으로 마음에 들지 않았고, 그런 모습을 처음 만

나는 타인들에게 아무런 방어도 못 하고 드러냈다는 사실 자체가 동물원 원숭이가 된 느낌이라 불쾌할 뿐인데 이는 어느 정도 느낌의 문제만이 아니라 사실에 가깝다고 주장했다. 그들 중 절반 이상이 정주의 얼굴을 보자 약간 흠칫하는 기색을 감추지 못했을뿐더러 시선을 배에 두는 쪽이 차라리 편하다는 듯 눈을 내리깔았던 것이다. 어째서 사람들은 사전 약속도 없는 상태에서 타인의 부인이 바로 근처에 와 있다는 이유만으로 그리 쉽게 인사를 하러 오는—정확히는 받으려 드는—것인지, 이쪽이 전혀 준비되지 않은 상태에서 임신으로 인해 기미가 끼고 피부 트러블이 덕지덕지 앉은 채 눈썹도 반만 있는 얼굴을 단지 신분 및 소속 증명—이 사람은 제 아내이며 저를 픽업하러 왔습니다, 집에 차가 한 대뿐이라서요—을 위해 보이라는 것은 일종의 폭력이 아닌지, 나는 당신의 소유물 아닌 인간인데 어째서 그런 기분을 느껴야 하는지, 결국 그들은 인사를 빌미로 신임교사의 아내에 대한 품평을 하고자 몰려온 게 아닌지, 입 밖으로 대놓고 별점을 매기지는 않더라도 이 산골까지 남편 하나 믿고 따라 내려온 아내가 어떤 여자인가 최소한 스캔하려던 게 아닌지. 정주의 원래 예정은 이완에게 초음파 사진 결과부터 보여주는 것이었는데, 자신이 고작 오 분을 넘지 않은 인사 때문에 세상 모든 것에 시비를 걸고 싶어졌다는 걸 알았으나 한번 여울지기 시작한 생각은 바닥에 퍼진 물처럼 테두리를 잃고 확산되었다. 그런 상태에서는 이완이 남들 눈 필요 없고 제 눈에는 괜찮으니 걱정 말라든지, 임신독이 빠지고 나면 금방 좋아질 거라든지 그 비슷한 어떤 말을 해보았자 소용없었다. 껍질에 불과한 얼굴이니 내면 운운하는 거야말로 이 순간은 세상에서 제일 무용

한 소리였다. 하여 그날은 본질에서 벗어나 경차를 한 대 더 사느니 세워둘 데가 없다느니 하는 실랑이로 튀었다가, 차를 두고 간 날 퇴근 시각이 불투명해지면 가능한 한 택시나 카풀을 이용하여 귀가하겠다는 이완의 대답으로 얼버무려졌다.

그다음 날 이완은 늦도록 돌아오지 않았다.

김 할머니를 비롯한 이웃들은 사흘이 멀다 하고 직접 만든 음식이나 재배한 채소를 들고 찾아왔다. 새댁, 우리 하우스에서 딴 건데 좀 먹어봐. 생긴 게 이래서 어디다 못 파는 게 하나 가득일세. 한두 봉지가 아닌 한 궤짝으로 핸드 카트에 끌고 오는 게 보통이라 정주는 저희도 둘밖에 안 살아요, 기겁하며 사양했으나 이웃들은 이대로 둬봤자 집에서도 상할 뿐이라며 군이 상자를 부려놓았다. 물건만 내려놓고 바삐 돌아서는 이들도 있었지만 대부분은 집안을 기웃거리며 살림이나 배 속 아이에 대해 참견하는가 하면, 간혹 정주와 이완 부부의 출신지 및 떠나온 곳에 대해 캐기도 했다. 정주가 아무리 요령 좋게 둘러대거나 화제를 전환한들 찾아온 이들에게 음료수 한 잔 내오지 않을 도리는 없었고, 노인들은 단 십여 분을 머물다 가더라도 당신들이 듣고 싶은 것만 쏙쏙 뽑아가는 신이한 귀를 지니고 있었다. 이완이 아이들 다툼에서 비롯된 학부모 간 분쟁을 중재하다가 오히려 학폭위에 불려가 교감과 한바탕했다든지 학년부장과 주먹다짐이 오갈 뻔했다든지, 결국 혼자서 경위서 작성을 덤터기썼다든지 일련의 사정을 누구에게도 털어놓아서 좋을 일 없었으므로—시골에서는 그런 얘기 입도 뻥긋하는 거 아니란다, 한마디라도 밖으로 냈다간 굽

이치는 길목마다 얘기가 와전되어 네 서방은 어느새 학부모와 바람 나서 쫓겨온 걸로 둔갑해 있을 거란다…… 떠나오기 전 모친이 건넨 당부였다—정주는 남편을 향한 타인들의 호기심을 자기한테로 돌리는 데에 주력했다. 서울에서요? 저는 디자인 일을 했어요. 디진? 뭘 뒤지나? 디, 자, 이, 너, 였어요. 아, 디자이너가 그, 집에 이런 거 옷에 저런 거 꾸미고 만들고 붙이고 하는 일이지? 여기서 광고나 각종 산업용 패키지 디자이너라고 했다간 설명도 어렵고 얘기가 길어지므로 그 비슷한 거예요, 라고 말하며 정주는 웃어 보였다. 좋은 일 하시다가 남편 따라 이런 산골에 왔어그래, 적적해 어째. 우리 밭일 하루 종일 해도 늦어야 네댓 시면 다 집에들 와 있거든, 아무 때나 사양 말고 놀러 와요. 이때쯤 정주는 몸을 일으키며 대화 종료의 신호를 보냈다. 고맙습니다 제가 지금부터 산후조리원을 알아보러 시내로 나가야 해서…… 조리를 해? 벌써? 몸도 안 풀고? 그게 아니라 예약을 해두어야죠. 산후조리원이 뭐하는 곳인지는 알지만 그걸 선금 걸고 예약까지 한다는 데에 노인들은 혀를 내둘렀다. 개중에는 가뜩이나 계집들이 애를 안 낳아 나라가 망한다는데 실상은 조리원에 줄까지 서야 들어갈 수 있다니 당최 누구 말이 맞냐고 되묻는 이도 있었다. 거기에 더하여 옛날에는 여자들이 일하다 밭고랑에 주저앉아 낫으로 탯줄을 끊었다느니, 집에서 돌보는 게 당연한 것을 무슨 애 놓는데 호텔씩이나 잡아 들어가느냐든지, 한 사나흘 자리보전하며 미역국 먹고 나면 으레 다시 밭일하러 애를 업고 나오는 법이라는 19세기 레퍼토리가 한 치도 기대에 어긋나지 않고 돌림노래처럼 흘러나왔으며, 남편이 피땀 흘려 벌어다준 돈을 장사치들 아가리에 쏟아 부어 되겠냐는 대목에서 정주는 더 이상 참지 않고 먼저 가방을 챙기거나 겉옷을 꿰는 등 부산을 떨면서 이제 정말 시간이 없어서 나가보아야겠는데요, 했다. 그러면 방문객들은 암만 봐도 집에서 살림 돌보는 게 전부인 여자가 어째서 시계를 수시로 들여다보며 종종거리는지 이해할 수 없다는 듯한 표정으로 앉은 자리를 털었다.

그렇게 시내에 다녀와서는 각종 파과 상자와 뿌리에 흙이 고스란히 묻은 나물 한 소쿠리를 내려다보며 한숨짓게 마련이었다. 정주는 회사를 다니는 동안 천연 비료로 재배한 유기농 채소는 물론 세척 손질 전의 흙당근이나 껍질을 벗기기 전의 양파나 마늘도 사본 적 없었다. 요리라곤 신혼 초 몇 차례 집들이 때 레시피가 동봉된 반조리 파티음식을 맞추어서 굽거나 끓이거나 꽂은 게 다였다. 그 뒤로는 철저히 쌀만 안쳤으며 양가에서 보내온 반찬도 정주의 야근이 잦다 보니 이완 혼자선 소비가 느렸다. 이제 냉장고에는 더 이상 자리가 없었고, 과일은 빠르게 변질할 터였는데, 그 와중에 삼 년 전 귀농한 동창이 집에서 가꾼 농산물을 한 상자 부쳐주었다. 이사하고 환경이 급변한 데다 임신으로 정신없을 줄 아니 고작 한 시간 밖 거리에서 직접 차를 몰고 들르려다 마음만 보낸다는 사려 깊고 다정한 메모가 색색의 피망 사이에 꽂혀 있었다. 그 호의에 미소 짓다가도 정주는, 낭비하는 과일이 없도록 갈아서 얼리거나 잼으로 끓이는 한편 흐르는 물로 흙덩어리를 씻어낸 나물을 데치고 무치는 일들 위주로 재편되는 자신의 삶을 인정하고 싶지 않았다.

이완은 아직 돌아오지 않았다.

극구 마다했으나 그전 회사 동료들과 친구들의 성의를 거절하지 못하고 정주가 주소를 불러준 뒤 이틀에 한 번꼴로 출산 준비 선물이 배달되었다. 한날한시에 도착하는 게 아니라 어느 날은 아기이불, 이튿날은 수유쿠션, 강화유리 젖병 세트, 전동유축기, 젖병 살균소독기, 배냇저고리, 우주복, 아직 아이가 태어나지도 않았는데 성급하게 흑백모빌 세트, 헝겊 딸랑이, 업체 대여로 잠깐 쓰고 반납하면 되는 걸로 여겼던 원목 아기침대, 칠 개월 넘은 아기에게나 필요할 보행기를 보낸 동료도 있었다. 대부분 아이를 먼저 낳고 키워서 이제 처분하려던 것을, 집에 오래도록 두기도 비좁고 이참에 청소 겸해서 정주에게 보낸 것이다. 언제가 됐든 어차피 있으면 좋은 품목들이었으므로 정주는 발송인들에게 일일이 연락하여 고마움을 표하는 한편, 거저 받기엔 비싼 물건들이라 중고 시세대로 대금을 치르는 게 마음이 편하니 계좌번호를 찍어달라 했다. 언젠가 작업방으로 쓰고 싶었던 창고에 출산 물품이 쌓이는 걸 보면서 정주는 가능한 한 미니멀하게 살고 싶었던 소망을 아이의 탄생과 함께 접을 수밖에 없음을 알았다. 그러던 중 모친이 오가닉 뭐라나 하고 끊어 보내온 순면 기저귀 일습은 화살을 돌리기에 그나마 만만한 대상이었다. 마침 그것을 배달한 지역 담당 택배기사는 나흘 연속으로 똑같은 고객과 얼굴을 마주치자, 이 동네에선 사모님 말고는 아무도 이렇게 물건 시키는 분이 안 계셔서, 보시다시피 여기 트럭 드나들기도 길이 애매한데 덕분에 자주 오게 되네요—라는, 비난인지 감사인지 모를 인사와 함께 정주가 건넨 캔 음료를 받아들고 의미심장한 웃음을 지어 보인 뒤 떠난 참이었다. 나 그냥 처음부터 일회용 쓴다고 했잖아요, 어쩌자고 내가 감당도 못할 걸 보내셨어요? 전화 너머에서 들려오는 모친의 혀 차는 소리―첫아이한테 고작 그만한 정성도 못 들여서 어미 노릇을 어떻게 하느냐부터, 옛날엔 일일이 기저귀를 대야에 담그고 빨래해서 쓰느라 손목이 죄 나가는 게 당연했다는 사실과, 요즘은 세탁기에 삶기 기능도 있는데 뭐가 걱정이냐는 반문에, 아이가 어릴 동안은 공기 좋은 데서 지낼 텐데 형광증백제가 잔뜩 묻은 종이쪼가리를 쓰면 말짱 헛거 아니냐까지, 정주는 한 귀로 듣고 흘리다가 신경질을 부리곤 전화를 끊어버렸다. 십 분 뒤 도착한 모친의 문자는 '정 거추장스러우면 행주로 쓰다가 나중에 걸레로 쓰든지, 세상에서 제일 비싼 걸레가 되겠네'였다.

문득 대문 밖에서 윤 할머니와 김 할머니가 기웃거리는 모습이 건너다보여 정주는 마당으로 내려섰다. 그들은 왜 서로 다른 얼굴의 젊은 남자들이 낮 동안 새댁 혼자 있는 집에 드나드는지를 궁금해했고, 택배기사라는 걸 알게 되자 집에서 얌전히 출산을 준비하고 있어야 할 여자가 남편이 번 돈으로 무슨 물건을 그렇게 많이 사들이는지 호기심을 드러냈다. 제가 산 것은 아무것도 없어요. 다 태어날 아기에게 친구들이 보내는 선물이라고요. 그들이 정주의 목소리에 묻어나오는 날카로움을 알아채고 각자의 집으로 돌아갔기 때문에 저는 새댁이 아니라든지, 설령 남편의 돈으로 샀던들 무슨 상관이며 그것이 자신의 권리라는 부연을 정주는 덧붙이지 못했다.

이완은 아직 돌아오지 않았다.

정주는 그저 커피를 간절히 마시고 싶었을 뿐이고, 마침 원두 봉지는 물론 백 개들이 믹스커피 통마저 바닥을 드러냈으며, 그날은 이완이 차를 끌고 출근했는데 무슨 학년 행사인지 마을 벽화 프로젝트 준비로 늦는다는 문자가 왔을 뿐이었다. 이제 정주는 그가 무슨 행사를 진행하는지 궁금하지 않았고 들어도 그 의의를 자신이 이해하지 못하리란 걸 알았으며 그저 친정아버지가 우려했던 얘기가 현실이 됐을 뿐이라 여겼다. 그래도 사 년……을 습관적 기도처럼 외며 정주는 몸을 일으켰다. 로스팅 원두를 미리 주문하는 걸 깜박했다. 아니 떨어질 때가 된 걸 알았는데 주문하기를 꺼리고 미루었다. 집에 택배기사고 누구고 한 번이라도 덜 오는 게 나았다.

평소 걸음이라면 십오 분이지만 막달에 접어든 무거운 몸으로 정주는 내리막길을 이십 여 분 걸어 포도밭에 이르렀다. 미니슈퍼는 불이 켜져 있었고 미닫이가 살짝 열려 있었으며 주인 최 씨가 거의 아무도 찾지 않을 카운터에 앉아 있기까지 했다. 마침 직전에 손님이 다녀가기라도 한 모양이었다. 정주는 최 씨의 눈과 마주치지 않으려는 듯 고개를 숙이며―그의 눈 밑 상처에 눈길을 주지 않으면서 가게에 들어섰다. 미니슈퍼의 주인을 최 씨라 부른다는 것도 인사 다니는 동안 마을 어른들이 뒷공론 비슷이 알려준 것이며, 빵에 들어갔다 나왔다느니 양팔인지 등판인지의 문신 때문에 반소매 흰옷 입은 걸 못 봤다느니 눈 아래 상처는 ○○○파 시절 조폭끼리 벌인 로터리 난동의 칼자국이라든지 같은 출처 불분명의 이야기들이 발효되어가는 포도처럼 시큼한 냄새를 풍겼었다. 가게 안은 주전자의 물 끓는 소리와, 라디오를 틀어두었는지 바이올린과 피아노의 온화한 협주곡이 흘러나오고 있었다. 93.1메가헤르츠라니, 정주의 온 근육에 배어 있던 긴장이 풀려나갔다. 눈앞에서 칼부림이라도 나지 않는 이상 사실 여부를 확인하게 될 일은 없을 터였다.

어차피 주말에 차 몰고 마트 가면 되니까 그때까지만 버틸 요량으로 이십 개들이 믹스커피 통을 만지작거렸다. 그러다 손가락은 곧 오십 개들이 상자로 옮겨갔고 마지막에 집어 올린 것은 백 개들이 봉투였다. 11000이라고 적힌 견출지가 봉투에 붙어 있었다. 똑같은 걸 마트 가서 사면 구천오백 원이며 인쇄된 유통기한이 거의 지워져 얼마나 오래된 물건일지 짐작가지 않았고 막상 개봉하면 눅눅한 커피크림 냄새로 입맛을 오히려 버려놓을지도 몰랐지만, 정주는 카운터에 커피를 올려놓고 지갑을 열었다. 어쨌든 지금 당장 커피에 갈급증이 들렸고 마트는커녕 집까지 도로 걸어 올라갈 길만도 까마득했다.

본인이 드시는 겁니까.

예?

낼 돈은 이미 냈고 봉투만 집어 나서려던 정주는 적묵의 세계에 돌연 금을 긋는 목소리를 듣고 움찔했다. 이완의 미성과는 사뭇 다른 저음으로, 돌바닥에 쓸리는 듯 거친 질감을 지닌 목소리였다. 자기도 모르게 고개를 들자 눈 밑 꿰맨 자리가 코앞에 들어왔다. 고작 오 센티미터에 불과한 상처가 그의 표정을 장악하고 있었다. 그 상처는 본래의 피부인 척하며 비슷한 색깔을 유지하고 피부에 밀착되어 있지만 완전히 그 자리에 융화되기를 거부하는 듯 선명한 몇 땀의 바늘자리와 함께 볼록 튀어나온 모습을 하고 있었다. 살갗의 불순물. 얼굴 위의 이물질.

마실 수 있어요. 사 개월만 지나도 안정기에 접어들어서 하루 두

잔, 그것도 꺼림칙하면 한 잔까지는 괜찮아요. 그전엔 최소 다섯 잔을 입에 달고 살았다고요, 이런 거 말고 새까만 걸로, 에스프레소, 아메리카노, 더치. 정말 아무 상관없어요. 의사도 별말 안 했다고요.

엄마 될 사람이 무슨 커피야 애한테 해롭게 웬 커피, 같은 소리를 삼시세끼 인사처럼 건네며 커피를 술 담배와 동일선상의 유해물질로 간주하며 핀잔주던 어르신들을 떠올리며 정주는 지레 쏘아댔다. 물 끓는 소리가 방해되어 자기도 모르게 목소리를 한껏 높여 소리쳤는데, 말을 마치기도 전에 전기포트 작동이 멎었으므로 가게 안에는 고즈넉하다 못해 비현실적인 바이올린 선율만이 어색한 공기를 밀어내고 있었으며 정주는 제가 뱉은 마지막 어절이 열없어졌다. 아니 그러니까 믹스도 먹긴 먹는데, 그렇다고 믹스가 필요 없는 건 아니지만, 카페인 부족으로 말마저 조리 있게 나오지 않는다고 느끼며 정주는 이제 빨리 돌아가서 물을 끓이고 싶었다.

원래 취향이 그러시면.

최 씨가 허리를 숙였다가 꺼내 들어 보인 것은 김이 올라오는 커피 메이커 서버였다.

마침 다 내려서요.

회사 근처에 즐비한 테이크아웃 전문점에는 댈 수 없는 소박하고 어설픈 향기를 들이마시는 순간 정주는 별다른 고민 없이 진열대 앞 미니 식탁 의자를 끌어다 앉았다. 커피를 마신 시간은 다해야 이십 분을 넘기지 않았고, 최 씨와 마주 앉아 오고 간 얘기는 네댓 마디에 불과했다.

시루떡 잘 먹었습니다.

예, 별말씀을요. 전 또 뭐라고, 한참 전의 일인걸요. 커피 맛있네요.
천천히 드세요.

……원래 여기 분 아니시죠? 아닌 것 같아요.

뭐 피차 마찬가지일 듯합니다.

그렇죠, 저도요. 그런데 이렇게 조용한 데서 잘 지내지세요?

잘 지내는 게 뭔지에 따라 다르겠지요.

아마 최 씨는 그저 지내기만 하면 됩니다, 같은 말을 뒤이어 붙였을 테지만 정주는 클래식 연주의 잔향과 커피에 취하여 그다지 귀담아 듣지 않고 있었다. 그가 구 조직원의 잔당이든 등판에 문신이 있든 이 자리에서 웃통을 까고 보여줄 게 아니라면 상관없었고, 밀랍으로 봉한 봉투를 뜯어 열듯이 그에게서 뭔가 끌어내고 싶은 이야기는 없었다. 상대방이 먼저 입을 열고 싶어 어쩔 줄 몰라 하는 눈치가 엿보인다면 적당히 추임새라도 넣어주었겠지만, 정주는 어차피 오랫동안 알고 지낼 사람이 아닌 다음에야 그의 눈 밑 상처의 배경에 혹 불면 흩날릴 관심을 갖고 싶지 않았다. 그것이 타인에 대한 최대한의 예의라 믿었고, 김 할머니를 비롯한 동네 어르신들을 그동안 보아오면서 깨달은, 타인에 대한 가장 바람직한 자세였다.

남편과 함께 밭일을 마치고 돌아오던 윤 할머니가 길가 건너편에서 이쪽을 유심히 들여다보는 시선을, 정주는 알아차리지 못했다.

이완은 그날 예상보다 일찍 지역사회의 회합이 종료되어 아홉 시 전에 들어왔다.

……깡패 새끼라더라. 가까이 가지 말라더라. 넌 어떻게 된 게 밖

에 하루 종일 나가 있는 내가 그런 소리를 듣게 만드냐? 출산 전 마지막 진료여서 월차를 내고 시내 병원으로 동행한 이완이, 돌아오는 길에 대뜸 그리 말했다. 빗물이 점점 빠른 리듬을 갖고 제 몸을 부딪쳐 오는 차창 밖을 내다보던 정주는 무슨 뜬금없는 소린가 하다가 폭소를 터뜨렸는데, 얼마 못 가 쓴웃음으로 바뀌더니 입가에서만 조금 나부끼다 멎었다. 가게에서 커피를 샀을 뿐이며 쉬어가는 셈치고 커피를 얻어마셨을 뿐이라는 설명이나, 최 씨가 인상만 험악하고 사람들과 섞이지 못하는 것처럼 보일 뿐 깡패 여부는 확정되지 않았다는 변호 또한 나오지 않았다. 해명을 해야 하나 싶은 상황 자체가 모욕이었고, 이완의 입에서 나오는 것이 아내 신변에 대한 염려가 아니라 마을 사람들 보기 민구하다는 얘기였으므로, 설령 변명이나 나아가 거짓말까지 필요한 일이 발생했던들 정주는 아무 말도 하지 않을 터였으며, 해보았자 그 말들이 마찰력을 잃고 미끄러져 허공에 부서지리라는 걸 예감했다. 정주의 태도에서 못마땅함을 기미챘는지 이완은 서둘러 말을 이었다. 아니 공연히 무슨 일에 엮이기라도 하면 걱정되니까, 그런 구멍가게에 뭐 쓸 만한 물건이 있다고, 뭐든 필요하면 나한테 시켜, 들어오는 길에 사 갖고 오면 되잖아. 정주는 어디까지나 속으로만 그를 비웃으려던 참이었는데 자기도 모르게 실소와 함께 입 밖으로 흘러나왔다. 픽이나. 이완이 핸들을 주먹으로 내리쳐서 정주는 반사적으로 배를 감쌌다. 아니 미안, 믿어, 믿는데…… 적신호에 걸리자 이완은 양손으로 제 머리를 쥐어뜯으며 핸들에 고개를 묻었다. 굳이 남들한테 그런 얘깃거리 제공할 필요 없잖아. 그래서 하는 얘기지. 이렇게 누구네 집 개 콧구멍 속까지 들여다보이는 마을만 아니라면 네가 뭘 해도 믿을 거고 찬성인데, 네 잘못 아니고…… 그 남자가 이상하다잖아. 괜히 함께 거론되면 싫잖아. 그렇지? 설득과 강요 사이 어디쯤 자리한 말투로 이완은 혼자 결론짓고, 신호를 받자마자 앞만 보고 운전하기 시작했다. 정주 입속에서는 밖으로 꺼내지 못한 한마디만이 옹공거렸다. 이상한 사람 아닌데. 최 씨가 이상한 사람이라면 마찬가지로 밖에서 온 지 두 달밖에 안 된 자신은 얼마나 이상하게 보일지 정주는 짐작해보았다. 학교 선생님이라는 명확한 신분을 지닌 이완은, 자신의 몫이 아닌 일도 마다하지 않으며 어른들에게 인사성 밝은 이완은, 헌칠하고 호감 가는 인상의 이완은 경우가 좀 달랐다. 그러나 정주는 불어난 체중으로 턱이 두 겹 잡히고 잡티 가득한 얼굴에 늘 피로가 묻어 있었으며 결정적으로 일하지 않았다. 물론 밥과 빨래와 청소를 했고 자신은 목둘레가 늘어난 임부복만 걸친 채 이완이 밖에 입고 나갈 셔츠와 바지를 다리는 한편 부족하거나 소진된 살림을 살펴 채웠으며, 서울에 돌아가서 살 집을 마련하기 위해 십 원 단위까지 가계의 모난 부분을 두드려 맞추는 데 촉을 세웠다. 그러나 그중 어떤 것도 노동이 아니었다. 마을 사람들의 눈에는 그녀가 무언가를 끊임없이 사들이는 모습만 보였고, 외간남자와 한가로이 티타임을 즐기는 장면만 포착되었다. 그녀는 앞으로 자기가 이 마을에서 잘 해낼 수 있을 것 같지가 않았다. 무얼 잘 해낸다는 건지도 사실 애매모호하다며, 비단 이번 일 때문이 아니라 이미 그런 뉘앙스를 담은 얘기를, 두 명의 친구와 각각 통화하며 토로한 적 있었다, 그것도 집 밖으로 목소리가 새어 골목길을 타고 올라갈까 저어하며 덧문까지 닫고서. 젖병 소독기를 보내준 서울 친구는 초등학생

구병모 한 아이에게 온 마을이 107

인 둘째 아이를 학원에 데리러 가는 길이라 하여 오래 전화를 붙들지는 않았으나, 정주 얘기를 듣고선 하이톤으로 웃으며 말하길, 아이고 난 네가 내려간다기에 이제 마냥 매실이랑 쌀로 술 빚어다 한잔 여유롭게 걸치고 밤이면 풀벌레 소리 들으며 잠들겠구나 싶어 부러웠는데! 했다. 그 목소리에 악의 없이 다만 무신경한 고소함……이라기엔 그녀가 생각보다 잘 지내지 못하는 모습에 안도하는 기색이 느껴졌으므로 정주는 일찌감치 전화를 끊었었다. 채소 상자를 보내온 친구는 네가 먼저 어른들께 싹싹하게 다가가서 그들과 섞이려 노력한 적 있느냐고, 사 년 뒤에 떠난다는 생각만 하지 않았느냐고 거의 책망하듯이 물었다. 정주는 이완의 부모에게 하려 해도 결코 쉽지 않은 일을 심지어 온 마을에다 대고 자신이 먼저 노력해야 한다는 생각은 못 해보았는데, 친구의 경우 정착해서 농사를 짓는다는 특수성 때문에 그래야 할 입장과 필요성이 충분히 있었으리라는 짐작이 갔으며, 마을 어른들이 정주 배 속의 고추 여부를 두고 참견하거나 이완의 과거를 캐거나 하는 일은 정주가 싹싹하게 군다고 사라질 성싶지 않았으므로 다소 울가망하여 통화를 마쳤었다.

빗줄기가 더욱 굵어지며 점점홍의 꽃잎을 실어 날라 와서 차창에 붙였다. 집 골목길로 올라가기 전 내다보니 꽃잎 사이사이로, 수많은 물방울에 상이 이지러진 포도밭 미니슈퍼가 보였다. 전등이 들어와 있었고 최 씨는 가게 안에 조금 들이친 빗물을 닦아내는 모양이었다.

부엌 전기를 켜고 겉옷을 벗을 때 정주는 휴대전화가 없어진 걸 알았다. 이완이 전화를 걸자 병원 옆 커피숍 알바생이 받았다. 넌 이제 막 들어왔으니까 쉬고 있어, 내가 금방 다시 다녀올게. 온 길을 고스란히 두 번 걸음하게 만든 것은 직전 그의 언행과 무관하게 미안한 일이긴 했으므로 정주는 가만히 고개만 끄덕였다. 이완은 이완대로 핸들까지 내리친 게 마음에 걸렸는지, 정신을 어디다 빼놓고 전화를 떨어뜨렸느냐는 잔소리 없이 정주의 눈치를 보다가 집을 나섰다.

가는 데 이십 분, 오는 데 이십 분. 빗줄기가 점점 세차게 내리긋는 이유로 감속을 감안하더라도 한 시간이 넘도록 이완은 돌아오지 않았다.

마을에서는 그 마을의 형태를 유지하기 위한 무슨 사업들을 때때로 벌이는지 이완에게는 교감이나 면사무소 직원으로부터의 휴일 호출도 종종 있었고, 이완이 오늘 모처럼 월차를 낸 걸 고려하자면 학교나 학생의 급한 연락을 받고 도중에 방향을 틀었을 개연성도 충분했다. 그런 일에는 웬만큼 적응되었으나 이제 두 사람의 전화는 모두 이완의 손에 있었고, 설령 그의 차바퀴가 빗길에 미끄러졌더라도 정주는 연락을 받을 길이 없었다. 심심하면 먹통이 되곤 하던 셋톱박스는 우천에 선 어디가 끊어졌는지 이젠 아예 전원이 들어오지 않았다. 집 전화를 따로 놓을 생각을 왜 안 했을까. 이완이 나간 지 두 시간째에 접어들었고 텔레비전 뉴스에서는 극심한 노이즈 사이로 호우주의보가 흘러나왔다. 점심때 먹은 게 얹힌 듯 배 속에 싹을 틔운 불안이 술렁였다. 정주는 전화를 빌리기 위해 이웃집 문을 하나하나 두드렸다. 어느 집 마당에서는 개들이 짖었고 어느 집은 대답이 없었다. 담벼락 너머를 기웃거리며 계세요, 소리쳐보았으나 우산을 때리는 빗소리만 돌아왔다. 시간상 누구든 밭에서 돌아오려면 아직 멀었고, 오늘 같은 날은 수해 대비로 더욱 늦을 터였다. 아이만 없었다면 이 정도 높이의 담은 타넘어서 남의 집 전화를 실례했을 테지만 지금은 누구든 돌아올 때까지 서성이며 기다릴 도리밖에 없었다.

그때 허벅지 사이로 더운물이 흘렀다. 아랫도리의 근육이 모든 관성과 긴장을 잃고 활짝 열리더니 물이 콸콸 쏟아지면서 미지근하게 다리를 적셨다. 치맛단에 튀는 빗물의 차가움과 대비되어 한층 더 뜨겁게 느껴졌다. 말도 안 돼 아무리 배가 무거워졌어도 그렇지 남의 집 대문 앞에서 대량의 실금이라니…… 아니다. 정주는 이 느낌이 뭔지 알았다. 택시, 아니 119, 그런데 전화. 요도와 질에 힘을 주고 골목길을 걸어 내려갔다. 마음은 급한데 그 자세론 터무니없이 보폭이 좁았고 그대로 가다간 두 발목이 꼬여 내리막길을 공처럼 구르게 될 터였다. 돌풍에 뒤집힌 우산은 정주의 손끝에서 떨어져 나와 갈빗대가 꺾인 채로 어디론가 날아갔다. 정주는 엉덩이에 힘을 풀고 최대한 보폭을 크게 하여 뛰다 말다 하면서 내려갔다. 펑 터져 나온 물이 흐르더니 길 곳곳 옹당이진 빗물에 섞여 들어갔다.

발걸음을 떼어놓을 때마다 슬립온 안에 가득 찬 빗물과 양수가 출렁거렸다. 속눈썹 끝에 알알이 매달린 빗물이 시야를 방해했으며 저절로 턱이 떨려 눈앞의 나무와 길은 위아래로 흔들렸다. 폭우가 머리 꼭대기를 무겁게 적시는 한편 가랑이 사이 밀려들어간 대로 착 들러붙은 치마가 발목을 붙들었다. 미니슈퍼를 고작 삼십여 미터 남겨놓고 정주는 진흙을 밟아 미끄러졌다. 발꿈치에서 벗겨진 슬립온이 도로 한가운데로 굴러갔다. 발톱 일부가 뒤집혔다. 전화, 어떻게든 기어가서라도 전화를 써야겠는데 몸을 일으킬 수 없었고 목소리가 나오지 않았다. 눈꺼풀 안에 들어찬 빗물이 따가웠고 눈이 자꾸만 감겼다.

그때 노란 비옷 차림의 최 씨가 다가와 정주의 팔을 붙들었다. 제 어깨로 물에 젖은 무거운 몸을 부축하고, 마지막엔 힘껏 들어 올려 트럭 조수석에 태웠다. 정주는 트럭에 실리기 전 자신이 그의 등이나 무릎을 있는 대로 밟은 것 같았다. 그가 몸을 굽혀 안전띠를 채우곤 빙 돌아가 운전석에 올라타서 시동을 걸고 기어를 넣는 동안에도 정주는 추위에 이가 부딪치고 눈앞이 아득하여 사과가 나오지 않았다. 그저 차가 달리는 동안 눈에 고여 출렁이는 물방울 너머로 그의 희부연 옆모습만을 바라보았다. 몇 개의 과속방지턱을 넘으며 배가 흔들리지 않도록 감싸는 동안 어느새 히터가 들어왔고, 정주는 점점 감기는 눈꺼풀에 더 이상 힘을 주지 않았다.

모친을 제외한 모든 이들에게 면회 사절을 걸어놓은 산후조리원의 개인실 안에서 젖을 먹이며 정주는 통화 중이었다. 예, 이사님도 잘 지내시죠. 다른 게 아니고 지난번에 왜 경력 좀 있는 사람 찾으셨잖아요. 그 자리 제가 가면 안 되나 해서요. 아니 최대한 민폐는 안 끼칠 거예요. 저 아시잖아요, 할 때는 얼마나 이 악물고 하는지. 우리 뻔히 다 아는 사이에, 이사님도 지금 한창 자리 잡으실 타이밍인데 그 보수로 그만한 경력자는 사실 구하기 쉽지 않은 거 아시죠. 출퇴근이나 야근 특근만 가끔 조율 좀 해주시면 서로 어떻게든…… 예, 당연히 생각할 시간 필요하시죠 그 정돈 알죠. 그러면 검토해보시고 연락 주시면…… 애 운다, 또 연락드릴게요, 고맙습니다. 정주는 다 식은 미역국을 한 숟갈 뜬 뒤 입가에 묻은 기름을 혀로 훑으며 식판을 물

렸다. 아이의 목을 흔들림 없이 팔에 받쳐 안고 일어나 토닥이며 쓴
웃음을 흘렸다. 신출내기 평균의 80퍼센트에 해당하는 급여로 십 년
차 경력자를 찾는 날도둑들이 태반인 현장이었다. 그런 사람 없다고
장담하며 저라면 그 돈에 기꺼이 일하겠노라 매달렸지만, 사실 정주
는 알고 있었다. 그만한 돈에 자신의 재능을 거의 반 이상 기부할 고
학력자가 지천에 널리고 깔렸으며 대신 그 반작용으로 그들은 끝없
이 퇴사 및 부속 교체되리라는 것을. 이럴 때 아이를 안고 있으면 세
상의 모든 근심이 물러가는…… 게 아니라 그 자리를 굳건히 지킨 채
한때 투명해지기만 했다.

　정주는 시내 병원에서 눈을 뜬 뒤―그곳은 평소 다니던 여성 전문
의원이 아닌 좀 더 큰 종합병원이었으며, 그러고 보니 정주는 최 씨
에게 무슨 병원으로 가달라는 얘기도 못하고 축 늘어졌을 텐데 양수
가 터진 다음의 신속 처치를 고려하면 최 씨의 현명하고 순발력 있
는 선택의 결과였다―신생아실로 들어간 아이의 얼굴을 창문 너머
로 한번 본 다음, 마을로 돌아가지 않기로 한 결정을 이완과 모친에
게 통보했다. 먼 길 달려온 모친은 당장 이유를 묻지 않았으나 왠지
알조라는 듯 혀만 찼었다. 이완은 말문이 막힌 채 정주를 노려보기만
했다. 장모가 있는 자리여서도 그랬지만 몸을 푼 지 얼마 안 되는 산
모와 병원에서 고성이 오고 가봤자 지역 좁은 바닥에서 자기 얼굴만
깎아먹는다는 최소한의 예상은 되는 것이었다. 게다가 가장 위험하
고 중요한 순간에 그는 두 사람의 전화기를 모두 쥔 채로 다른 급한
일을 보러 다녀오다 때를 놓친 상황이었던 만큼, 어째서 하필 또 문
제의 깡패새끼라는 자가 정주를 이리로 실어 날랐는지 그 덕에 병원

에서는 동행한 그를 남편이라고 일시적으로 착각하지 않았겠는지부터 시작하여 묻고 싶은 게 분명 많을 텐데도, 거기에 토를 달지 못할 입장임을 알았던 것이다.

마을로 돌아가지 않음이 곧 이완과 결별한다는 뜻이 되지는 않았다. 서울에서 모친의 도움을 얻어 아이를 키우는 동안 이완으로부터는 당분간 생활비만 받는 쪽으로 이야기 가닥을 지을 예정이었다. 그러나 이완은 가족이란 함께 있어야 옳은 것이며, 월급만 부치는 원거리의 기러기로 살고 싶지 않다고 이미 확고하게 얘기했던 바 있었으므로 여기 선뜻 동의할지는 알 수 없었다. 고작 이 정도의 의견 불일치로 이혼이라는 결론에 도달하기엔, 결혼이 이튿날 리본과 풍선의 잔해를 청소할 일만 남아 허무해지는 아이들 파티가 아닌 칼날 같은 계약과 무거운 책임이라는 점과, 갈라섰을 때 양쪽의 리스크 또한 크다는 점을 어필할 예정이었다. 길어야 사 년만 참으면 된다고, 그때 가서 함께 생활하지 못했던 딸아이와의 서먹함은 부부가 공동으로 감당할 몫이라고 정주는 말해줄 참이었다. 그 어떤 불편도 부작용도, 정주가 원하는 시간에 원하는 장소에서 원하는 모습으로 원하는 사람과 함께 있지 못하는 것보다는 나았다. 정주는 문득 러시아워에 어깨를 부딪치거나 서로 발을 밟고 밟히는 사이였던, 다시 스쳐갈 일 없으며 형상이 떠오르지 않는 수천수만의 얼굴들이 그리워졌다. 누구도 정주를 알지 못하며 정주 또한 그들을 모르는 세계에서의 불안과, 서로에 대해 잘 안다고 믿어 의심치 않으나 실상은 아는 것이 없는 세계에서의 안식 가운데 선택을 요하는 문제에 불과했다. 환멸과 친밀은 언제라도 뒤집을 수 있는 값싼 동전의 양면이었고, 이쪽의 패를 까거나 내장을 꺼내 보이지 않은 채 타인에게서 절대적 믿음과 존경과 호감을 얻어낼 방법은 세상에 존재하지 않았다.

그때 폭우 속에서 자신을 아무런 조건 없이, 자신의 정체나 이완의 내력이나 소재에 대해 아무것도 묻지 않고 병원까지 실어다 주었던 최 씨의 얼굴이 갑자기 떠오르지 않아 정주는 의아해졌다. 마취제와 항생제를 비롯한 온갖 약을 맞아가며 아이를 낳다 보면 며칠에서 몇 주간은 이미지가 철저히 또는 처절히 붕괴되고 통증이 용해된 현실은 어느새 허구에 가까워지는 등 기억의 질이 급락하는 경험을 하게 마련이라 크게 이상한 일은 아니었다. 그보다는 그녀가 한 번쯤 고개를 제대로 들어 그의 얼굴을 마주 들여다본 적이 없어서일 터였다. 그래도 이렇게 인상 자체가 떠오르지 않을 줄은 몰랐다. 마을을 떠날 정주에게 그는 오로지 눈 밑 상처만으로 남아 있는 사람이었고 그것이 왼쪽이었는지 오른쪽이었는지도 분명치 않았다.

권여선

손톱

권여선

1965년 경북 안동에서 태어났다. 1996년 상상문학상에 장편 「푸르른 틈새」가 당선되면서 등단했다. 단편집 『처녀치마』 『분홍리본의 시절』 『내 정원의 붉은 열매』 『비자나무 숲』 『안녕 주정뱅이』 등과 장편소설 『푸르른 틈새』 『레가토』 『토우의 집』이 있다. 이상문학상, 한국일보문학상, 동인문학상 등을 수상했다.

엄마 전화 좀 받아 무슨 일 있어 나랑 얘기 좀 해 얘기를 해야 무슨 일 있는지 내가 알지 돈은 괜찮아 누구 꼬득임에 빠져서 날렸으면 어때 엄마가 다 써버렸으면 어때 부득기한 사정이 있었다고 생각하께 그게 나도 돈 벌고 엄마도 돈 벌고 둘이 벌으니까 금방 갚으면 되잖아 나는 괜찮은데 엄마 소희는 아직 어리잖아 애처럽잖아 인제 중학교에도 가야 되잖아 엄마 소희가 기다려 이 문자 보면 꼭 연락해

소희는 일어나서 눈도 못 뜬 채 보일러를 온수로 바꾸었다. 좁은 욕실에서 머리를 감고 나와 수건으로 털어 말리고 데운 우유에 시리얼을 부어 죽처럼 떠먹었다. 어젯밤에 통근버스를 타고 올 때 라디오 일기예보에서 내일은 올겨울 들어 처음으로 낮에도 영하권에 머무는 추운 날씨가 될 거라고 했다. 휴대전화를 보니 '오전 7시 10분 영하 5도 대체로 흐림'이라고 떴다. 머리를 다 말리고 나가면 늦는다. 출근

에 늦는 게 아니라 첫 통근버스에. 소희는 버스가 좋다. 통근버스는 소희의 가장 큰 기쁨, 가장 큰 사치다.

파카 안에 긴 머리칼을 집어넣고 비니를 눌러쓰고 그 위에 파카에 달린 모자를 덧썼다. 장갑을 끼기 전에 잠시 오른손 엄지손톱을 들여다보았다. 흉하다…… 약을 먹고 약을 발라도 낫질 않는다. 목도리를 친친 감고 문을 열고 옥상으로 나서자 바람이 매섭게 몰아쳤다. 장갑 낀 손으로 철제 난간을 잡고 실외 계단을 타닥타닥 내려갔다. 목도리를 누르고 빠른 걸음으로 전철역을 향해 걸었다. 옮긴 게 잘한 건가, 잘한 거야. 잘한 건가, 잘한 거지.

소희는 삼 주 전에 서울 외곽 너머에 있는 S쇼핑테마파크 매장으로 옮겼다. 이전에 근무하던 매장에서는 한 달에 백육십만 원을 받았지만 지금 매장에서는 백칠십만 원을 받기로 했다. 십만 원이 올랐다고 마냥 좋지만은 않은 게, 이전 매장은 출근에 오십 분밖에 안 걸렸지만 지금은 한 시간 삼십 분이나 걸린다. 출퇴근 합치면 하루에 한 시간 이십 분이 더 걸린다. 시급으로 따지면 팔천 원이 넘는다. 팔천 원만 잡아도 한 달에 이십사만 원, 쉬는 날 나흘 빼면 이십만 팔천 원이다. 세상에 어느 직장도 출퇴근 시간을 시급으로 쳐주는 덴 없지만 그래도 출퇴근이 너무 오래 걸리니 따져보지 않을 수 없고 따져보면 그렇다는 얘기다. 이십만 팔천 원이라는. 식대는 여기가 한 끼 이천 원으로 이전 매장보다 천 원이 싸다. 일주일에 화수목 사흘은 한 끼를 먹고 금토일 사흘은 두 끼를 먹으니 하루 평균 천오백 원이 이득이지만 그래도 팔천 원보다야. 팔천 원의 시간을 길거리에 흘려버리는 거보다야. 지금 매장으로 옮길 때는 출퇴근이 얼마나 걸리든 돈을 더 받는 게 무조건 낫다고 생각했다. 막상 다녀보니 꼭 그렇지만은 않았다. 특히 이른 아침에 눈을 뜰 때. 전철을 타고 오래 갈 때. 그래도 여긴 전철역에서 쇼핑테마파크까지 운행하는 통근버스가 있다. 물론 통근버스비를 내지만 소희는 그 돈이 아깝지 않다. 첫 통근버스를 타면 앉아서 갈 수 있고, 운이 좋으면 창가 자리에 앉을 수도 있다. 그러면 아침 햇살 강물이 반짝반짝 따뜻하다. 어디 소풍 가는 것 같다.

지하철 출구 근처에서 누군가 뛰기 시작하자 사람들 걸음이 덩달아 빨라졌다. 소희도 뛰었다. 소희는 초등학교 때 달리기 선수였다. 백미터 달리기에서 웬만한 남자애들보다 빨랐다. 개찰구를 통과할 때 열차가 도착한다는 방송이 들렸다. 두 계단씩 뛰어 내려가 5-6 차량 번호 앞에 줄을 섰다. 초등학교 5학년 때 체육 선생이 소희에게 육상을 해보면 어떻겠냐고 물었다. 그 말을 전하자 엄마는 안 된다고 했다. 왜? 아니 그거 하려면 돈이 얼마나 많이 드는데? 어디 훈련 가고, 신발 사 신고, 그게 다 돈이다, 돈. 스크린도어와 열차 문이 열리고 사람들이 내렸다. 등 뒤에서 누군가 마구 밀어대는 느낌을 받으며 소희는 열차에 올랐다. 체육 선생은 여러 번 소희를 불러 같은 얘기를 했다. 열심히 훈련해서 대회 나가서 상 받고 그러면 다 지원해주는 데가 있다고, 학교나 체육회 같은 데서 책임져준다고. 그런 말을 전하자 엄마는 코웃음을 쳤다. 왜 또? 아니 그때까진 어쩌고? 그때라니…… 언제? 언젠 언제야, 상 받을 때까지지. 또 상 못 받으면 그

때 가선 어쩌고? 그땐 딱히 아쉽거나 서운하지 않았는데 요즘엔 가끔 육상을 했더라면 어땠을까 소희는 생각한다. 아무 생각 없이 죽자고 빨리 달리기만 하면 되는 일이었는데, 그렇게 해서 큰 대회에서 상을 받게 되었다면 어땠을까. 엄마는 몰라도 언니는 내 곁을 안 떠나지 않았을까.

열차가 역에 정차할 때마다 내리는 사람은 없고 타는 사람만 많다. 역과 역 사이, 꾸역꾸역, 누군가의 손아귀에 꾹 쥐여진 모양으로 서서 열다섯 개 역을 가야 한다. 전철을 타고 앉아서 가본 게 언제였나. 소희는 갑자기 오른손 엄지손톱에 찌르는 듯한 통증을 느끼고 장갑 낀 검지로 장갑 낀 엄지를 살살 비볐다. 그렇다고 통증이 없어지는 건 아닌데 그저 버릇이 그렇게 들었다. 언제인지 몰라도 대낮에 전철을 타고 앉아서 갔던 기억이 났다. 그러다 기습적으로 차창 안으로 쏟아져 들어온 눈부시게 화사한 햇빛을 보았던 기억도. 열차는 한강을 건너고 있었나보다. 강의 물결과 건물 유리가 찬란하게 빛나고 있었는데, 빛나는 건물 안에 하루 종일 갇혀 지내는 소희가 그 시간에 전철에 앉아 그런 햇빛을 본 적이 있을 리 없었다. 꿈이었나.

아니었다. 첫 통근버스로 갈아타고 S쇼핑테마파크로 향할 때 차창으로 쏟아지는 아침 햇살을 보고서야 소희는 생각났다. 그날이었네, 그날이었어. 그게 벌써 넉 달도 더 전이다. 대학병원 응급실에서 처치를 받고 집으로 돌아가던 길이었다. 그날 소희는 찌르는 듯 따스한 빛, 강물이며 건물이며 만물이 스스로 빛나게 하는 빛, 무차별하면서 공평하고 무심하면서 전능한 빛을 보았다. 눈이 부셔 눈물이 고였지. 열차가 다시 어두운 터널 속으로 들어갔을 때에야 눈에서 눈물이 떨어졌다. 손톱 절반 가까이를 부러뜨리고서야 맛볼 수 있었던 한낮의 햇빛은 그토록 짧고 강렬했다. 소희는 강변을 달리는 통근버스 차창에 바짝 붙어 앉아 아침 햇살에 반짝이는 강물을 본다. 버스가 좋은데, 소희는 버스가 슬프다. 그러니까 슬픈 건 버스가 아니라 햇빛인데, 슬프면서 좋은 거, 그런 게 왜 있는지 소희는 알지 못한다.

그니까 올여름 8월 초쯤, 이전 매장에 근무할 때였다. 반품 체크를 하는 날이라 아침부터 바빴다. 같이 박스 정리를 하던 민경 언니가 말했다. 학교와 알바, 둘 다는 아무래도 무리인 것 같아. 민경 언니는 경기도 어디 대학에 다닌다고 했다. 둘 다는 무리죠, 라고 소희는 대꾸했다. 너무 힘들어서 둘 중 하나는 그만둬야 할 거 같아. 너무 힘들면 하나는 그만두세요. 소희 말에 민경이 피식 웃었다.

으응, 안 그래도 엄마랑 그 문제로 상의했거든.

순간 소희는 박스를 들어 올리려다 말고 멈췄다. 방금 민경 언니가 뭐라고 그랬지? 낯선 기척을 느낀 토끼처럼 귀가 쫑긋 섰다.

힘들어도 엄마가 이번 학기까지만 마치고 휴학하래. 그래야……

소희는 더 이상 민경의 말을 듣고 있지 않았다. 아니, 스펙이니 취업이니 하는 말은 들렸지만 아무 뜻도 없는 주문처럼 들렸다. 딱딱한 껍질 속에 갇힌 느낌, 바삭하게 구워지는 과자처럼 겉은 점점 검고 단단해지는데 속은 끓는 시럽처럼 뜨거운 핏물이 휘도는 느낌, 겉과 속이 분리된 느낌이었다. 소희는 온몸의 기운을 모아 스포츠화 상자가 가득 든 박스 사이로 손을 휙 밀어 넣었다. 그리고 박스를 들어 올리는 대신 아하하 소리를 내며 주저앉았다. 입에서 용처럼 뿜어져

나오는 가스의 열기를 느낄 수 있었다. 박스 사이에서 천천히 손을 뺐을 때 길고 가느다란 비명이 민경 언니의 입에서 튀어나왔다. 박스 아래에 튀어나와 있던 굵은 고정쇠가 소희의 오른손 엄지손톱에 박히면서 푹 뚫고 나와 손톱 절반이 뒤로 꺾이고 살이 찢겼다. 아하하…… 끔찍한 통증과 함께 기괴하게 발딱 뒤집혀 있던 손톱의 모양을 소희는 잊지 못한다. 잊을 수 없다. 아하하…… 아하하……

그날 왜 그랬냐 하면 그때 소희는 달아오르다 달아오르다 끝내 퍽 금이 가야만 했던 상태였으니까. 뿜어낼 구멍이 절실할 때, 그러니 손톱이든 어디든 와삭 깨지고 퍽퍽 터졌어야 할 때였다. 아하하…… 웃겨 죽을 뻔했지. 엄마랑 뭘 했다고? 상의? 엄마랑 상의를 해? 아하하…… 민경 언니가 소희를 그렇게 웃겼으므로 소희는 박스 밑으로 급하게, 온 힘을 다해 손을 집어넣었던 거고, 터졌던 거고 아직도 아물지 않는 거고.

첫 통근버스는 8시 45분에 S쇼핑테마파크 4A주차장에 도착했다. 드넓은 주차장은 아직 텅 비어 있다. 소희는 혼란스럽다. 그러니까 그때 그게, 설마 그게…… 그거였나? 상……의…… 상……의…… 읊조려볼수록 이상한 말이었다. 상……의…… 그런 것도 상의라고 할 수 있나. 엄마에게 육상에 대해 물어본 거, 그게 소희가 엄마와 뭔가를 상의한 거였나. 진로라든가 미래라든가 그런 걸 상의……한 거였나. 그런 것도 상의라고 할 수 있나. 텅 빈 주차장, 텅 빈 방, 그것도 주차장이고 방이고 하다면, 텅 비어도, 내용도 없고 주고받는 것도 없고 아무것도 없어도, 그게 상의긴 상의였나. 소희랑 엄마랑 상의한 거……

그딴 게 무슨, 하고 장갑을 끼려다 소희는 다시 오른손 엄지손톱을 들여다본다. 염증으로 부어올랐던 살덩이가 딱딱하게 굳으면서 표면에 잿빛 각질이 비늘처럼 겹겹이 덮였다. 손톱 절반이 떨어져나간 자리에 징그러운 벌레처럼 거무죽죽한 혹이 남았다. 흉하다…… 민경 언니도 그랬다. 여자애 손톱이 그게 뭐니. 병원 좀 다시 가보든가. 여자는 얼굴 다음이 손인데. 그래서 병원에 가긴 갔다. 상처에 세균이 침투한 걸 방치해서 이렇게 된 거라고, 두어 달은 약을 먹고 약을 바르며 상태를 지켜보자고 의사는 말했다. 손톱 주변에 신경이 몰려 있어 외과 수술은 가급적 안 하는 편이 좋다고도 했다. 두 달 넘게 약을 먹고 바르는데도 전혀 나아지지 않는다. 다음 주에 병원 진료가 잡혀 있다. 그 전에 기적처럼 혹이 떨어지고 새살이 돋을지, 소희는 알 수 없다.

오늘도 매니저는 소희에게 아쉬운 소리를 했다. 진수 씨가 또 못나온다고 했다. 또요? 그래, 또! 그래서 소희가 오늘 야간 근무를 혼자 보고 다음 주 화요일 오전 근무를 빼주면 어떻겠냐고 물었다. 소희는 그러겠다고, 오늘 야간 근무를 혼자 보고 다음 주 화요일엔 오후에 출근하겠다고 했다. 매니저는 고맙다면서, 남자가 돼서 진짜 맨날 왜 그러나 몰라, 하고 툴툴댔다. 남자가 돼서 진짜…… 소희는 중얼거리다 만다.

진수는 이 스포츠 용품 매장에 하나뿐인 남자 직원이다. 점장 부부와 매니저, 여직원 수연 성은 소희, 그리고 진수, 이렇게 매장에서 일한다. 제일 어린 소희가, 온 지 한 달도 안 된 소희가 매장에서 판매 실적이 제일 높다. 고객을 응대하는 특별한 노하우가 있는 것도 아니고 말솜씨가 뛰어나거나 상품 설명을 잘하는 편도 아니었으므로 같이 일하게 된 직원들은 왜 그런 결과가 나왔는지 이해할 수 없었다. 처음 며칠은 우연이려니 운이 좋아 그러려니 하다, 계속 그런 결과가 나오자 잠시 의아해하다, 나중에는 말솜씨가 뛰어나거나 상품 설명을 잘하는 편이 아니라서, 아, 그래서 잘 파는 애, 라는 걸 알게 되었다. 그러니까 소희는 고객들이 대하기에 어리고 편하고 만만하기도 했지만, 무엇보다 고객이 뭐라고 하면 어쩜 그렇게 앵무새처럼 그 말을 그대로 따라 하는지, 그래서 잘 파는 애였다. 자기 주장이란 게 없고 애가 아주 '무나아안하다'고, 무색무취하다고, 그것도 재주라면 재주라고 매니저는 말했다. 그렇게 무의미하고 무가치하고 무존재하다는 것도 재주라면 재주라는 식으로 직원들은 이해했다.

소희와 달리 진수는 판매 실적도 꼴찌, 출근율도 꼴찌, 월급도 꼴찌였지만 인기는 좋았다. 성격이 싹싹하기도 하고 여직원들이 많은 매장이어서 그렇기도 했다. 다들 그가 오래 다니지 못할까 봐 근심했다. 하지만 소희는 진수 씨 별로다. 하루 종일 종알종알, 남자가 돼서 진짜……

소희는 아빠를 기억하지 못하지만 언니 얘기로 아빠는 착한 사람, 말이 없는 사람이었다고 했다. 착한 건 몰라도 말이 없었다는 건 소희 마음에 들었다. 아빠는 소희가 세 살 때 밤낚시를 갔다 사고를 당했다고 했다. 갯벌에 물이 들어오는데 아빠 혼자만 뒤처져 빠져나오지 못했다. 같이 간 사람들이 도와주려고 했지만 못 도와줬다고 했다. 갯벌이란 그런 곳, 아무리 구해주고 싶어도, 바로 저만치에서, 사람이 가슴까지, 목까지, 코와 이마까지 꼬록꼬록 빨려들어가는 걸 빤히 보면서도 전혀 손쓸 수 없는 곳이라고 했다. 다 언니가 해준 얘기였다. 그러면서 언니는 정작 자기 아빠에 대해서는 아무것도 기억하지 못했다. 그건 엄마가 얘기해줘야 하는데 엄마는 본희 아빠에 대해서도 소희 아빠에 대해서도 입을 다물었다.

엄마는 늘 일을 다녔지만 자주 다치거나 사고를 당하거나 아프거나 해서 쉬는 날이 많았다. 팔이 부러지고 뜨거운 물에 데고 귀가 곪고 발목이 삐고 아픈 허리가 도졌다. 언니는 엄마가 못된 사람, 말이 없는 사람이 되어간다고 했다. 말이 없는데 착한지 못된지 언니가 어떻게 알 수 있나. 생각해보니 실은 언니도 몰랐던 거다. 엄마가 얼마나 못된 사람이 되어갔는지를. 그러니 당했던 거고.

엄마가 사라진 건 소희가 초등학교 6학년 겨울방학을 맞던 날이었다. 집에 왔을 때 엄마는 없었다. 당시에 엄마는 식당 일을 하고 있었는데 소희가 오기 전에 식당으로 출근하는 일이 잦았다. 감자탕집인지 보쌈집인지 둘 다 하는 집인지 이미 다른 집으로 옮겼는지, 어쨌든 말을 안 해서 잘 모르지만 옷에 밴 냄새로 봐서 식당은 식당이었다. 밤에 퇴근한 언니가 엄마는, 하고 물었을 때 아직, 했던가 몰라, 했던가. 다음 날 아침에 언니가 어젯밤에 엄마가 또 안 들어왔다고 했을 때도 놀라는 대신, 그럼 오늘은 일찍 들어오겠네, 했다. 갑자기 후다닥 옷장 문과 화장대 서랍을 열어본 언니가 소리를 깩 지르고 주저앉았다. 이 여자가 진짜!

그때 소희네는 이사를 앞두고 있었는데 엄마는 그렇게 집을 나가 돌아오지 않았다. 작별 인사는커녕 아무 신호도 낌새도 없이 휙 사라졌다. 엄마가 새로 이사 갈 집 보증금에 보탠다고 언니가 열 달 동안 저금한 칠백만 원과 언니 이름으로 대출받은 천만 원을 들고 내뺐다는 건 나중에 알았다. 그리고 더 나중에야 소희는 곰곰이 생각하다, 아주 없지는 않았다고, 그러니까 그게 낌새라면 낌새였다는 걸 알았다. 이사라든가 보증금이라든가 대출이라든가 그런 거. 그러니까 올 6월에 언니가 이사라든가 보증금이라든가 대출이라든가 그런 얘기를 했을 때 소희는 낌새를 챘어야 했다. 언니도 내빼려는구나.

그러니까 팔 년 전 스물한 살, 지금 소희 나이였던 언니도 소희처럼 들떴던 거다. 아무 생각 없이 대출도 받고 저금한 돈도 선뜻 내주고 한 거 보면. 엄마가 새로 이사 갈 집은 반지하도 아니고 방도 두 개라 안방은 엄마와 소희가 쓰고 언니 방은 따로 내주겠다고 했다니까. 또 본희 니가 정 그렇게 자신만만하다니까 말인데 고양이도 한 마리 키우든가, 했다니까. 언니도 소희에게 똑같이 새로 이사 갈 집은 반지하도 옥탑도 아니고 방도 두 개고 욕실도 크니까 이번에는 꼭 고양이를 키우자고 했으니까. 소희가 쉬는 날 같이 새로 이사 갈 집을 보러 가기로 해놓고는 휙 사라졌으니까. 언니가 며칠째 돌아오지 않던 방, 그것도 방이라고 할 수 있나. 그 무서운 바닥과 벽과 천장과 텅 빈 공간도 방……이라고 할 수 있나. 상의 한마디 없이…… 그럴 수 있나.

야근과 뒷정리를 마친 소희는 4A주차장에서 마지막 통근버스를 기다린다. 밤이라 춥다. 휴대전화를 켜니 '오후 10시 6분 영하 10도

대체로 흐림'이라고 뜬다. 첫 통근버스는 앉아서 오지만 끝 통근버스
는 앉아서 못 간다. 그래도 따뜻하다. 전철도 이 시간에는 덜 붐비니,
나쁜 점 하나, 좋은 점 하나다. 전철이나 통근버스에서 서서 갈 때 소
희는 종종 돈 계산을 한다. 오늘 얼마를 썼는지, 이번 달에 얼마를 쓰
게 될지. 그러면 시간이 빨리 간다. 돈 계산을 하고 가계부를 쓸 때에
만 소희는 살아 있는 것 같다. 뭔가 벅차오르다 금세 풀이 죽고 갑자
기 조급증이 났다 울렁거렸다 종잡을 수 없는 흥분 상태에 사로잡힌
다. 이번 달 월급 백칠십만 원을 받으면, 받으면……

　갚을 것 갚고 낼 것 내고 뺄 것 빼면 소희 손에 남는 돈은 오십만
원 정도다. 본희가 들고 튄 대출금 천만 원과 지금 사는 옥탑방 보증
금으로 대출받은 오백만 원, 합계 천오백만 원이 앞으로 소희가 갚아
야 할 빚이다. 대출상환금이 매달 사십칠만 원 나가고, 옥탑방 월세가
사십만 원 나간다. 교통비와 회사 식대를 합치면 이십만 원, 통신료와
공과금과 건강보험료 합이 십삼만 원. 백칠십만 원에서 이걸 다 빼면
딱 오십만 원 남는다. 이전 매장에서 백육십만 원 받을 때도 매달 이
십만 원씩 저금했으니까 이번 달부터는 삼십만 원씩 저금해야 한다.
그러면 이십만 원 남는데…… 아니, 소희는 당황해서 눈을 깜박거린
다. 겨울이라 난방을 하니까 이만 원 더 든다. 그러면 십팔만 원 남는
다. 십팔만 원으로 한 달을 먹고 살려면…… 소희는 주먹을 꼭 쥔다.
아무리 빡빡해도 저금은 절대 줄일 수 없다. 저금은 소희의 목숨줄이
다. 빨리빨리 저금해서 대출 원금을 갚지 않으면 소희는 오 년 동안
꼼짝없이 매달 사십칠만 원씩을 저축은행에 갖다 바쳐야 한다. 소희
는 수없이 계산하고 또 계산해봤다.

결과는 두 배, 두 배라는 거다. 천오백만 원을 빌렸는데 최종적으로 갚는 돈은 이천팔백만 원이 넘는다. 그것도 오 년 뒤에 한꺼번에 갚는 게 아니라 매달 꼬박꼬박 갚는 식으로 그렇다. 매달 그만큼씩 꼬박꼬박 오 년 동안 적금을 부으면 삼천만 원 정도 된다. 그러니 두 배, 두 배라는 거다. 저금을 하지 않고 다 써버리면 빌린 돈의 딱 두 배를 갚아야 한다는 거. 그래서 소희에겐 계획이 다 있다. 마지막으로 대출받은 옥탑방 보증금, 이자가 제일 센 그 오백만 원부터 갚아야 한다. 칠 월부터 십일 월까지 소희는 매달 이십만 원씩 모아 백만 원을 만들어놓았다. 이번 달에 삼십만 원을 보태면 백삼십만 원, 내년에도 꾸준히 매달 삼십만 원씩 모으면 연말까지 사백구십만 원. 어떻게든 십만 원을 보태 오백만 원을 갚으면, 내후년부터는 매달 사십칠만 원이 아니라 삼십일만 원씩만 상환하면 된다. 남는 십칠만 원을 저금에 보태 매달 사십칠만 원씩 모으면 일 년 안에 또 오백만 원을 갚을 수 있고, 그러면 상환액이 십육만 원 줄어드니까 그걸 보태서 또 매달 육십삼만 원씩 저금하면 8개월 만에 마지막 오백만 원까지 깨끗이 다 갚을 수 있다.

　그러면 소희는 빚 없는 사람이 된다. 그때부터는 대출상환금 사십칠만 원을 더해 매달 칠십칠만 원씩 모을 수 있는데 월급이 올라서 팔십만 원씩 적금을 든다 치면 일 년에 거의 천만 원…… 갑자기 소희는 풀썩 몸을 뒤친다. 그 생각을 못했다. 소희는 관자놀이를 톡톡 친다. 빚 갚는 데만 정신이 팔려 자꾸 그 생각을 까먹는다. 방…… 방이 있다. 그 사이에 옥탑방 계약 기간이 끝난다. 보증금이 오르거나 월세가 오르면 빚 갚는 건 그만큼 늦어진다. 보증금이나 월세를 올려주면서 빚을 다 갚으려면 얼마나 걸릴까. 마음이 바쁘다. 집에 가서 찬찬히 계산해봐야겠다. 그러나 계약 기간이 끝날 때마다 그때그때 주인이 월세나 보증금을 얼마나 올릴지, 소희는 알 수 없다. 그러니 계산할 수 없다. 언제 빚을 다 갚을 수 있을지.

전철역 근처 '24시간 짜장 짬뽕'이라고 적힌 이층 간판을 올려다보며 소희는 잠시 망설인다. 추우니까 집에 가기 전에 짬뽕 한 그릇을 사 먹고 가고 싶다. 기왕이면 곱빼기로 먹고 싶다. 어느새 소희는 좁은 계단을 올라간다. 계단에서부터 풍겨오던 기름진 중국 음식 냄새가 이층 문을 열고 들어서는 순간 진하게 몰려왔다. 조그만 가게인 줄 알았는데 넓은 홀이 탕수육이나 쟁반짜장을 시켜놓고 술을 먹는 손님들로 떠들썩했다. 앞치마를 입은 여자가 다가왔다.

몇 분이세……?

소희는 얼른 집게손가락을 세웠다.

혼자?

네, 혼자요.

그럼 여기.

소희는 여자가 가리킨 일인용 자리에 앉았다.

주문은 뭘로다?

주문은요, 짬뽕 곱빼기, 맵게요. 아주 맵게요.

육천 원이고 선불이에요.

선불이에요? 근데…… 곱빼기면 오천오백 원 아니에요?

소희가 메뉴판을 가리키며 묻자 여자가 역시 메뉴판을 가리키며 맵게 추가하면 오백 원이라고 말했다. 모든 메뉴 아래에 빨간 고추가 그려져 있고 그 옆에 조그맣게 오백 냥이라고 적혀 있었다.

오백 원이나요?

여자가 앞치마 주머니에서 계산지를 꺼내 표시를 하고는 큰 인심 쓰듯이 말했다.

여기는 매운맛 소스를 안 쓰고 청양고추 유기농으로 맛을 내거든.

청양고추요?

그러니까 다만 오백 원이라도 안 받으면 장사가 안 된다고.

장사가 안 될지 어떨지는 알 수 없지만 육천 원이면 찌개용 돼지고기 한 근을 살 수 있다. 곱빼기도 말고 맵게도 말고 그냥 사천오백 원짜리 짬뽕을 먹을까 하다 소희는 자리에서 일어났다.

다음에 올게요.

그럼, 그러든지, 하더니 여자는 아니, 그럴 거면 빨리빨리 결정을 져야지, 젊은 사람이 어째 매가리가 없이, 하고는 계산지를 구겨 쓰레기통에 던져 넣었다. 계단을 내려오면서 소희는, 매가리가 없이, 매가리가 없이, 하고 중얼거려보지만 그게 무슨 말인지 모른다. 말귀를 못 알아듣는다는 말인가. 민경 언니는 언젠가 소희에게 대화는 서로 주고받는 건데 너랑은 대화가 안 돼, 대화가, 그랬다. 아니, 소희는 언니랑은 대화가 잘됐다. 말귀도 잘 알아듣고 언니가 시키면 시키는 대로 했다. 근데 그게…… 대화가 아니었나. 주고받는 게 아니었나. 상의도 아니고 대화도 아니고 아무것도 아니었나.

지난 6월에 본희는 소희가 저금한 돈 천오백만 원과 소희 이름으로 대출받은 천만 원을 가지고 사라졌다. 엄마랑 수법이 똑같았지만, 그래도 소희는, 아직도 소희는, 엄마랑 언니는 다르다고 생각한다. 언니는 그럴 만한 사정이 있었을 거라고, 다시 돌아올 거라고 믿는다.

엄마가 집 나가고 열흘쯤 지났을 땐가, 소희가 텔레비전을 보고 있는데 본희가 현관에서 신을 신으며 잠깐 나갔다 오겠다고 했다.

잠깐 어디?

친구네.

친구 누구?

소희가 눈을 맞추려 했지만 본희는 돌아보지 않았다.

늦으면 친구네서 자고 올지도 몰라. 기다리지 말고 자.

돌아서 나가는 본희가 멘 가방이 이상하게 커 보여 소희는 자리에서 벌떡 일어났다. 가만히 서 있다가 갑자기 현관문을 열고 맨발로 뛰어나가 계단을 올라가는 본희 뒷모습에 대고 외쳤다.

언니야, 올 거지?

본희는 멈춰 섰지만 돌아보지 않았다. 소희는 묻고 또 물었다.

언니야, 한 밤 자고 올 거지? 내일 올 거지? 다시 올 거지? 꼭 올 거지?

본희는 말없이 계단을 올라갔다.

한참 있다가, 몇 년은 지난 거 같은데 몇 시간쯤밖에 안 지난 한밤중에 언니가 문자를 했다. 소희는 언니가 올 때까지 휴대전화를 손에 꼭 쥐고 문자를 보고 또 보았다. 그러지 않으면 문자가 감쪽같이 날아갈 것 같았다.

삼겹살 사가지고 가께 라면 끓여먹지 말고 기다려

　그날 언니가 돌아왔으니까, 엄마가 보증금 삼백만 원도 다 까먹고 월세까지 밀려놓은 깡통 반지하 방에 언니가 와줬으니까, 아빠도 다른데 소희랑 팔 년을 같이 살아줬으니까, 그러니까 그깟 돈 이천오백만 원은 언니가 다 가져도 된다. 다 써버려도 된다. 언니는 올 거니까. 그때처럼 한참 있다가, 몇 년은 지난 거 같은데 몇 달쯤밖에 안 지나서 삼겹살이든 뭐든 사 가지고 올 거니까, 언니는 엄마랑 다르니까, 언니는 한 번 다시 와줬으니까, 이번에도 꼭 다시 와줄 거니까, 소희는 믿고 기다린다.

　엄마 소희 인제 중학생 됐어 소희가 밥도 하고 국도 잘 끓여 나도 열심히 돈 벌고 있으니까 엄마 그냥 전화만 받아 통화만 하는 건 괜찮잖아 엄마가 어디 있는지 뭐하는지 그거라도 알자 내가 뭐라 안 하께 나 중학교 때 집 나간 거 기억나 엄마 그게 내가 어려서 속이 좁아서 가출하고 엄마 힘들게 했어 소희도 아파가지고 번가라가며 속 썩여서 미안해 인제 우리가 철 좀 들었으니까 앞으로 그런 일 없도록 하께 엄마 말대로 인간적 수양도 발전시키고 노력하께 그니까 엄마가 인제 오기만 하면 돼 제발 전화 좀 받아

　갑자기 매니저가 소희에게 그거 왜 안 신어, 하고 물었다.
　그거……요?
　소희는 눈을 깜박였다.

저번에 운동화 준 거, 그거 왜 안 신냐고?

아, 그거요?

매니저는 일주일 전 본사에서 50퍼센트 할인가에 직원들에게 지급한 신상품 스포츠화에 대해 말하고 있었다. 소희는 그걸 받자마자 중고매매 사이트에 올렸다. 박스도 뜯지 않은 신상이라 좋은 가격에 팔 수 있었다. 그래서 어제 짬뽕도 사 먹을 생각이 들었던 건데…… 그거…… 이제 없는데……

그거…… 꼭 신어야 돼요?

그럼 신어야지. 신고 일하라고 준 건데. 내일부턴 꼭 신어.

소희는 엉겁결에 언니, 언니 줬는데, 했다.

뭐? 언니? 매니저가 인상을 썼다. 그 비싼 걸 왜 언닐 줘? 기껏 본사에서 신고 일하라고, 광고도 되고 하니까 특별히 특별가에 준 건데. 근데 자기 언니가 다 있었어?

언니 있어요.

소희는 언니가 지방에 있다고, 지방에서 직장 다닌다고 했다.

달란다고 그걸 주냐? 도로 달라고 해봐.

소희가 아무 말도 하지 않자 매니저가 혀를 찼다.

넌 애가 진짜 생각이 없나보다.

아니, 소희는 생각 있다. 언니를 팔아서 거짓말을 한 건 좀 그렇지만, 그래도 잘했다고 생각한다. 잘했다는 생각이 있다. 언니도 잘했다고 생각할 거라는 생각도 있다. 언니는 늘 돈 얘기를 할 때면 작은 눈을 크게 뜨고 말했다. 뭐든 한 방에 되는 건 없어, 소희야. 한 푼 두 푼 차근차근, 응? 그렇게 한 푼 두 푼 모으는 거라고 돈은. 인제 언니 말

명심해. 한 푼 두 푼 차근차근, 응? 운동화는 한 푼 두 푼도 아니고 무려 십육만 원이나 받고 팔아 칠만 원을 남겼다. 어젯밤 곱빼기 아니고 맵게 아니고 그냥 짬뽕으로라도 먹으려던 건 한 푼 두 푼, 아예 안 먹고 집에 가서 라면 끓여 먹은 건 아홉 푼 열 푼. 그렇게 차근차근 모으는 거라고 돈은, 언니가 말했다. 소희는 생각도 있고 말귀도 잘 알아듣고 매가리, 그것도 있다. 매가리는 힘이라는 뜻이다. 소희는 힘이 세다. 매가리 있다.

한가한 시간에 진수 씨가 종알종알 떠들기 시작한다. 내가 창고에서 손님 물건 받아 왔는데 다른 손님이 계속 컴플레인을 제기하는 거예요. 자기 물건 안 가져왔다고. 그래서 내가 정중하게 얘기했지. 손님, 이분이 먼저 오셨으니까 잠시만 기다려주세요. 가끔 그렇게 성질 급하고 남의 말 안 듣고 그런 손님이 있다는 걸 아니까, 이해하니까, 함부로 말하지도 않고 정중하게, 불쾌하지 않게, 잠시만 기다려달라고 했다고. 그런데 자기가 먼저 왔다고 말도 안 되는 소리를 하는 거예요. 그러니까 먼저 온 손님이 어이가 없어서 쳐다보더라고. 내가 또 이런 상황을 알잖아. 잘못하면 싸움 난다고. 그래서 정중하게, 아닙니다 손님, 이분이 먼저 오셨어요, 교통정리를 했지. 잠시만 기다려달라고, 몇 번이나 정중하게, 목소리 하나도 안 높이고, 냉정하게. 요게 중요한 거거든요. 냉정하게. 괜히 쩔쩔매고 벌벌기고 그러면 부작용으로 돌아오는 경우가 많다는 걸 경험으로 아니까. 역효과 난다는 걸 아니까. 우리도 사람이기 때문에 그러면 또 마음이 상하잖아요. 그런데 이 손님이 무조건으로 빡빡 우기는 거야. 자기가 먼저 왔다고. 그니까 먼저 온 손님이 열 받아서 제가 먼저 왔거든요 이렇게 딱 한마디 하더라고. 이러니까 또 상황이 재밌어졌잖아. 이럴 땐 무조건 가만히 있어야 한다고. 그럴 수밖에 없어. 왜 그러냐 하면 만약에 내가 그때 끼어들었으면……

진수 씨는 왜 맨날 여직원들을 모아놓고 이런 쓸데없는 얘기를 하는지, 여직원 언니들은 또 왜 맨날 저런 진수 씨 얘기를 재미있게 듣는 척하는지 소희는 모른다. 그러면서 소희도 낫지 않는 엄지손톱을 만지작거리면서, 거칠고 기분 나쁜 이물감을 참으면서, 내일 병원에 가봐야 할지 말지 생각하면서 진수 씨 얘기를 듣고 있다. 넌 애가 진짜 생각이 없나…… 그런가……

소희가 일주일에 하루 쉬는 날은 월요일이다. 화수목 사흘은 아침 9시부터 저녁 7시까지 일하고, 금토일 사흘은 아침 9시부터 밤 10시까지 일한다. 일찍 끝나는 화수목에는 길이 막혀 퇴근 시간이 두 시간 가까이 걸린다. 9시쯤 집에 와서 저녁을 지어 먹고 씻는다. 소희는 텔레비전을 보지 않는다. 시청료를 내지 않으려면 텔레비전 자체가 없어야 한다고 해서 이사 오자마자 낡은 텔레비전을 없앴다. 소희는 자기 전까지 인터넷만 한다. 매일 출석 체크를 하면 포인트를 적립해주는 사이트만도 열한 군데 가입해 있다. 할인 정보가 실시간으로 올라오는 카페와 중고매매 사이트들을 돌아다니다 보면 시간이 훌쩍 간다. 반값 쿠폰의 유효기간을 확인하고, 장바구니에 휴지와 세제를 가격 맞춰 넣어놓고, 주말쯤에 화장품 사이트에서 적립한 포인트로 겨울 로션을 살 것을 잊지 않도록 메모하고, 자정이 넘어 오 분 동안

만 가능한 휴대전화 로또 앱을 찍고 잔다. 밤 10시까지 일하는 주말 사흘 동안엔 밤 11시 반에 집에 들어와 호빵 하나 먹고 급하게 출석 체크와 포인트 적립만 하고 잠자리에 들어 아침 7시에 일어나 씻고 나가는 것 말고는 아무것도 할 수가 없다. 그러니 쉬는 날에 빨래도 하고 청소도 하고 장도 봐놓고, 은행 볼일도 보고, 예약해놓은 병원에 도 가고, 무엇보다 부동산과 휴대전화 매장에 가야 한다. 새로 보러 다닐 집과 휴대전화 매장 건물을 생각하면 소희는 가슴이 뛴다. 햇빛 과 따뜻함, 통근버스만큼 좋다.

여자는 얼굴 다음이 손이라니까, 소희는 아침에 시리얼을 먹고 예 약해놓은 병원에 갔다. 약 먹고 약 바르고 두 달이 넘었는데 왜 낫지 않느냐고 소희는 조심조심 묻는다. 의사는 이게 덧들면 그렇게 빨리 잘 안 낫는다고, 그러게 왜 바로바로 치료를 안 받고 응, 이렇게 만들 었냐고, 소희를 보더니 택배 일 하신다고 했나, 하고 물었다. 소희는 S 쇼핑테마파크에서 일한다고 대답했다. 의사는 코를 훌쩍거리더니, 그 럼 일단 오늘은 냉동 치료를 좀 해보자고 했다.

냉동 치료요?

의사는 뭘 적으면서 응응 하더니 좀 아플 거라고 했다.

냉동 치료가 아파요?

치료 받을 때도 좀 아프지만, 의사는 다 적었는지 고개를 들고 또 코를 훌쩍거리더니, 사나흘은 아플 거니까, 진물도 날 거니까, 진통제 처방을 해주겠다고 했다, 그때 하지 않겠다고 했어야 했다. 운동화 판 돈 중에 이만 원은 난방비에 보태고 오만 원은 저금에 보태려고 했는데, 그래서 이번 달엔 삼십오만 원을 저금하려고 했는데 얼어 죽을 냉동 치료로 칠만 원이 순식간에 날아갔다. 접수처에서 돈을 내는데 간호사가 3주 후 오늘로 예약 잡을게요, 했다. 소희가 멀뚱멀뚱하자, 3주 간격을 두고 적어도 대여섯 번은 꾸준히 냉동 치료를 받아야 한다고 했다.

병원을 나오는 내내 소희는 조금씩 불안해지고 신경이 곤두선다. 얼굴이 붉어지고 눈가가 이글이글 달아오른다. 뭔가 또 퍽 터질 것만 같다. 언니가 사라졌을 때도, 손톱이 깨졌을 때도, 소희는 이렇게 뭔가로 가득 차서 터질 것 같았다. 무섭다. 소희를 이렇게 두면 안 되는데, 이렇게 혼자 놔두면 안 되는데. 도대체 나보고 어쩌라고? 내가 어쨌다고? 내가 뭐? 내가 뭘? 뭘? 뭘?

소희는 작은 소리로 외치며 걷는다.

내가 뭘? 뭘? 뭘?

소리가 점점 커지면서 말끝이 날카롭게 솟구친다.

내가 뭘? 뭘? 뭘?

새해가 되면 소희는 스물두 살이 된다. 옥탑방 계약은 소희가 스물셋 스물다섯 스물일곱이 되는 6월마다 돌아온다. 이 년마다 보증금을 오백만 원씩만 올려도 대출금 갚는 건 두 배로 늦어지고 월세를 올려도 마찬가지다. 처음 계획대로 갚는다 해도 스물네 살 여름에나 다 갚을 수 있는데, 그 두 배가 걸리면 스물일곱, 여덟 살이나 되어야 한다. 그때까지 이렇게 살아야 하나…… 이십만 원으로 한 달을…… 치약도 휴지도 생리대도 아껴 쓰고, 아침엔 우유와 시리얼, 밤엔 호빵이나 식빵, 계란 한 판 사서 한 달을 먹고, 일주일에 한 번 제일 싼 찌개용 돼지고기를 사고, 늘 두부와 콩나물, 김치를 아껴 먹고 깍두기를 담가 먹으며, 친구도 못 만나고 친구도 못 만들고. 십 원 백 원 포인트를 쌓으며, 스물일곱, 스물여덟 살까지, 병원비 칠만 원 가지고 이렇게, 아니 대여섯 번이면 삼십오만 원에서 사십이만 원, ……다시 안 온다, 다시……

소희는 어느새 빌딩 쇼윈도 앞에 바짝 붙어 서 있다. 티끌 하나 없이 깨끗이 닦인 유리 너머로 외제 자동차들이 손에 잡힐 듯 반짝거린다.

내가 어쨌다고? 내가 뭘, 뭘, 뭘? 뭘? 뭘? 뭘?

소희는 다친 개처럼 유리에 대고 짖었다. 뭘, 뭘, 뭘, 외칠 때마다 유리에 김이 서렸다. 매장 안에서 남자 직원이 소희를 유심히 지켜보고 있다. 진수 씨를 닮았다. 온몸이 엄지손톱의 혹처럼 얼었다 녹으면서 뜨겁고 흐물흐물한 살덩어리가 된 것 같았다. 갯벌에 쑤욱 빠진 것도 같았다. 이대로 유리에 철썩 들러붙어버릴까. 직원이 이쪽으로 천천히 걸어오는 걸 보면서 소희는 엄지손톱에서 거즈를 떼어냈다. 손톱 없어도 된다. 엄마 없이도 살았고 언니 없이도 사는데 그깟 손톱 없어도 된다. 됐다 뭘, 됐다고, 안 와도 된다고, 도와줄 것도 아니면서 오지 말라고. 소희는 혹에 끈끈하게 고인 약과 피와 진물을 유리에 꾹 눌러 비비고 쏜살같이 달아났다. 소희 마음속에도 흉한 혹이 돋아났다. 다신 안 와. 다신 안 온다고. 언니…… 안 온다고. 언니 그년…… 안 와도 된다고. 영영 오지 말라고.

엄마 니가 사람이냐 혼자만 잘 먹고 잘 살려고 얼마나 준비를 했냐 그게 언제부터 했냐 얼마 동안 했냐 인제 내가 가만히 있을 줄 아냐 무슨 수를 써도 내가 내 돈 돌려받고 만다 엄마 니가 대출 그거만 사기 친 게 아니고 집도 보증금 그렇게 빼먹고 폰도 싹 다 바꾸고 그러고도 니가 엄마냐 내가 어떻게 사는지 아냐 이 나쁜 년아 내가 미치겠다 소희년 땜에 이러지도 저러지도 못하고 내가 아직도 빚 갚고 있다고 쌍년아 인제 나도 막 나갈 거라고 막막 살 거라고

소희는 124-15번지 101호 내부를 샅샅이 살펴보았다. 가전제품과 옷장이 완벽하게 빌트인 된 신축 빌라는 보고만 있어도 저절로 웃음이 났다. 손톱의 통증도 못 느낄 만큼 좋은 집. 그래서 자꾸 이 동네 저 동네 다니며 찾아보고 싶게 만드는 집. 이 집은 보증금 일억에 월세 삼십만 원이라고 했다. 꼼꼼히 살피는 소희를 흡족하게 지켜보던 중개사 남자가 물었다.

학생 혼자 살 거예요?

소희는 언니랑 둘이 살 거라고 했다.

아, 언니랑 자매분 두 분이 사시려고? 그럼 이 집이 딱이네 딱이야.

참, 소희가 물었다. 고양이 있는데 키워도 되죠?

아 뭐 되지. 될 거야.

전화를 건 중개사 남자는 마침 주인 할머니가 계신다며, 이층에 사시는데 잠깐 내려오신다네, 일이 잘 되려니까 말야, 하며 활짝 웃었다. 붉은 털모자를 쓴 작은 할머니가 계단을 내려왔다.

여기 이 학생이 언니랑 둘이 살 거라는데, 젊은 아가씨 둘이니 얼마나 좋아. 새집인데 집도 깨끗이 쓸 거고 아가씨들이라 말썽도 안

피울 거고. 근데 강아지 키워도 되냐고 하는데요?

아니, 고양이요, 하고 소희가 정정했다.

응, 고양이, 고양이 키워도 되죠? 일층이니까 뭐.

주차하고 애완은 안 돼!

주인 할머니가 말했다.

주차는 됐고요, 에이, 아가씨들 고양이 쪼끄만 거, 새끼 고양이 하나 키우는 거까지 안 된다고 하는 건 좀 그렇다. 일층인데.

주인 할머니가 고개를 빠르게 흔들고 집게손가락을 치켜세워 흔들며 안 돼, 안 돼, 했다.

내가 세를 한두 번 줘본 사람이야? 지난번에 저쪽 빌라 일삼구 다시 공팔, 이백삼 호. 그 집에 개 키우던 애들 이사 나가고 보니까 온 집 안 천지가 개털이야. 거기 설치해논 냉장고 안에서까지 개털이 나왔다고.

중개사가 요즘 젊은 사람들 다 개나 고양이 키운다고, 안 키우는 세입자 찾기가 더 힘들다고, 현관 앞 일층 집이니 괜찮지 않느냐고 중언부언하자 주인 할머니가 딱 잘랐다.

이봐, 집주인이 안 된다는데! 집주인이 안 된다는데 무슨 딴소리야?

주인 할머니는 이층으로 올라가고 중개사와 소희는 빌라 밖으로 나왔다. 중개사는 아이고, 집주인이 안 된다네, 집주인이, 하고 킬킬 웃더니, 사실 이 집이 거품이 좀 꼈어, 누가 이런 델 일억에 삼십이나 내고 들어와 사냐며 다른 집을 보러 가자고 했다. 거긴 주인이 같이 안 살아서 고양이를 키워도 될 거라고 했다. 소희는 오늘은 너무 추워서 나중에 언니랑 같이 오겠다고 했다. 중개사가 아쉬워하며 그럼 휴대전화 번호 좀, 해서 소희는 언니의 예전 휴대전화 번호를 불러주고 혹시라도 중개사가 당장 그 번호로 확인이라도 할까봐 급히 돌아섰다. 이제 다시 이 동네 근처로는 셋집을 보러 못 온다.

　휴대전화 매장까지 걸어가는 동안 소희는 너무 춥다. 배도 고프다. 그래서 뭔다. 계획대로 스물일곱, 여덟에 대출금을 갚고, 보증금 천만 원 정도, 깔고 앉는다면, 그래서 그때부터, 매년 천만 원씩, 모을 수 있다면, 서른여섯, 일곱쯤에, 일억을, 모은다면, 그렇게 내년부터, 십오 년 넘게, 죽을힘을 다해 달려, 헉헉, 일억을 움켜쥐고, 백이십사 다시, 십오 번지, 백일 호에 도착하면, 저 대추 같은 할머니는, 만약 살아 있다면, 또 고개를 흔들고, 집게손가락을 치켜세워 흔들고, 안 돼, 안 돼, 하겠지, 그땐 얼마를, 일억 오천, 헉, 이억, 그땐 도대체 얼마를, 헉, 얼마를, 부를까……

　소희는 가로수 아래 멈춰 서서 숨을 몰아쉰다. 소희는 정말 진수 씨 싫은데 가끔 그가 떠들어댄 말 중에 어떤 말이 떠오르기도 한다. 우리도 사람이기 때문에, 같은 말…… 우리도 사람이기 때문에 그러면 또 마음이 상하잖아요…… 소희도 사람이기 때문에…… 스물일곱, 여덟까지…… 서른다섯, 여섯까지…… 그러면…… 또…… 마음이……

　삼층 건물 전체가 휴대전화 매장인 이곳은, 일층은 주차장, 이층은 판매 센터, 삼층은 AS센터다. 이층에는 창가에 일렬로 인터넷을 할 수 있는 컴퓨터가 있고 중앙에는 사각의 탁자와 의자가 질서정연하게 놓여 있다. 삼층에는 중앙 벽면에 대형 텔레비전이 있고 주위에 색색의 길쭉한 젤리 모양의 의자들, 창가에는 소파와 원탁이 있다. 이 층은 사무실 같고 삼층은 카페 같다. 어느 곳이나 넓고 환하고 따뜻하고, 차와 커피를 공짜로 먹을 수 있고, 작은 대바구니에 사탕이 가득하다.

소희는 이층에서 사탕을 한 줌 주머니에 넣고 까 먹으며 인터넷을 하다 삼층으로 올라가 믹스커피를 마시며 텔레비전을 본다. 장난 삼아 대기표를 뽑아 들고 앉아 자기 차례가 되기를 기다리기도 한다. 번호가 불리면 무엇에라도 당첨된 듯 작은 기쁨이 찾아온다. 이백칠번 손님 육번 창구로 오십시오. 소희는 긴장된 얼굴로 육 번 창구 직원이 자기를 얼마나 기다려주는지 마음을 졸이며 지켜본다. 이백팔번 손님……으로 너무 빨리 넘어가면 작은 실망이 찾아온다. 다시 대기표를 뽑아 들고 사탕을 먹으며 작은 기쁨, 작은 실망을 맛본다.

소희는 나지막한 원탁이 놓인 창가 소파에 앉아 여행 잡지를 펼쳤다. 어떤 잡지든 요리나 음식에 관련된 내용을 제일 먼저 찾아 읽는다. 한 번도 들어본 적 없고 먹어본 적 없는 음식이라도, 언젠가 먹어보게 될 때 그 맛을 잘 느끼려면 이름과 재료와 요리법을 미리 알아두는 게 좋다고 소희는 생각한다.

누군가 맞은편 소파에 앉았다. 원탁 위에 뭔가를 내려놓는 소리, 가볍게 씨근거리며 숨을 쉬는 소리가 들렸다. 예순, 일흔, 어쩌면 그보다 더 나이가 들었을지도 모를 할머니다. 소희는 할머니들 나이를 도무지 짐작할 수가 없다. 손질되지 않은 머리, 갈색 털목도리에 낡은 베이지색 오버코트, 나이는 몰라도 고객의 등급은 잘 알아보는 소희 눈에 딱 봐도 가난하고 갈 곳 없는 할머니다. 할머니도 소희에게서 그런 눈치를 채고 우리는 닮은꼴 뭐 그런 생각으로 스스럼없이 맞은편에 앉은 건 아닐까 소희는 생각한다. 원탁 위에 놓인 핑크빛 가방은 때가 타고 가죽 결이 일어나 거의 잿빛으로 보이는데, 그것마저 원래는 예쁜 분홍 손톱이 있어야 할 자리에 돋아 있는 소희의 거무죽죽한 혹을 닮았다. 할머니는 그 흉측한 가방에서 부채 모양으로 접힌 작고 빨간 경전을 꺼내 한 쪽씩 펼쳐가며 읽었다. 소희는 오른손 엄지손톱이 안 보이도록 감춘다.

소희는 잡지에 실린 주상절리 사진을 뚫어져라 보다 휴대전화를 꺼내 사진을 찍고 메모 창을 열었다. 언니가 돌아오면 같이 놀러 갈 곳, 놀러 가서 사 먹을 음식 등을 빼곡히 기록해둔 휴대전화 메모창에 새로운 문서를 만들고 제목을 '주상절리'라고 찍는다. 사진을 첨부하고 내용을 적는다. '언니야 소희가 오늘 잡지에서 본 건데 이걸 주상절리라고 한대. 멋있고 신기하지? 언제 우리 같이 이거 보러 가자. 바닷가에 있는데 갯벌이 없어서 안 위험할 거야. 우리 꼭 기차 타고 배 타고 주상절리 보러 가자.' 아까는 왜 언니가 다시 안 올 거라고 생각했는지, 욕까지 하고, 왜 오지 말라고 했는지, 소희는 의아하고 미안하다.

할머니가 주머니에서 뭔가를 꺼내 부스럭거리더니 쪽쪽 소리를 내며 먹는다. 소희는 자기 주머니 속에 들어 있는 것과 똑같은, 낱개 포장된 사탕일 거라고 짐작한다. 할머니는 으으으 아으응 하는 신음이 섞인 혼잣말을 중얼거리기도 한다. 소리도 작고 사탕을 물어 무슨 소린지 알아들을 수 없다. 어느 순간 바람이 휘익 일더니 할머니가 불현듯 일어나 가버렸다. 그 속도가 어찌나 빠른지 소희가 고개를 들어보니 베이지색 코트 자락이 기둥 너머로 사라지는 중이다. 육상을 하셨나, 소희는 히죽 웃는다. 그것도 닮았네.

기침 소리에 고개를 들어보니 어느새 맞은편에 할머니가 돌아와 있다. 소희의 시선을 느낀 할머니는 보란 듯이 손에 들고 있던 껌의 껍질을 벗겨 입에 넣고 씹었다. 소희는 잡지를 보면서 흘끔흘끔 할머니를 보았다. 할머니는 목을 한번 긁고 주변을 휘 돌아보더니 갑자기 주머니에서 껌을 꺼내 소희 코앞에 내밀었다. 소희가 고개를 흔들자, 저기 많아, 했다.

어디요?

저기, 달라면 줘.

할머니가 턱으로 안내 데스크에 서 있는 제복을 입은 안내원을 가리켰다. 소희는 자기가 졌다는 걸, 할머니가 더 전문가라는 걸 인정한다.

고맙습니다.

소희는 공손히 껌을 받아 껍질을 벗겨 입에 넣었다.

손이 왜 그래?

다쳤어요.

조심해야지.

네.

껌을 씹으며 소희는 여행 잡지를 보고 할머니는 병풍 모양의 경전을 본다. 소희가 고개를 들자 할머니도 고개를 들었다. 소희가 희미하게 웃자 할머니의 얼굴 주름도 조금 옆으로 움직였다. 저건 할머니가 웃는 거다. 대화가 안 된다 매가리가 없다 무나아안하다 생각이 없다, 그런 말 대신 조심해야지, 하고 말해준 사람이 웃는 거. 또 고개를 들자 이번에는 할머니가 껌 씹는 박자에 맞춰 고개를 까딱거리고 있다. 소희는 할머니가 없는데, 꼭 없는 할머니와 마주 앉아 기차를 타고 가는 것 같다. 이백칠십오번 손님 삼번 창구로 오십시오, 이백칠십육번 손님 칠번 창구로 오십시오, 하는 소리도 도착할 역 이름을 알려주는 방송 같다. 문득 소희는 새처럼 목을 빼고 어디까지 왔나 확인하듯 창밖의 거리를 내려다본다. 할머니가 아흐 어하 소리를 내며 하품을 한다. 그건 아직 멀었다, 소희야, 하는 말 같다.

진통제 기운이 떨어졌는지 손톱이 쿡쿡 쑤신다. 약을 먹고 장을 보고 집에 돌아가 밥도 짓고 국도 끓여야 하는데 소희는 가만히 앉아 있다. 어디서 내릴지 어느 역에서 헤어질지 소희는 알지 못한다. 슬프면서 좋은 거, 그런 게 왜 있는지 소희는 모른다. 밖은 어두워지고 휴일이 지나가는데 소희는 조금만, 조금만, 하며 앉아 있다.

기준영

1972년 서울에서 태어났다. 2009년 문학동네신인상에 단편 「제니」가 당선되면서 등단했다. 단편집 『연애소설』 『이상한 정열』 등과 장편소설 『와일드 펀치』가 있다. 창비장편소설상, 문학동네 젊은작가상을 수상했다.

기준영

마켓

담당의사는 시연에게 아이가 자연유산됐으며, 다른 이상 소견은 없으니 충분히 휴식을 취하라고 했다. 임신 칠 주 만의 일이었다. 그녀는 진료실 밖으로 나와 남편 지섭과 친언니 유경에게 전화를 걸어 이 소식을 전했다.

병원 문을 나서자 따스한 햇살이 얼굴로 쏟아졌다. 햇빛은 눈부시고 바람은 선선한 봄날 오후였다. 그녀는 가방에서 카디건을 꺼내 원피스 위에 걸치고는 대로변을 따라 좀 걷다가 빈 택시에 올랐다. 운전기사는 젊은 남자였는데, 국악 방송의 애청자인가 보았다. 라디오에서 구슬픈 해금산조가 흘러나오는 중이었다.

"끌까요? 싫어하는 손님도 있어서."

운전기사가 룸미러를 흘끔거리며 뒷좌석에 앉은 시연에게 물었다.

"괜찮아요."

그녀는 목적지를 말하고는 창밖으로 고개를 돌렸다. 차가 출발했다. 해금 연주가 나지막이 잦아들며 잠깐의 정적이 찾아왔다가, 디제이의 짧은 멘트와 함께 다음 곡인 가야금산조로 이어졌다. 그녀는 국악을 배경으로 창밖에 흘러가는 도시 풍경들을 약간 초현실적인 느낌으로 바라보았다. 그리고 택시가 두 차례 커브를 돌아 집 앞에 다다랐을 때쯤 지섭과 부부의 연을 정리하자고 마음먹었다.

"안녕하세요?"

시연이 택시에서 내리자마자 이웃집 여자가 인사를 하며 다가와 섰다. 시연은 순간 고개를 폭 떨어뜨렸다가는 웃음을 지으면서 도로 들었다.

"네."

"어디 다녀오세요?"

여자가 명랑한 톤으로 물었다.

"병원에요."

"어디가 안 좋아요?"

"몸살이 났어요."

"날이 좋죠? 안 아프면 같이 좀 걷자고 할 텐데요."

"어디를요?"

"제 친구가 요 앞 사거리에 조그만 카페를 차렸어요. 개업 선물하려고 화분 하나 사러 가요."

"저도 꽃하고 차, 다 필요해요. 잘 다녀오시고 다음에 어딘지 저한테도 알려주세요."

시연의 말에 이웃집 여자는 대답 대신 함빡 웃고는 뒤돌아섰다. 검정색 트레이닝복에 머리칼을 하나로 묶어 정수리 쪽에 틀어 올린 모습이 매끈하고 날렵해 보였다. 시연은 그 여자와 석 달 전 한날 한시에 이 아파트의 아래위층으로 이사를 왔다. 시연은 사층, 이웃집여자는 팔층이었다. 시연은 번번이 먼저 안부를 물어오는 여자의 사교적인 모습에 아직 자연스러워지지 못했다.

시연은 집으로 들어서자마자 창문을 열어 환기를 시켜놓고 청소기로 집안을 간단히 청소한 뒤 세안을 했다. 그리고 그간 태교를 위해 사들였던 그림책 네 권을 소파 위에 늘어놓고서 해가 질 때까지 그걸 읽었다. 그 중 한 권은 처음부터 끝까지 차분히 읽은 뒤에 무작위로 아무 페이지나 펼쳐 읽기를 다섯 번 반복해 같은 이야기의 일부들을 다섯 장의 낱장으로 새로이 접했다. 의성어와 의태어를 다양하게 활용한 이야기로 전체 흐름은 초록색 구두를 신은 소녀와 검정색모자를 쓴 소년이 친구를 찾아 언덕을 두 개 넘었다가 돌아오는 작은모험에 관한 것이었다. 씩씩대며, 호호 불며, 조롱조롱 매달려, 두 귀를 활랑 젖혀, 콜록콜록 기침하며, 새근새근, 반짝 눈을 뜨고는, 간질간질, 후들후들, 복슬복슬, 오물거리며, 똑똑 두드리고는, 팔짝 뛰다뒹굴며, 같은 단어들을 따라가다 보니 이야기 속의 밤이 깊어 모자와구두, 소년과 소녀가 모두 잠이 들 시간을 맞았다. 그녀는 마지막 책장을 덮으며 "평안하길"하고 소리 내어 기원하고는 베란다에서 종이상자를 찾아가지고 와 그 속에다 그림책들을 정리해 넣었다. 그리고그 그림책들과 같은 용도로 함께 사들였던 자연의 소리 음반과 뜨개질 세트도 그 속으로 옮겨두었다.

그날 저녁 지섭이 평소보다 일찍 귀가했다. 여덟 시를 조금 넘긴시각이었다. 시연은 현관문 앞에서 그를 힘주어 꼭 안았다. 지섭은 시연에게 안긴 채로 그녀의 등을 토닥이며 물었다.

"오늘 힘들었지?"

시연은 포옹을 풀고 그를 바라보았다.

"씻고 밥 먹어."

부부는 오른손으로 서로의 왼팔을 한 번 쓰윽 쓸어내리고는 흩어졌다. 시연은 주방 쪽으로, 지섭은 안방으로. 지섭은 샤워 후에 갈아입을 속옷가지를 챙겨 갖고 화장실로 들어갔고, 시연은 저녁 식탁을 차려놓고 소파로 가 앉았다. 지섭과 시연은 비누를 따로 썼는데, 그 때문에 둘이 함께 샤워를 하면 두 가지 냄새가 욕실에 섞이곤 했다. 지섭이 즐겨 쓰는 것은 풀냄새가 나는 제품들이었고, 시연이 좋아하는 것은 코코넛, 혹은 바닐라 냄새가 나는 것들이었다. 지섭은 그 저녁에 시연을 위해 시연의 비누로 씻고 나왔다. 코코넛 냄새를 풍기며 식탁 쪽으로 가 앉는 지섭을 바라보며 시연이 미소를 지었다.

"왜 거기 있어?"

지섭이 시연에게 손짓을 하자, 시연은 고개를 가로젓고는 잠시 말없이 그와 눈을 맞췄다. 지섭은 가끔 그렇게 예기치 않은 때에 시연이 자기를 지그시 바라보는 경우가 있다는 걸 되새기며, 그때마다 그녀가 자기를 원하고 있다고 생각하곤 했던 습관대로 자신 역시 그녀를 원한다는 메시지를 눈빛으로 보내려 했다. 그래서 시연이 "천천히 먹고 들어와" 하고 말하고는 자리에서 일어서서 방으로 들어가 버리자, 서둘러 따라 들어가야 할 것인지 아니면 그녀의 말대로 천천히 움직여야 할지를 짧게 생각했다. 그는 '천천히'를 택했다. 밥그릇과 국그릇을 깨끗이 비운 뒤 설거지를 했고, 젖은 식기들을 건조기에 넣어 물기를 제거한 뒤에 칫솔질을 하고 방 안으로 들어섰다.

시연은 파자마 차림으로 침대에 누워서 그를 올려다보았다. 배 부분만 이불로 덮었고, 두 팔은 기지개를 켜는 사람처럼 위로 뻗은 채였다. 지섭은 내달에 미국으로 출장을 가게 됐다는 말을 먼저 꺼낼 필요가 있을까 생각하며 그녀 옆에 누워 그녀를 안았다.

"할 말이 있어."

지섭이 시연의 가슴 위에 손을 얹고 말했다.

"내가 먼저 할게."

시연이 그를 향해 모로 누우면서 두 손으로 그의 얼굴을 덮었다. 양손으로 덮개나 가면을 만들어 씌우는 것처럼. 그의 콧김이 그녀의 검지와 엄지 사이로 새어나왔다. 그녀가 말했다.

"우리 이혼해도 가끔은 볼 수 있겠지."

"뭐?"

지섭은 이런 말을 처음 들은 건 아니었다. 시연은 결혼 전과 후에 한 번씩 헤어지자는 이야기를 꺼냈던 적 있었다. 그는 자기가 아는 여자들은 대개 어느 정도는 변덕스러운 데가 있으며 자신은 비교적 포용력이 있는 사람이라고 여기기에 시연의 말 자체를 크게 문제 삼지는 않았다. 흘려들은 척했고, 스스로 침착하게 그 순간을 잘 넘겼다고 생각해왔다. 그러나 이번엔 경우가 달랐다. 낮에 하혈을 하고 혼자 병원에 가서 유산 사실을 알게 된 사람의 심신에 대해서는 좀 더 주의를 기울일 필요가 있을지도 몰랐다. 그는 시연의 손을 제 얼굴에서 떼어내고는 그녀의 눈을 들여다보았다. 시연이 말을 이었다.

"테이블하고 서랍장은 내가 가져가고, 자기한테 필요한 건 자기가 챙기고, 나머지는, 나머지는 마켓을 열고……"

지섭은 제 귀를 의심하며 당황했지만, 평정심을 되찾고자 했다. 그는 일단 시간을 두고 좀 생각해보자고 얼버무리고는 조심스레 덧붙였다.

"오늘은 아무 생각 마. 스스로를 괴롭히겠다는 심산이 아니라면 말이야. 지금 우리가 붙잡고 이야기해야 할 사실은 하나뿐이야. 우린 지난 이 년 동안 잘 지내왔고, 앞으로도 그럴 거야."

시연은 이번에는 양손으로 제 얼굴을 덮고서 대답했다.

"결혼 전 이 년보다 한 집에서 같이 보낸 지난 석 달이 난 더 좋고 의미 있었어. 이젠 혼자이고 싶어."

지섭은 그 대목에서 돌아누웠다. 시연은 그의 등을 향해 얼굴을 가리고 누운 채로 제가 한 말과 그의 반응을 차례차례 다시 반추해보다가 얼마 후 그가 코를 고는 소리를 들었다. 그리고 자기도 천천히 돌아누웠다.

그로부터 보름간 전과 비슷한 일상이 이어졌다. 시연은 이 기간 동안 이혼 이야기를 한 번 더 꺼냈다. 겉으로 보기에 아무것도 달라진 것이 없는 날들이었기에, 지섭은 그 말을 둘이서 함께 영화를 보자거나 저녁을 먹자는 이야기와 바꾸어도 무방할 것처럼 간주했다. 그는 휴일 오전에 침대에 드러누운 채 시연이 화장대 앞에서 화장을 하는 모습을 바라보며 타이르듯 말했다.

"혼란스러웠을 거야. 지난 몇 달간 변화가 많았잖아."

그는 임신 삼 개월 내 유산이 드물지 않으며 대개 염색체 문제이지 누구의 잘못 때문도 아니니 부부가 죄책감을 떠안거나 갈등을 빚을 만한 일은 아니라면서, 의사에게 전해들은 바 그대로를 제 말인 것처럼 읊었다. 시연이 거울을 통해 그를 바라보자 그는 고개를 주억거리며 말을 이었다.

"아이는 금세 또 가질 수 있어. 자기가 괜찮아지면."

시연은 고개를 가로저었다.

"아니, 내가 잘못 생각했던 거 같아."

지섭은 그 말의 속뜻을 당장에 세세히 파고들고 싶지는 않았다. 생산적인 대화로 이어질 것 같지 않아서였다. 그에게는 시연이 컨디션을 회복하지 못한 나머지 주변의 상황이나 사람, 심지어 사물과의 사이에서도 긴장을 일으키며 에너지를 소모하는 것으로 보였다. 그는 새로운 문제에 직면할 때는 언제나 자신이 훨씬 냉정하고 유능하게 대처한다는 걸 시연이 충분히 알아둘 필요가 있을 거라고 판단했다. 또 때론 시간이 해결해주는 일들도 있기 마련이므로, 출장 기간 열흘이 전환의 계기가 되리라고 내다봤다. 그래서 출장을 떠나기 이틀 전에는 일부러 힘주어 목소리를 높였다.

"나도 안타깝고 아파. 나도 속으로 피를 흘려!"

순간 시연은 추위를 타는 사람처럼 몸을 떨었다.

"제발 과장하지 마."

"내가 과장을 한다고? 네가 아니고?"

지섭은 자칫 화를 낼 뻔했으나 그쯤에서 자제했다. 아내가 미안한 마음을 가지고 남편을 기다리게 되기에 적당한 정도, 그 선을 넘어서는 건 애초의 의도에서 벗어나는 일이었다. 그는 출장을 다녀온 뒤

연차를 써서 시연과 함께 여행을 다녀오면 좋으리란 생각에 지인을 통해 한 여행사의 담당자를 소개받았다. 그쪽에 괜찮은 관광지들을 코스에 넣어 A안과 B안 두 가지로 스케줄을 짜달라고 요청해두면서, 자기가 서울에 없는 동안 아내에게 직접 전화를 해서 아내의 의견도 묻고 반영했으면 좋겠다는 당부도 해뒀다. 실패할 수 없는 이벤트를 기획했다고 자족하고 있던 차라, 그는 출장을 가는 날 평소와 다름없는 태도로 문밖으로 나섰다. 아침에 나갔다가 저녁에 곧 돌아올 사람처럼. 그리고 샌프란시스코 공항에 도착해서는 어머니에게 전화를 걸었다.

"엄마?"

그는 시연이 임신을 했다고 말했다. 민감한 사람이라 이 주차에 그 사실을 알게 되어 바로 알린다고.

"나 없는 동안 엄마가 한번 들여다봐줘요."

그는 가까운 미래를 예측하고 미리 몇 걸음 마중이라도 나가는 사람처럼, 혹은 자기 바람을 기정사실로 선언하려는 차원에서 그렇게 말했다. 그걸로 두 여자에게 동시에 화해를 청했다고 여기면서. 결혼을 반대했다는 데 대한 응징을 하듯 한동안 연락을 끊고 지냈던 아들의 전화에 어머니는 마음이 약해질 것이었고, 시연은 이제 남편의 의중에 대해 숙고하는 게 현재로선 필요하고 또 자연스러운 일이라는 내적 타협을 볼 것이었다. 그는 그렇게 믿으며, 그 믿음을 의심하거나 회의하지 않으려는 노력의 일환으로, 시연에게 연락하는 일은 이틀 뒤쯤으로 미뤄두기로 했다.

시연은 올해로 스물다섯이 됐고, 지섭을 만나기 전까지는 한 사람과 석 달 넘게 연애를 해본 적이 없었다. 일방적으로 그녀를 쫓아다닌 남자들과 짧게 만나다 만 게 다였는데, 그들은 시연이 빈틈을 보이면 언제 어디서라도 바지부터 벗고 볼 사람들이었다. 조급하게 구는 남자들처럼 시시하면서도 위험해 보이는 게 없었다. 시연은 관계가 깊어지기 전에 어떻게든 핑계를 만들어 도망쳤다. 그 핑계들 속에서 그녀가 처한 상황이나 가족의 부정적인 성향이 극대화됐다. 그녀는 아버지와 어머니를 구제불능의 난폭한 폭군과 알코올중독자로 묘사했고, 빚더미에 올라앉은 자매가 있다며 고통스러워했다. 이 방법은 상대의 욕구를 순식간에 찌부러뜨리곤 했는데, 그러다보니 "사실은 이래"라는 말이 어느새 그녀가 적당한 때 상대에게 던지는 최후의 통첩 같은 게 됐다. 지섭에게 그 방법이 제대로 통하지 않았던 건 의외의 일이었다.

"흥미로운 이야기인데, 이렇게 풀어가도록 하자."

그는 그렇게 말하고는 바로 그녀에게 청혼을 했다. 살면서 한 번도 겪어보지 못한 유형이라 그녀는 무슨 계시라도 받은 듯했다.

그녀가 지섭과 결혼식을 올린다는 사실이 주변에 알려졌을 때, 그녀의 형편을 어느 정도 안다고 여기던 사람들은 그녀가 애송이들을 혼란에 빠뜨리던 재주로 일찌감치 '평생의 직장'을 얻었다는 평가를 내렸다. 너와 내가 익히 아는 주제로 핵심적인 농담을 즐기고 있다는 것처럼 도통한 듯한 표정으로. 구두 매장에서 재고 물건들을 싸게 팔아치우는 걸로 먹고 살던 애가 얼굴 하나 반반한 걸로 거머쥘 수 있는 최고의 것이 결혼이었다고 말하는 사람들과 어떻게 하면 새로이 우애를 나눌 수 있는 것인지 시연은 알 수 없었다. 그래서 얼마간은 주변인들의 기대에 부응하고자 속없는 사람처럼 우스갯소리들을 뱉기도 했는데, 가벼운 웃음과 모멸감을 공유하는 그 지루한 경험들은 오래 이어질 것 같지 않았고, 실제로도 그랬다.

지섭은 시연에게 재미있는 사람이라는 칭찬을 끝없이 했다. 시연이 일하던 구두 매장의 매니저가 전직 야구선수였다는 것, 경마에서 배팅한 돈의 열한 배를 땄던 걸 인생의 가장 큰 모험담으로 자랑삼는 그녀의 형부, 학창 시절에 줄기차게 장래희망 란에 슈퍼모델이라고 적어 넣었던 친언니, 술에 취하면 아무 데서나 잠이 들어 동네방네 찾으러 돌아다니고 난 후에야 집으로 끌고 들어올 수 있던 엄마, 간판도 내걸지 않은 가게에서 낡은 물건을 수리하는 일을 하며 가끔씩 성질에 맞지 않는 사람들과 주먹다툼을 하던 아빠. 시연은 이런 이야기들을 빙글거리며 듣는 지섭에게 호기심을 느끼면서, 그 미소 뒤쪽의 세상은 무엇인지 궁금해졌다. 나중에 그녀가 알게 된 사실은 지섭에게도 자기처럼 바라보는 각도에 따라 특별한 유머가 될 만한 고유의 문제들이 있다는 것이었는데, 이를테면 지섭이 출장을 가고 난 다음 날 저녁 무렵에 그녀에게 일어났던 일이 그랬다. 그녀는 갑자기 시어머니로부터 전화를 받았다.

"네, 어머니."

시연은 인사말을 생략했지만 '어머니'를 발음하면서 빈 방에서도 전화기를 붙들고 고개를 수그렸다.

"지금 백화점 과일 코너에 서 있다. 먹고 싶은 게 있니? 사 갖고 그리 가려는데."

"지금요?"

"지섭이한테 다 들었다. 너희들 애 가졌다며?"

"……"

"길이 안 막히면 삼십 분 내로 도착할 거 같은데, 괜찮겠니?"

"네에, 고맙습니다."

"그래? 흐흠, 또?"

또 뭘 말하면 좋을까. 시연은 잠시 주춤거리고 있다가 조용히 대꾸했다.

"아이스크림, 그게 먹고 싶어요."

"어휴, 너도 참 어지간히 기막힌 애다. 임신했을 땐 찬 걸 가려야해. 그 정도 상식은 있어야지. 아무튼 곧 간다, 그럼."

시어머니가 그 말을 끝으로 전화를 끊었다. 시연은 침대 위에 앉았다. 그리고 서서히 누웠다. 지금부터 아파야만 할 것 같았다. 그 생각과 함께 땀이 솟았다.

그녀는 자리에서 일어나 따뜻한 물로 샤워를 하고 시어머니를 맞을 채비를 했다. 전날 밤부터 아무것도 먹지 않았고 또 아무도 만나지 않았다는 것, 또 지난 수개월 동안 지섭 외에는 누구에게도 자신의 상태나 감정에 관해 표현해보지 않았다는 사실을 떠올렸다. 시연은 아이를 유산했다는 사실을 비밀에 부치고 임신했다는 거짓말로 고부간을 한 자리에 엮어두려 한 남편에게 화가 나지는 않았다. 그는 부모에게 이해보다는 협조를 원하는 자식이었다. 원하는 걸 끌어내기 위해 임신 소식을 금세 알리지 않았던 게 뒤늦은 후회로 남았을수도 있었다. 그렇더라도 가정사를 비즈니스처럼 풀어가는 그의 태도는 합리적으로 보이는 면도, 정 떨어지는 구석이 있는 것도 사실이었다.

그녀는 아무 소음이라도 필요했기에 텔레비전을 틀었다. 안녕, 난 주주 잰 도도야. 어린이 프로그램의 진행자들이 동물 모양 모자를 쓰고 손을 흔들었다. 그녀는 채널을 다른 데로 돌리면서 중얼거렸다.

"안녕! 나는…… 내가 누구더라? 하여간 지금은 여기 있어."

실업률과 자살률의 증가, 부패한 위정자, 갑의 횡포, 복지 사각지대에서 동반자살을 택한 일가족 넷, 기분 나쁘게 웃었다는 이유로 도보 중 칼에 찔린 젊은이는 주야로 아르바이트를 뛰던 대학생이고, 칼을 품고 다니던 중년 남자는 대기업 하청업체에서 산재를 겪고 부당 해고 당했다. 세상은 점점 더 끔찍해지고 있는 중이고 사람들은 간신히 희망의 끈을 놓지 않고 있으며, 가수는 춤추며 랩을 하고, 내일 서울에는 간간이 비가 흩뿌릴 것이다. 매일 한결같이 열렬하게 기적을 이야기하는 사람들은 쇼핑 호스트들뿐이다. 달팽이 진액 크림의 효과는 매우 드라마틱해서 사용 후 십오 일이 지나면 서서히 피부 속부터 콜라겐이 차올라 주름이 희미해지는 걸 느낄 수 있으며…… 특수 삼중 필터를 장착한 공기청정기는 미세먼지를 효과적으로 빨아들이는 동시에 피톤치드를 집 안 구석구석으로 방출해 집에서도 대자연의 기운을…… 심신의 안정감은 혈압조절에도…… 그때 벨이 울렸다. 시연은 리모컨의 음소거 버튼을 누르고 자리에서 일어섰다.

시어머니는 과일바구니와 쇼핑백을 양손에 하나씩 들고 집안으로 들어섰다. 시연은 그것들을 받아 들고 주방으로 가 거기서 멜론을 꺼내 잘랐고, 아이스크림과 함께 흰 접시에 보기 좋게 담았다.

"좀 앉으세요."

시연은 접시를 들고 거실 쪽으로 걸어가면서 먼저 말을 건넸다.

"어떠니, 넌?"

"아무렇지 않아요. 그냥 좀 잠이 쏟아져요."

"그럼 누워 있지 그랬냐?"

시연은 눕거나 앉는 문제로 형식적인 실랑이를 벌이고 싶지는 않아서 그대로 방향을 틀어 안방으로 들어갔다. 시어머니가 뒤따라 들어왔다. 시연은 들고 온 접시를 협탁에 내려놓고 화장대 의자를 침대 앞에 끌어다놓고서 침대 위에 걸터앉았다.

"그래, 넌 사양이란 걸 모르는 애지. 내 그걸 깜빡했다."

"네, 전 기회를 놓치는 법이 없어요."

"대꾸도 꼬박꼬박 잘하고."

시어머니가 시연이 끌어다 놓은 의자에 앉으며 말했다.

"그걸로 벌어먹고 산걸요."

시연은 그 말끝에 웃음을 흘리며 포크로 멜론 한 조각을 찍어 시어머니에게 건넸다. 그리고 자기는 아이스크림을 한 스푼 떠 입에 넣고는 천천히 침대 위로 올라가 다리를 뻗었다. 베개를 세워 등받이 삼았고, 눈을 반쯤 감아 게슴츠레하게 뜨고서 차고 단 맛을 음미했다.

"어머니도 피곤하실 텐데 잠깐이라도 누우시겠어요? 불편하실까요? 안 그래도 어머니가 지섭 씨 가졌을 땐 어떠셨는지 듣고 싶었어요. 제가 모르는, 지섭 씨가 가진 좋은 것들이요. 그리고 어머니, 저한테도 좋은 점이 있어요."

"말이 나왔으니 내 짚고 넘어가지 않을 수가 없다. 본 지 몇 번이

160

나 됐다고 사돈네로 득달같이 찾아와 다짜고짜 사업자금 좀 융통해 달라는 네 식구들에게 네가 사랑을 배우며 자랐을 것 같지는 않았다. 내가 나쁜 사람이라서가 아니야. 너도 엄마가 되면 내 심정을 알 거다."

"네. 그래도 제 식구가 뭘 어쩐 건 없으니 마음 푸세요, 어머니. 어머니 바람대로 저도 가족을 못 보고 가족도 저를 못 봐요. 여기가 저의 현주소고, 전 전보다 생각할 시간이 많아졌어요. 사랑이 뭘 변화시킨다면 그걸 믿는 사람들과 함께이기 때문이고, 그렇지 않다면 그냥 속설에 불과한 거죠. 제 생각엔, 얻은 것뿐 아니라 잃은 걸 통해서도 사람들은 뭘 배우고자 하면 배워요. 지섭 씨는 그걸 존중하는 사람이에요. 전 구두 말고 다른 것도 잘 팔 수 있어요. 저도 잘하는 게 있어요, 어머니. 저 사람들처럼요."

시연은 그렇게 말하며 시어머니의 뒤쪽을 손가락으로 가리켰다. 시어머니는 고개를 돌려 그쪽을 바라봤다. 텔레비전 모니터 속에서 쇼핑호스트가 실내용 운동기구들을 판매하고 있었는데, 음을 소거해 놓았기 때문에 운동하는 사람들과 제품 구석구석을 가리키며 성능을 설명중인 쇼핑호스트의 모습만이 분주해 보일 뿐 그들의 목소리는 들리지 않았다.

시어머니는 리모컨을 찾아 텔레비전의 전원을 껐다. 그리고 시연을 한동안 말없이 쳐다보다가 고개를 가로저었다.

"하고 싶은 말이 많았던 모양이지?"

"……"

"병원에서는 뭐라니?"

"병원에서는 자연…… 자연스럽대요, 모든 게. 특이사항은 없다는 말인 거죠, 그니까."

시연은 약간 말을 더듬댔고, 시선을 차분히 아래로 내려뜨렸다. 그녀는 이불을 당겨 배를 덮으면서 이불을 그러쥔 손을 소원을 비는 아이처럼 모았다.

"좋은 걸 상상해라. 지섭이를 가졌을 때 내 어머니는 그렇게 가르쳤다. 너희 집에서 네가 배운 그 뭔가의 어쩌고들은 네 안에만 넣어 둬. 밖으로 꺼내지 마라. 나도 이제부터 노력을 할 건데, 그게 우리가 살아온 이력 같은 거라고 보면 된다. 넌 운이 좋으니까 앞으로 전보다 좋은 사람들과 어울릴 거야. 알겠니? 그래야만 하고. 널 어떻게 받아들여야 할지 솔직히 고민이 많이 됐고, 지금도 마찬가지다. 지섭인 좋은 애지만, 제 나이보다도 훨씬 젊은 애지. 흐트러진 걸 바로잡는 걸 좋아하고, 자기가 그런 걸 할 수 있다고 믿어 의심치 않아. 그게 그 애의 장점이고 취약점이란 게 지금 내가 통탄할 일이 됐다. 내 심정을 다 안다고는 하지 마라."

시연은 학창시절에 볕 잘 드는 교실 창가에 앉아 종종 그랬던 것처럼 몽롱하고 나른해졌다. 하품을 할 뻔했지만 잘 참았다. 시어머니의 '좋은 상상' 속에서 그녀는 새로운 생을 살고 있었다. 그녀의 친정식구들은 모두 해외에 산다. 베트남 혹은 일본, 하여간 여기가 아닌 다른 어딘가에. 그리고 그녀는 그들과 떨어져 여기 이 집에서 새로 태어날 것이다. 지금, 아니 언젠가는 배 속에 있게 될 아이와 함께.

"어머니, 저 너무 졸음이 쏟아져요."

시연은 병약한 환자처럼 중얼거렸다. 과중한 숙제를 체벌로 내리던 옛 선생님들의 모습이 그녀의 기억 속에서 고개를 들었다. 그때도 어지럽고 의기소침해진 채로 죄송하다고 읊조리는 듯한 어조로 무엇이든 말해야 했다. 시연은 몸을 미끄러뜨려 누우면서 등을 받쳐뒀던 베개를 잡아당겨 거기 머리를 베고 눈을 감았다. 시어머니는 자리에서 일어서서 한동안 시연이 '눈물이 쏟아져요'를 '졸음이 쏟아져요'로 둘러댄 것은 아닌지 살펴보고자 했으나 이내 그 마음을 접고서 방밖으로 빠져나왔다.

다음날은 예보대로 비가 내렸다. 시연은 비가 흩뿌리는 창밖을 내려다보며 친언니 유경에게 전화가 오기를 기다렸다. 둘은 오 년 삼개월 차로 태어난 쌍둥이 같았다. 마음이 잘 통하고 식성도 비슷하고, 좋아하는 가수가 같아서 같은 팬클럽 회원이었고, 한방을 쓰면서 천장에 함께 야광의 세계지도를 붙였던 시기가 있었다. 유경이 가상의 왕관을 쓰고서 방안을 뱅그르르 돌 때 시연은 일당백의 팬이 되어 손뼉을 치며 환호를 해주었다. 유경이 임금을 제대로 쳐주지 않고 잠적한 사장을 잡으러 다닐 때는 열을 내며 함께 뛰어다녔다. 또 유경이 일 년간 그야말로 미쳐서 푹 빠져 지냈던 남자와 헤어지고 났을 때 열심히 유경을 웃기려던 광대도 시연이었고, 유경이 이상형과는 정반대의 덩치 큰 허풍선이와 결혼식을 올릴 때 하객 자리에서 눈물을 줄줄 흘리던 사람도 시연이었다. 하지만 그 날들은 지나갔다. 저 멀리로 물러났다. 유경은 시연에게 연락하지 않았다. 유경도 유산 경험이 있어서 시연의 몸과 마음 상태를 잘 알고 있을 것만 같았는데도, 꼭 그게 아니더라도 아는 척해줄 수는 있을 것 같았는데도 그런 일은 일

어나지 않았다. 그런 일이 일어나지 않은 이유는 유경이 그러고 싶어
하지 않기 때문일 터였고, 그건 존중받을 만한 감정일 것이었다. 시연
은 자신을 둘러싼 정황들 속에서 다른 사람들의 시선으로 스스로를
바라보면서 전보다 희미해졌거나 또렷해진 것들을 의식하려 했다.
그녀는 제 가족을 수치스러운 얼룩처럼 취급한 다른 가족의 질서 속
에서 새 삶을 시작했다. 그리고 불화의 씨앗처럼 날아와 도둑처럼 깃
든 이 존재는 아직 제 목소리랄 게 없었다. 아이의 유산 사실을 의사
가 확인해주었을 때, 시연은 아주 또렷한 망상을 접했다. 아이는 엄마
가 어떤 사람인지 알아냈다는 망상이었다. 불안한 엄마와 새 삶을 시
작하는 것이 어떤 의미라는 걸 엄마가 아는 만큼은 잘 알고 있었을지
몰랐다. 그녀는 이렇게 생각했다. 아마도 피, 유전자 정보 속에 이 삶
이 살 만하지 않을지 모른다는 내용들이 흘러다녔을 것이고 아이는
선언을 했다고. 난 여기서 내립니다. 어머니 다음 생에서 만나요.

　시연은 유경이 그리웠고 유경하고만 나눌 수 있는 이야기가 있었
지만, 당장에 가능해 보이지 않는 일들은 현재로서는 단념하는 수밖
에는 도리가 없다고 받아들였다. 그랬기에 창가에서 몸을 돌려 거실
을 가로지르는 그때 마침 휴대폰 벨이 울린 것을 환청인가보다 여겼
다. 시연은 냉장고에서 캔 맥주를 꺼내 한 모금 마신 뒤에야 휴대폰
을 들여다보았다. 발신자를 알 수 없는 전화가 왔다가 끊어진 상태였
다. 그녀는 맥주를 마저 죽 들이켰다. 다시 벨이 울렸다.

　"여보세요."

　"아, 사모님, 지금 통화 괜찮으신가요?"

　자신을 세광여행사의 김 대리라고 밝힌 발신자는 시연의 휴대폰

번호를 알려준 사람이 바로 지섭이라고 하며 웃음을 흘렸다. 그가 덧붙이기를, 자기는 텔레마케터가 아니고, 이 전화도 보이스피싱 같은 건 아니라고 했다.

"아, 지금 그이는······"

"예, 압니다. 출장 중이시죠. 사모님 의견을 확인하고 진행해야 할 게 있어서 전화 드렸습니다."

시연은 얼굴을 모르는 김 대리의 목소리가 부드러운 미성이라는 것, 그와 자기가 모두 부슬부슬 내리는 빗속에서 잘 모르는 상대에게 말을 걸고 또 듣고 있다는 사실에 집중했고 나머지는 크게 괘념치 않았다. 그녀는 김 대리가 여행 상품들을 세세히 설명하는 동안 잠깐씩 제 생각 속으로 빠져들었으나 그런 와중에도 그가 전달하고자 하는 이야기의 골자를 파악했다. 김 대리가 언급한 A코스와 B코스는 매력과 가격이 각기 다른데, A코스의 숙소 한 곳은 옛날 성곽을 그대로 구현한 것으로 창밖으로 굉장한 절경이 펼쳐져 있고, B코스는 유람선과 산악열차를 타고 이동하게 되며 고객의 만족도가 굉장히 높다는 것이었다. 그녀는 잘 알아들었다고 대꾸하고는 잠시 머뭇거리다가 다시 말을 이었다.

"둘 다 가보고 싶어요. 근데 다음으로 미뤄야 할 것 같아요."

"네? 하지만 사장님께서 말씀하시기로는······"

"병원에서 임신 초반에는 조심해야 한다고 해서 그러려고요. 가을쯤에 무리하지 않고 다녀올 수 있는 데를 다시 부탁드려도 좋을까요?"

"아! 그러세요? 네네, 그럼요. 그렇게 하세요."

"실례지만…… 김 대리님 혹시 아이가 있으세요?"

"저요? 전 큰애가 세 살입니다. 작은 앤 이제 막 돌 지났고요."

"제가 죄송해서 그러는데, 아이들 그림책을 몇 권 보내드려도 될까요?"

시연은 여행사 주소를 확인하고 전화를 끊었다. 그리고 곧바로 그림책과 음반, 뜨개질세트를 넣어두었던 상자를 꺼내 따로 챙겨두면서, 인형과 장난감, 예쁜 상자와 리본, 파스텔 톤의 충전재가 있다면 더 좋을 것이란 생각에 메모를 해두었다. 그녀는 만일 자기가 유능한 영업사원이라면 집 안의 물건 중 일부, 이를테면 거의 사용하지 않은 것이나 다름없는 오븐기와 아직 포장도 풀지 않은 새 압력솥, 커피머신 등등을 가을 즈음에 시세보다 약간 웃도는 가격으로 김 대리에게 판매해볼 수 있으리라는 데 생각이 미쳐 웃음이 났다. 그녀는 스스로를 위한 광대가 되었다. 고양된 거짓 감정을 에너지 삼아 무엇이든 해볼 수도 있지 않을까. 잠시 후 그녀는 엘리베이터를 타고 팔층으로 올라가서 이웃집 여자가 사는 호수의 현관문 앞에 서서 그 집 벨을 눌렀다. 꽃집이나 막 오픈한 카페의 위치를 묻기 위해서, 굳이 빗속을 걸어 나가 꽃이나 차를 사오겠다는 충동 때문에, 아니 무엇이든 질문하고자 하는 마음을 누군가는 들어야 했기 때문에. 하지만 팔층의 굳게 닫힌 문 안쪽에는 마침 아무도 없었다.

다음날 비슷한 시각, 시연은 아파트 단지를 나서면서 팔층에 사는 여자와 부딪쳤다. 그때는 전날 팔층의 초인종을 누르던 때의 감상 따위는 빗물과 함께 말끔히 씻겨간 뒤였다. 평소와 마찬가지로 이웃집 여자가 먼저 시연에게 인사를 건넸다. 두 사람은 가벼운 문답을 나누고는 눈웃음을 지으며 서로를 지나쳐 갔다.

시연은 집에서 조금 떨어진 곳에 위치한 대형 마트까지 걸어갈 요량이었다. 각양각색의 상품과 그 브랜드가 모든 사람들을 환대하는 장소에서 "어서 오십시오"라는 공평한 인사를 들을 것이었다. 그때 지섭으로부터 전화가 왔다. 시연은 걷는 속도를 늦추며 휴대폰의 통화 버튼을 눌렀다. 지섭이 나지막한 목소리로 물었다.

"집이야?"

"아니, 잠깐 바람 쐬러 나왔어."

"그래? 여긴 밤이야."

"일은 잘 봤어?"

"응, 중요한 건은. 아직 미팅이 더 남아 있긴 해."

"자기 엄마 들러 가셨어. 어떡하려고 그런 거짓말을 했어?"

"미안해. 미안해서 꿈을 다 꿨나 봐. 막 소리 지르면서 깼났어. 깨자마자 바로 전화하는 거야."

"지섭 씨는 꿈 잘 안 꾸잖아."

"나 아직도 심장이 두근두근해."

시연은 지섭이 평소답지 않다고 생각했던 까닭에 저도 모르게 긴장이 됐다. 걸음을 멈추고 가로수에 기대섰다. 벚나무에 벚꽃이 한창이었다.

"들어봐. 나는 없고 너만 있어. 네가 굉장히 많은 사람들 속에 있어. 더러 아는 얼굴들도 보이는데, 그 사람들이 딱히 날 아는 것 같지는 않아. 그럴 만한 분위기도 아니고. 거기가 어딘지 잘 모르겠어. 너는 집이라고 하는 것 같은데, 우리 아파트는 아냐. 그냥 물 위에 떠 있어. 커다란 뗏목이나 판자처럼. 바람이 많이 불어서 위험해 보이는데도 네가 어딜 가겠다고 하는 것 같아. 무슨 말인지 난 알아들을 수가 없어. 그냥 네가 큰 상자를 하나 맡았는데, 넌 너한테 버거운 걸 팔겠다고 나서는 거야. 네가 해결해야 한다고. 아니, 난 내가 해결할 거라고 하지. 근데 이런 말은 너한테 들리지 않아. 네가 있는 곳에는 내가 없고, 나 있는 데서 너는 너무 멀어."

시연은 울기 시작했다. 그 이야기가 사랑한다는 말이 아니면 무엇일 수 있을까. 시연은 간밤에 제가 꾼 악몽이 고스란히 그에게로 옮겨간 것에 놀라워하며 깊이 죄의식을 느꼈다. 그 악몽은 그녀의 비밀이 됐다. 그녀가 눈을 뜨고 깨어나자마자 그 알 수 없는 상자에 지섭의 어머니가 들어 있는 거라고 제 무의식을 읽어내려 했기 때문이었다. 그러나 지섭의 이야기를 듣고 났을 때는 다른 아무런 생각이 들지 않았다. 그녀는 그 순간 사랑한다는 말만큼 온당한 말이 없으리란 걸 알면서도 입 밖으로 꺼내지 못했다. 그건 진실일까. 그 진실은 어떤 색, 어떤 모양, 어떤 질감일까. 시연은 아이에게 들려주고 싶었던 동화의 도막들을 빠르게 떠올렸다. 간질간질, 후들후들, 복슬복슬, 두 귀를 활랑 젖혀, 콜록콜록 기침하며…… 그러고는 심호흡을 한 번 하고서 할 수 있는 말을 했다.

"보고 싶어."

벚나무 그늘 아래, 사람들이 숱하게 걸어 다니는 길 위로 한 번뿐인 꽃잎들이 떨어졌다.

김경욱

고양이를 위한 만찬

김경욱

1971년 전남 광주에서 태어났다. 1993년《작가세계》신인상에 중편 「아웃사이더」가 당선되면서 등단했다. 단편집 『바그다드 카페에는 커피가 없다』『베티를 만나러 가다』『누가 커트 코베인을 죽였는가』『장국영이 죽었다고?』『신에게는 손자가 없다』『소년은 늙지 않는다』 등과 장편소설 『아크로폴리스』『모리슨 호텔』『황금 사과』『천년의 왕국』『동화처럼』『야구란 무엇인가』『개와 늑대의 시간』이 있다.

"발소리 안 났어요?"

여자가 귀를 쫑긋 세우며 물었다.

꽃무늬 원피스에 기름투성이 에이프런을 두르고 한 손에는 비닐장갑, 다른 손에는 국자를 쥔 채였다. 조리대 가득 새 접시들이 어지러이 놓여 있었다. 재작년 블랙프라이데이에 사들이고 한 번도 쓰지 않은 레녹스 디너 세트. 보타이 차림의 판매원은 반영구적이라고, 금혼식 전에 하자가 생기면 군말 없이 환불해주겠노라 너스레를 떨었다. 손끝으로 전해지는 선득한 느낌 때문이었을까. 왠지 모르게 진저리치면서도 여자는 금테 장식에서 눈을 떼지 못했다.

식사 도중 느닷없이 정전이 찾아와도 헛숟가락질하는 일은 없을 거라더니, 금빛 테두리는 퇴창을 낮게 파고드는 막바지 햇살에 타오르듯 빛났다. 연중 해가 가장 긴 날이었다. 여자가 등지고 선 부엌의 맞은편에는 그늘이 짙게 드리워 있었다.

"바람이었겠지."

언더셔츠 바람으로 식탁 앞에 웅크린 남자가 퉁명스레 대꾸했다. 얼굴이 눈에 띄게 불콰했다.

"풍경소리는 못 들었는데……"

"팔 달린 놈이면 벨을 눌렀겠지."

남자는 위스키잔 위로 양주병을 기울였다. 라벨에는 뿔이 탐스러운 순록 머리가 그려져 있었다.

"벨은 대체 언제 바꿔줄 거예요?"

"멀쩡한 벨을 왜?"

"소리가 마음에 안 든다고 몇 번이나 말해요? 화이어알람이라도 울리는 것처럼 깜짝깜짝 놀란다고요."

여자가 손에 비닐장갑을 꿰려 애쓰며 말했다.

손가락이 자리를 잡지 못하고 자꾸 엇나갔다.

"국자를 내려놓으면 되잖소."

"잔소리 말고 불이나 좀 꺼줘요. 시금치 데치는 냄비."

"한창 주님을 영접 중인데……"

남자는 두 손으로 식탁을 짚고서 천천히 몸을 일으켰다. 무릎이 펴지는 순간 입에서 '끙'하는 신음이 반사적으로 새어나왔지만 부엌 한 구석으로 어기적어기적 걸음을 옮겼다. 가스레인지의 불꽃은 네 개. 냄비 뚜껑마다 쉭쉭 김이 뿜어져 나왔다. 남자는 가장 요란한 소리를 내는 불꽃을 죽였다.

"거기 말고 그 위."

여자가 턱짓을 하며 말했다.

남자는 가스레인지 레버를 거칠게 돌리고 허겁지겁 양주병 앞으로
돌아갔다.

"옷 좀 제대로 걸쳐요."

"내 집에서 옷차림도 맘대로 못 하나?"

"손님 오잖아요."

"내 손님인가?"

"기억 안 나요? 입국한 지 며칠 안 되었을 때. 너무 고단해서 화이
어알람이 요란하게 울리는데도 곯아떨어져 있다 소방대원한테 끌려
나가다시피 했잖아요. 로비로 피신한 투숙객 중 속옷 바람은 우리뿐
이었어요. 얼마나 창피하던지. 차라리 진짜 불이라도 났으면 싶었지
뭐예요."

여자가 시금치의 물기를 주물주물 짜내며 말했다.

"알몸도 아니었는데 뭘."

"당신 팬티를 입고 있었잖아요. 별무늬 트렁크 팬티."

"남의 팬티를 왜?"

"내 옷가지가 담긴 트렁크가 남미의 웬 공항으로 새버리는 통에 한
동안 당신 옷을 입고 다녔잖아요."

"새로 사 입지 않고서."

"며칠만 참으면 되는데 뭣하러요?"

"그깟 속옷 몇 푼이나 한다고."

"정말 기억 안 나요? 그 뒤론 밖에서 잘 일이 생기면 제일 좋은 속
옷부터 챙기잖아요."

"벌써 이십이 년 전이네."

"이십일 년이거든요. 찜통 불이나 줄여줘요."

"한 번에 시킬 것이지. 똥개 훈련도 아니고."

남자가 궁시렁대며 재차 몸을 일으켰다.

"좀 더."

"좀 더."

"에이, 너무 줄였네. 살짝 키워요."

여자가 불꽃에 시선을 두며 연이어 주문했다.

"직접 하지 그래."

남자가 허리를 숙여 불꽃에 눈높이를 맞추며 말했다.

"시금치 무치는 거 안 보여요?"

"갈비찜이면 됐지 무슨 잡채까지……"

"그 사람, 잡채를 좋아한다니까요. 정말로 발소리 안 났어요?"

"아예 문밖에 나가서 기다리지."

"도착하면 당연히 벨을 누르겠죠?"

"벨을 떼버릴까보다."

"그러시든가. 풍경을 울리라고 써붙이면 되겠네. 링 더 풍경, 플리즈."

"윈드벨이오."

"뭐라고요?"

"여기 사람들 말로는 윈드벨이라고."

"옆집 여자한테는 풍경이라고 일러줬다고요. 불행을 멀리 쫓아내는 동양 특유의 전통이라며."

"케이트?"

"이름도 알아요? 이사온 지 며칠이나 됐다고."

"잔디깎기가 고장났다며 빌리러 왔더라고. 통성명도 없이 내줄 수야 없잖소, 이웃사촌끼리."

"걸리적거리니까 저리 좀 비켜요."

"좀전에 불 줄여달라던 분은 그새 어디 간 거요?"

남자는 어깨를 으쓱하고서 식탁 쪽으로 걸음을 뗐다.

"그래서 이웃사촌 잔디도 손수 깎아줬어요?"

여자가 시금치 가닥을 입에 가져가며 물었다.

"그 집 마당에는 그림자도 내비치지 않는 거 잘 알면서."

남자는 위스키 잔 앞에 다시 자리를 잡았다.

"주인이 바뀌었잖아요."

"망할 영감쟁이가 심은 베고니아인지 뭔지는 그대로 있잖소. 한 발짝이라도 들이면 그냥 확 뽑아버릴 것 같아서 말이오."

"그 정도였어요?"

"내가 앞마당의 메이플을 얼마나 아끼는지 안다면 그런 소리는 절대 입 밖에 못 내지. 시차에 적응도 안 된 몸으로 심은 거잖소. 이 땅에 보란 듯 뿌리내리겠노라고. 어떤 역경이 닥쳐도 돌아가는 일은 없을 거라고. 그러니 미친 영감쟁이가 마당을 침범했다며 가지를 멋대로 쳐버렸을 때 심정이 어땠겠소? 팔이라도 잘려나간 기분이었단 말이오."

남자는 위스키잔을 집어들었다.

"그늘이 져 화초가 시든다고 어필했을 때 눈 딱 감고 옮겨심었으면 팔이 잘려나가는 일은 없었을 거 아니에요. 송사까지 가지도 않았을 테고. 냉장고에서 돼지고기나 꺼내줘요. 술은 작작 마시고."

"일부러 의자에 앉기만 기다리는 거요? 잡초 솎아내느라 마당에서 오후 내내 땀 흘리고 겨우 숨 좀 돌리는데 잠깐 엉덩이 붙이는 꼴을 못 보네."

남자는 궁시렁대며 느릿느릿 걸음을 뗐다. 목덜미가 뙤약볕 아래에서 구덩이라도 판 것처럼 벌겠다.

냉장고 문을 열어젖힌 남자의 표정이 굳어졌다. 눈빛에는 무력감이 부추기는 습관적 분노의 빛이 불쑥 떠올랐다.

"복마전이 따로없네. 이것들은 대체 다 뭐람. 시신 토막이 나와도 놀랍지 않겠군."

남자가 짜증 섞인 목소리로 중얼거렸다.

"냉동실 말고 냉장실."

여자가 소리쳤다.

"냉장실 어디?"

남자도 언성을 높였다.

이제 남자의 시선은 냉장실 안쪽을 더듬고 있었지만 길이라도 잃은 사람처럼 망연한 표정에는 변함이 없었다.

"눈앞에 두고도 몰라요? 신선실에 있잖아요."

"신선실?"

"베이컨이랑 소시지 담아두는 중간의 투명한 서랍."

"잘려나간 게 어디 팔뿐이었나. 가볍게 항의 좀 했더니 영감쟁이가 어떻게 나왔소? 마당 가장자리를 파헤치고서 뿌리를 툭툭 끊어버리지 않았소. 그땐 발목이 잘려나가는 기분이었지. 분하고 원통해서 한

동안 밤잠을 이루지 못했소. '내가 백인이었어도?' 하는 의문에 사로잡히면 꼼짝없이 뜬눈으로 다음날을 맞아야 했지."

남자가 플라스틱 팩을 여자에게 건넸다. 돼지고기는 잘게 손질되어 있었다.

"꼬장꼬장하긴 해도 인종차별주의자 같지는 않던데."

"할로윈데이에 아이들 대하는 걸 유심히 지켜봤소. 문 두드리는 아이들 피부색에 따라 표정부터 달라지더군. 백인이면 입꼬리에 미소를 머금고 과자를 듬뿍 쥐어주었지만 유색인이면 돌 씹은 얼굴이 되었지. 내주는 것도 사탕 몇 개가 고작이고. 장담컨대 조상 중에 흑인 노예를 산 채로 땅에 묻은 자도 있었을 거요. 아끼는 화초에 그림자를 드리웠다고. 다시는 해와 염병할 화초 사이에 버티고 서 있지 못하도록."

"설마."

"당신은 모를 거야. 백인 수컷들이 동양인 수컷을 얼마나 업신여기는지. 한 동양 남자가 월마트에서 장을 보다 지나가던 백인 남자한테 물었소. 카트에 담은 쿠키 어디에 진열되어 있느냐고. 백인 남자가 일러준 대로 찾아갔더니 눈앞에 뭐가 있었는지 아오?"

"내 정신 좀 봐. 고기에 밑간 하는 걸 깜박했네. 소금하고 후추 좀 줘요. 싱크대 맨 오른쪽 손잡이를 당기면 양념통들이 줄줄이 보일 거예요."

"사료만 잔뜩 쌓여 있었소. 개 사료 말이오."

남자는 소금통과 후추통을 차례로 꺼내며 말했다.

"말도 안 돼."

"그 동양인 수컷이 나였다는 말까지 해야 되겠소?"

"진짜라고요?"

"한번은 잔디를 깎다 누가 지켜보는 것 같아 고개를 들어보니 아니나 다를까 미친 영감쟁이가 테라스 의자에 앉아 있지 뭐요. 손가락으로 총 쏘는 시늉을 해보이더라고. 내 그림자 머리를 겨냥해서."

"난 그저 세탁소 확장하는 일로 예민해졌나보다 했는데…… 왜 말하지 않았어요?"

여자는 돼지고기에 소금과 후추를 뿌렸다.

"보나마나 교회에 끌고 갔겠지. 목사야 인종차별주의자의 가엾은 영혼을 위해 기도하자며 두 손 꼭 붙들었을 테고."

"기도가 뭐 어때서요?"

"당신이 우리 집 앞마당 메이플이 하루아침에 반병신 된 것은 나몰라라 하면서 교회 화장실 비누 조각 크기에는 노심초사할 때도 아무 말 안 했소. 기도가 나쁜 건 아니오. 세탁소에 가서 옷의 얼룩을 지우듯 교회에 가면 자세를 바로하고 손을 모아야겠지. 문제는 타이밍이오. 팔을 비틀어 뽑아내려는 놈한테 '시계가 참 멋지군요. 어디 겁니까?'하고 인사를 건넬 수야 없잖소. 불알을 걷어차줘야지. 잘난 백인한테도 불알은 사타구니에 붙어 있고, 발길질당하면 하느님을 파는 불경한 말이 절로 튀어나온다는 진리를 일깨워줘야지. 갓뎀잇."

"취했어요?"

"아직은 멀쩡해."

남자가 여자 쪽으로 훅, 하고 입김 부는 시늉을 했다.

"어휴, 냄새. 대체 얼마나 퍼마신 거예요?"

"묵은 죄를 다 씻어내려면 아직 멀었소. 빨래장이 주제에 귀한 뜻을 펼치는 분과 겸상이 가당키나 하오? 영혼이라도 깨끗이 세탁하면 모를까. 그렇다고 표백제를 목구멍에 들이부을 수야 없잖소. 누가 아오? 골수까지 씻다 보면 죄 많은 이 몸도 천국 문턱을 넘게 될지."

"가볼 마음은 있는 거예요?"

"어디, 교회 말이오?"

"목사님이 당신 그림에 관심이 많으세요. 웍 좀 내려줘요."

"그림은 얼어죽을…… 쓸데없는 얘기는 왜 해가지고……"

남자는 선반에 놓인 프라이팬을 집어들었다.

"그거 말고 볼이 우묵한 거 말이에요."

"처음부터 그리 말하면 어디 덧나나?"

"어디서 들으셨는지 이미 알고 계시더라고요."

여자는 웍을 불에 올리고 달궈지기를 기다렸다.

"요즘 목사들은 사람 뒤도 캐는 모양이구려."

"신도들에게 그림을 가르쳐줬으면 하는 눈치세요."

여자가 남자를 흘깃 쳐다보며 말했다.

"이젠 붓이 어떻게 생겼먹었는지도 가물가물해. 그러니 그림의 '그'자도 꺼내지 말라고."

"오 마이 갓!"

여자가 달궈진 웍에 돼지고기를 부으며 외쳤다.

"당면을 불려놨어야 하는데…… 불려 볶아야 쫄깃쫄깃한데…… 그냥 삶아야겠네."

여자는 돼지고기를 젓가락으로 이리저리 뒤적거리며 중얼거렸다.

"무슨 잡채썩이나 한다고."

"한국 음식 중 잡채를 특히 좋아한다고 했잖아요. 내 부엌에서는 누구나 훼이버리트 푸드를 맛볼 권리가 있다고요."

"훼이버리트 푸드는 무슨. 그맘때 나는 허기만 면한다면 개 사료도 오케이였는데……"

"자꾸 늙은이처럼 굴 거예요?"

여자는 볶은 돼지고기를 접시에 담고 나서 양파를 썰기 시작했다.

"어이쿠, 나이 들어 미안하구려. 젊은 놈이랑 한 집에 살게 됐으니 덜 미안해도 되려나? 당신보다 열 살이나 어리다고?"

"일곱 살이요."

"일곱 살이면 문제없다는 거요?"

"당신이 물었잖아요."

여자가 양파를 웍에 올리며 대꾸했다.

"뭣하러 번거롭게 따로따로 볶는 거요?"

"모르면 잠자코 있어요. 따로 볶아야 물이 안 든단 말이에요."

"나 같으면 다 썰어놓고 볶을 텐데. 썰다가 볶다가, 볶다가 썰다가 도무지 체계가 없어. 냉장고 안이 저 모양 저 꼴일 수밖에."

"한꺼번에 이것저것 다 하는 거 안 보여요?"

"날마다 이 난리법석을 떨 건가?"

"첫 디너잖아요. 달걀 지단 부치게 아까 집었던 납작한 후라이팬이나 내려줘요."

여자가 눈짓으로 선반을 가리키며 말했다.

남자는 꿈쩍도 하지 않았다.

"귀 먹었어요?"

여자가 남자 쪽을 돌아보며 말했다.

그제야 남자는 선반을 향해 팔을 뻗었다.

"젠장, 좀 치워가며 요리를 하든가 말든가. 바늘 꽂을 틈도 없네."

남자가 아일랜드 식탁 한 귀퉁이에 후라이팬을 소리나게 내려놓았다.

"다 부술 작정이에요?"

"두부전골에 갈비찜에 잡채까지, 젊은 백인 놈이 감동의 눈물을 흘리겠군."

"싱겁다며 간장을 달라지는 않겠죠."

여자가 차갑게 쏘아붙였다.

"그건 또 뭔 소리요?"

남자가 여자를 돌아보며 물었다.

여자는 끓는 물에 당면을 넣었다. 입은 꾹 다문 채였다.

"무슨 소리냐니까?"

남자는 여자를 빤히 쳐다보았지만 여자는 남자의 시선을 외면했다.

"걔 말이에요."

"걔라니?"

"몰라서 물어요?"

여자가 남자 쪽으로 천천히 고개를 돌렸다.

같은 극의 자석끼리 마주보는 것처럼 공기가 팽팽해졌다.

퇴창을 통과한 햇빛은 어느새 더 날카로워져 부엌 가장 깊은 곳까지 찌르고 들어왔다.

"당신이 데려왔던 아이."

마침내 여자가 입을 뗐다.

"누구 말이오?"

"밤이슬 피할 곳을 알아보는 동안만이라며 짐을 싸들고 왔던 유학생."

"그 아이가 어쨌다는 거요?"

"그애와의 첫 식사 때도 잡채를 준비했는데 기억 안 나요?"

"글쎄."

이번에는 남자가 여자의 시선을 피했다.

"마켓 스트리트 끝에 있던 한인 그로서리까지 가서 장을 봐다 장만했는데 한입 집어먹자마자 너무 싱겁다며 간장을 달라지 않았겠어요. 소금통이 손에 잡혀 밀어줬더니 자기는 간장을 달랬다며 눈을 똑바로 뜨고 말하더군요. 음식을 잘못 내온 웨이트리스 대하듯. 의아했죠. 이애는 뭐지? 남의 집에 얹혀살러 온 주제에 뭘 믿고 이토록 당당할 수 있지?"

"언제적 일을……"

"어떻게 잊어요. 지금도 이렇게 생생한데. 암상스런 눈빛이며 앙칼진 말투며…… 시간이 흐를수록 더 또렷해져요. 시카고까지 차를 몰고 가서 직접 고르고, 아침저녁으로 걸레질하고, 해마다 니스를 덧바른 의자에 삐뚜름하게 앉아서 '간장 달라고 했는데요'하던 모습이. 진짜로 잊을 수 없는 건 따로 있죠. 그때 내가 뭐라고 했게요. '조선간장, 왜간장?' 그 생각만 하면 지금도 혀를 깨물고 싶은 심정이에요."

"십수 년도 더 된 일이잖소."

"십삼 년이에요. 남의 집 부엌에서는 주는 대로 처먹는 거라고, 빈말이라도 잘 먹겠다는 인사를 빠뜨리는 거 아니라고 얘기해줬어야 하는데."

"여보."

"멍청한 짓은 그뿐이 아니었어요. 누드화 주인공 얼굴에서 그 암상스런 눈빛을 발견하고도 당신이 다시 이젤 앞에 앉게 되었다며 기뻐했지 뭐예요. 아, 목이버섯이 있어야 하는데."

"그건 반추상화였소."

남자가 변명조로 말했다.

"목이버섯이 들어가야 딱인데. 망했어."

"저건 버섯 아니고 뭐요?"

남자가 도마 위에 놓인 표고버섯을 턱으로 가리키며 말했다.

"그 사람한테 목이버섯도 없는 잡채를 내놓으란 말이에요?"

여자가 남자를 노려보며 말했다.

"아무 버섯이나 들어가면 그만이지."

"내 말대로 메모해 갔으면 생뚱맞게 팽이버섯을 집어오는 일은 없었을 거 아니에요."

"목이버섯이 들어가면 잡채고 팽이버섯이 들어가면 잡탕이란 말이오?"

"그애한테 먹일 거였다면 당장 차를 몰고 달려갔겠죠. 애당초 깜박하지도 않았을 테지만."

"추상화였다고 했잖소. 실물을 그린 게 아니란 말이오."

남자가 버럭 소리쳤다.

"설마 내 소녀 시절을 상상하며 그렸다고 말하려는 건 아니겠죠? 화가들은 결국 자신이 본 것을 그린답디다. 얼굴에 달린 눈이든 심장에 달린 눈이든."

여자가 식칼을 집어들며 말했다.

"그런 해괴한 얘기는 어디서 들었소?"

"그 사람이 그랬어요."

"노숙자들 공짜밥 먹이겠다고 기부금이나 뜯어내는 인간이 뭘 안다고."

"왕년에 미술사 공부도 했답니다."

"어련하시겠소."

"예술이란 아무리 고상한 말로 뭐라 뭐라 해도 결국 끌리는 이성에게 잘 보이려는 노력 그 이상도 이하도 아니라네요. 수컷 공작이 날개를 활짝 펼치는 것처럼. 아담이 춤 추거나 노래 부르지 않은 건 그럴 필요가 없었기 때문이죠. 이브는 처음부터 잡아 놓은 물고기였으니까."

여자가 표고버섯을 썰며 말했다.

"활동가 나부랭이가 못하는 소리가 없네. 최초의 만찬이 점점 기대되는구려. 모르는 게 없는 분의 입에서 또 어떤 금언이 쏟아져나올지. 이것부터 물어봐야겠소. 젊은 활동가께서는 누구에게 잘 보이려고 그런 예술적인 말씀을 늘어놓는지. 옳지, 이 대답도 들어야겠소. 노숙자들을 위한 선행은 누구의 환심을 사기 위함인지. 설마 잡채를 얻어먹으려고 그러는 건 아니겠지. 그나저나 이 놀라운 예술론의 요점은 대체 뭐요?"

"그애가 떠난 뒤로 당신이 뭐든 그리는 모습을 본 적이 없는데, 이것도 우연의 일치일까요?"

"목사님께 여쭤보시오. 하느님의 뜻인지 아닌지. 그분의 뒤도 캘수 있다면 뭐라도 나올 테지. 향수도 뿌렸소? 혹시 노숙자들의 구세주께서 좋아하는 냄새요?"

"여섯 달이나 신세를 졌으면서 고맙다는 말 한마디 없었어요. 하룻밤 묵은 호텔방에서 짐 빼듯 휙 나가버렸다고요."

"그럼, 코쟁이 손님께서도 반 년 뒤면 딴 데를 알아보는 게요?"

"진짜 끔찍한 건 이거예요. 멍청한 질문을 던지던 장면을 되새길 때마다 내 말을 못 알아들었기만 간절히 바라게 된다는 거. 근데 암만 해도 말귀를 알아먹지 못한 것 같았죠. '조선간장은 뭐고 왜간장은 또 뭐람' 하는 표정이었으니까. 그만큼 새파랬다는 얘기죠. 그래서 더 끔찍한 기분에 빠져들게 돼요. 하루는 옆집 여자가 어디서 그런 예쁜 딸을 입양했느냐고 묻는데 간장 한 종지라도 들이켠 것처럼 속이 뒤집어졌죠."

여자의 칼질이 점점 빨라졌다.

"그 집구석은 안팎으로 밉상이었구려."

"속에서 천불이 일었죠. 그래, 딸뻘이구나. 우리 애가 살아있다면 그 또래겠구나. 현장체험학습만 안 갔어도, 컨테이너에서 자고 있지만 않았어도, 소방차만 제때 도착했어도, 탈출하라는 안내만 있었어도, 저기 앉아서 내가 만들어준 잡채를 입안 가득 오물오물하고 있겠구나. 오물오물하면서 엄지를 척 들어 보였겠구나. 그러면 '천천히 먹

어, 내 새끼' 하고 말해줬을 텐데. '조선간장, 왜간장?' 이런 머저리 같
은 말이 아니라."

"피!"

남자가 외쳤다.

도마 위로 핏물이 물감처럼 번지고 있었다.

"실반지만 해줬어도. 하나 사달랬을 때 들어줬으면 새까맣게 타죽
었어도 금방 알아봤을 텐데. 어미라는 사람이 엉뚱한 시신을 붙들고
기절하는 일은 없었을 텐데. 생전 뭐 사달라고 조르는 법이 없던 애
가 갑자기 왜 이러나 싶었는데 나중에 보니 자기를 한눈에 찾아달라
는 거였어. 불지옥에서 한시라도 빨리 꺼내달라고."

여자는 칼질을 멈추지 않았다. 표고버섯 다음은 당근이었다.

"여보, 제발."

남자가 여자의 팔을 붙들었다.

여자는 남자의 손길을 완강하게 밀어냈다.

"옷이 타들어가고 살갗이 녹아내릴 때 얼마나 무섭고 고통스러웠
을까. 뜨거운 건 입에도 못 대는 애였는데. 라면이 불어터지도록 식기
만 기다리던 애였는데. 그래도 엄마가 끓여준 라면이 세상에서 제일
맛있다고 말해주던 애였는데. 밥상머리에서 간장 타령일랑은 입에
담아본 적이 없던 애였는데."

여자가 울부짖듯 소리쳤다.

남자는 식칼을 뺏으려 안간힘을 썼다. 여자도 팔을 거칠게 내저었
다. 식칼이 허공에서 춤을 췄다.

두 사람의 숨소리가 점점 거칠어졌다.

"언제는 다 하느님 뜻이라며. 그분의 뜻은 나라마다 다르오? 거기서는 심사가 틀어졌지만 여기서는 풀리신 게요? 화마에 유린되던 아이들의 울부짖음에는 감감무소식이던 자애가 이 나라에서는 소방대원의 도끼질 한 번에 불려오는 것이오? 손도끼가 미제라서 그렇소? 우리 애는 소방도로도 확보되지 않은 가건물에, 소화기조차 비치되지 않은 곳에 잠들어 있다가, 그 모든 게 하등 이상할 것 없는 세상에 있다가 목숨을 잃은 거요. 높고 귀한 뜻은 개뿔."

"그때 죽었어야 했어요."

여자가 날카롭게 소리쳤다. 얼굴은 고통으로 일그러진 채였다.

남자는 멈칫했다. 하지만 잠시뿐. 목선을 따라 곧추선 힘줄의 끝에서 뭔가가 터지기라도 한 것처럼 다시 격렬하게 말을 쏟아내기 시작했다.

"누가 할 소리. 소방대원이 문을 부수면서까지 구하러 왔을 때는 그만 허탈해지고 말았지. 화이어알람이 울리기 무섭게 투숙객 문에 도끼질하는 나라에 살고 있었다면 우리 애는 죽지 않았겠구나. 불구덩이에서 빠져나오려고 발버둥치다 목숨을 잃지는 않았겠구나."

"실은 화이어알람이 울렸을 때 깨어 있었어요. 당신은 세상 모르고 잠들어 있었지만. 깨울까 하다 이내 마음을 고쳐먹었죠. 하나뿐인 자식을 그렇게 앞장세우고도 삶을 이어가겠다고 태평양을 건너온 스스로가 견딜 수 없었어요. 미안한 얘기지만 그대로 누운 채 불에 타든 연기에 질식하든 상관없겠다 싶었죠. 솔직히, 그러길 바랐어요. 아이 곁으로 갈 수 있겠구나 싶었으니까."

"너무 미안해할 필요는 없소. 당신만 깨어 있던 게 아니니까. 복도

저쪽에서부터 문 두드리는 소리가 다급한 외침과 뒤섞여 점점 가까이 다가오자 당신은 침대에서 벌떡 일어났지. 곧장 출입문으로 달려가더군. 이내 걸쇠 채우는 소리가 들려왔지. 문고리에 '방해하지 마시오' 팻말이라도 내걸듯. 나는 눈을 질끈 감은 채 어둠 속에 그대로 누워 있었소. 왠지 그래야 할 것 같았으니까. 아니, 당신 결정을 받아들이기로 마음 먹은 거였지."

"아아아!"

여자의 입에서 단말마의 비명이 터져나왔다. 한 순간도 견디기 힘든 불길에 휩싸인 듯 사지가 부들부들 떨렸다. 여자를 붙든 남자의 손가락 마디마다 정맥이 파랗게 불거졌다. 바스라지는 무언가를 움켜쥐려는 것처럼.

쨍.

남자와 여자는 누가 먼저랄 것 없이 죽은 듯 동작을 멈췄다. 끔찍하도록 명쾌한 소리였다. 도끼질에 걸쇠가 날아가던 순간처럼.

발치에서는 금빛 테두리가 두동강 난 채 나뒹굴고 있었다. 볶은 돼지고기를 담아둔 접시였다.

두 사람은 이번에도 동시에 허리를 숙여 파열음의 근원으로 팔을 뻗었다. 손끝에 닿은 것은 달랐다. 남자는 접시 조각, 여자는 돼지고기였다.

"앗!"

남자는 신음을 삼키며 접시 조각에서 화들짝 손을 뗐다. 손가락 끝에 맺힌 핏방울이 눈에 들어오자마자 남자는 왠지 마음이 차분해지는 것을 느꼈다. 무언가가 지나간 기분이었다. 여태 여자의 손에 들린

식칼의 미끈한 날이 가리키는 쪽 어딘가로, 주둥이가 활짝 열린 채 주인의 부름을 목 빼고 기다리는 양주병 너머로.

한동안 침묵이 이어졌다.

세상이 두 음계쯤 더 적막해진 듯했다.

"무슨 소리 안 들리오?"

남자가 쪽창 너머로 눈길을 던지며 중얼거리듯 말했다.

"글쎄요."

"그 녀석들 같소."

"아, 턱시도!"

여자가 벽시계를 쳐다보며 말했다.

"눈이 빠져라 기다리겠소. 전에 한번은 초저녁 잠을 자느라 깜박했더니 문 앞까지 와서 울고 있더군. 벨을 누르고 기다리는 손님처럼."

"잠깐만요."

여자는 식기건조대에서 플라스틱 반찬통을 꺼내 바닥에 흩뿌려진 돼지고기를 주워담기 시작했다.

"그건 뭐 하게?"

"녀석들이나 주려고요."

"야옹이가 돼지고기도 먹나?"

"그래 봬도 호랑이랑 친척이잖아요."

"요리나 마저 해요."

남자가 반찬통을 낚아채며 말했다.

남자는 한 손에 비닐장갑을 끼더니 사료를 두어 줌 없었다. 사소하지만 오래된 습관이 그렇듯 더없이 무덤덤해 보이는 몸짓에는 어딘가 쓸쓸한 구석이 있었다. 남자가 익숙한 동작으로 고양이의 저녁거리를 챙기는 모습을 여자는 미동도 없이 지켜보았다. 움직이는 것은 시나브로 얇아지며 뒷걸음질치는 햇빛뿐. 또 다른 하루가 접시 가장자리에서 금빛으로 저물고 있었다. 여자는 '금혼식'이라는 말에 자신도 모르게 진저리친 이유를 알 것도 같았다.

"같이 가요."

여자가 남자의 등에 대고 소리쳤다.

손에는 어느새 물통이 들려 있었다.

김애란

가리는 손

김애란

1980년 인천에서 태어났다. 2002년 대산대학문학상에 단편 「노크하지 않는 집」이 당선되면서 등단했다. 단편집 『달려라, 아비』『침이 고인다』『비행운』『바깥은 여름』 등과 장편소설 『두근두근 내 인생』이 있다. 한국일보문학상, 이효석문학상, 이상문학상, 김유정문학상, 동인문학상 등을 수상했다.

개수대 앞 창문을 열어 바깥을 본다. 해수면이 어제보다 조금 솟아 있다. 오전내 비가 내렸다. 비가 오면 십자가도 물에 젖는다. 낮에 시장에서 사온 우럭 두 마리를 도마로 옮긴다. 칼 쥔 손에 힘을 주자 생선 뼈와 근육, 살 으스러지는 감촉이 몸 전체로 번진다. 손아귀 속 떨림이 흐린 원을 그리며 내 몸 가장 먼 데까지 퍼진다. 반쯤 살아 있는 식재료를 만지면 늘 개운치 않은 기분이 든다. 금기이되 아주 오랫동안 어겨온 금기를 깨는, 죽은 것을 죽이는, 심드렁한 희열과 혐오가 인다.

비늘과 내장을 제거한 우럭을 들통에 깐다. 거기 대파와 생강, 청주를 넣고 팔팔 끓인다. 익은 살은 따로 발라 한곳에 두고, 몸통뼈와 대가리만 다시 삶는다. 먼저 미역국에 쓸 육수를 내야 한다. 뼈 국물. 어릴 때 나도 뼈를 고아 만든 음식을 먹고 자랐다. 그중에는 가물치나

미꾸라지처럼 생물을 통째 곤 것도 있었다. 어머니가 강릉 분이라 우리집은 생일에도 미역국에 양지 대신 우럭을 넣었다. 독립 후 한동안 잊고 살았는데 이제 나도 그렇게 한다. 특히 내 생일과 애 생일에 그렇게 한다.

들통 안 공기 방울이 기세 좋게 올라오자 식재료가 저희끼리 부대끼며 몸을 뒤집는다. 대파 줄기 사이로 입을 반쯤 벌린 우럭 대가리도 보인다. 반투명한 눈알이 그새 희게 익었다. 국자로 불순물과 거품을 걷어내며 아이 생각을 한다. 다른 존재가 될 수 있었지만 내 아이로 태어난 아이. 다른 데가 아니라 이곳에 온 재이. 아기 땐 이유식 삼킬 줄도 모르고 빨대로 물 먹는 법조차 몰라 일일이 가르쳤는데. 요샌 식탁에서 수저질하는 모습 보며 굵직해진 뼈마디에 새삼 놀란다.

가스불을 약하게 줄이고 육수가 우러나길 기다린다. 적어도 몇십 분은 있어야 해 소매를 걷고 개수대에 쌓인 잔설거지를 한다. 칼과 나무 도마에 거품을 칠한 뒤 식초로 한번 더 씻고 스테인리스 볼과 채, 접시, 숟가락도 닦는다. 숟가락은 입에 직접 들어가는 기구라 더 공들여 헹군다. 숟가락을 닦을 때마다 맨손으로 아이 입속 만지는 기분이 든다. 아마 애가 어릴 때 손가락에 거즈를 감아 양치시켜준 기억 때문일 거다.

출산 후 모유 수유에 꽤 애를 먹었다. 지금도 그때를 떠올리면 몸에 젖이 돌게 하기 위해 밥을 먹고, 또 밥을 먹고, 또 밥을 먹은 기억이 난다. 산모용 거들을 입고 양쪽 가슴을 드러낸 채 눈물을 뚝뚝 흘리던 내 모습과 산바라지하러 온 엄마가 한 달 내내 끓여준 미역국, 집안을 가득 채운 우럭 비린내도. 그땐 내 젖에서도 그 냄새가 나는 듯했다. 젖꼭지를 타고 흘러내리는 희뿌연 액체가 꼭 뼈 국물 같았다.

한동안 나 자신이 비리고, 뜨겁고, 미끌미끌한 덩이로 느껴졌다. 이름이 지워진 몇십 킬로그램짜리 영양 공급 팩이 된 기분이었다. 실제로 많은 사람이 나를 그렇게 대했다. 그게 격려나 존중의 형태였대도 그랬다. 영화나 드라마 속 산모는 내색 않던데, 나는 수유가 참 힘들었다. 젖 뭉침에, 유선염증에 유두 끝이 불에 덴 듯 쓰린데, 배가 고파 우는 아이에게 젖을 물릴 수도 뺄 수도 없어 나도 같이 울어버린 게 몇 번이었다. 더구나 돌 무렵엔 이 나느라 잇몸이 간지러운지 재이가 내 젖꼭지를 자주 깨물었다. 어느 땐 하도 세게 물어대는 바람에 나도 모르게 아이를 던질 뻔한 적도 있었다.

그 고생을 하고도, 막상 젖을 끊을 땐 아이에게 미안해 조금 울었다. 속이 후련한 한편 우리가 함께 보낸 한 시절이 비로소 끝났다는 사실 때문이었다. 그건 아마 재이도 마찬가지였으리라. 익숙한 것과 헤어지는 건 어른들도 잘 못하는 일 중 하나이니까. 긴 시간이 지난 뒤, 자식에게 애정을 베푸는 일 못지않게 거절과 상실의 경험을 주는 것도 중요한 의무란 걸 배웠다. 앞으로 아이가 맞이할 세상은 이곳과 비교도 안 되게 냉혹할 테니까. 이 세계가 그 차가움을 견디려 누군가를 뜨겁게 미워하는 방식을 택하는 곳이 되리라는 것 역시 아직 알지 못할 테니까.

　물에 불린 미역을 손으로 꾹 짜 적당한 크기로 썬다. 불에 달구어
진 솥에 참기름을 두르고 미역을 넣자 사방에 작은 기름방울이 튄다.
손목을 바삐 놀리며 미역을 뒤적인다. 늘 해오던 대로 기계적으로 움
직이는 손과 달리 마음은 아까부터 다른 곳에 가 있다. 낮에 제과점
에서 들은 이야기가 계속 신경 쓰인다. 계산대에 케이크 상자를 두고
지갑을 꺼내는데 뒤에서 익숙한 얘기가 들렸다. 한 손에 케이크를 든
채 서둘러 제과점을 나왔다. 뺨 위에서 맥박이 뛰듯 얼굴이 화끈거렸
다. 그 자리에서 뭐라고 반박했어야 하는 게 아닐까. 누군가 나를 알
아봤을 수도 있는데. 내가 가만히 있는 게 아이 일을 인정하는 것처
럼 보였으면 어쩌나 후회됐다.

　이웃 여자들이 진한 커피를 앞에 두고 얘기한 그 영상은…… 나도
봤다. 지역에서 난리가 난데다 여러 인터넷 신문에 실려 모를 수 없
었다. 처음에는 끝까지 못 보고 고개 돌렸지만, 용기 내 다시 재생 단
추를 누른 건 거기 우리 아이가 있어서였다.
　―거 뭐라 그러지? 그런 애도 있던데. ……맞다, 다문화.
　―응, 나도 봤어요. 확실히 눈에 띄더라.
　―엄마가 아니라 아빠가 동남아라면서요.
　―그래? ……뭐가 아쉬워서?
　―걔도 한패라면서요?
　―댓글 보니까 주동자라던데.

—아니, 걔는 목격자래요.

—그걸 어떻게 믿어. 원래 진짜 보스는 주먹 안 쓰잖아.

—그러게, 아무래도 그런 애들이 울분이 좀 많겠죠?

—그나저나 참 큰일이네.

—그렇죠?

—그죠.

—……

—사람이 죽었으니까……

—……

—……

—그죠.

공기중에서 옅은 탄내가 난다. 주걱으로 빠르게 솥을 저으며 정신을 챙긴다. 미역 가장자리가 희끗하다. 옆 들통에서 뼈 국물을 한 대접 퍼 솥에 붓는다. 촤아아 소리와 함께 연둣빛 기름이 둥둥 떠오른다. 사람들이 말한 그 '소문'에 대해선…… 나도 아이에게 물은 적 있다. 몇 번 망설이다 어렵게 꺼낸 질문이었다. 재이는 한없이 서글픈 얼굴로 나를 바라보다 어떻게 엄마마저 그럴 수 있느냐는 듯 침울하게 답했다.

—엄마, 나 아니에요.

나는 이번만은 절대 실수해선 안 되는 시합에 나간 선수처럼 아이를 신중하게 살폈다.

—……

거짓말하는 얼굴이 아니었다.

—그렇지?

—응, 아니에요. 난 걔네들 알지도 못한다고.

순간 얼마나 안도했는지 하마터면 눈물을 쏟을 뻔했다. 그간 혼자
마음고생했을 아이를 껴안으며 사과라도 하고픈 심정이었다.

—그래, 그럴 줄 알았어.

냉동실 문을 열어 마늘을 꺼낸다. 다진 마늘을 지퍼 백에 넣어 격
자무늬 형태로 얇게 얼려둔 거다. 그중 한 칸을 툭 가르며 시계를 본
다. 오후 여섯시가 조금 넘었다. 아이가 보습 학원에서 돌아오려면 아
직 한 시간쯤 남았다. 불고기는 어제 미리 재워뒀으니, 시간 맞춰 밥
안치고 갈치만 구우면 된다. 아, 그리고 케이크도 있지. 싱크대 양념
칸에서 천일염을 꺼내 국에 간을 한다. 그런 뒤 숟가락을 내려놓고
잠시 가스레인지 불꽃을 바라본다. 태곳적 사람들도 저녁에 불을 피
웠겠지. 춥거나, 허기지거나, 누군가에게 도움을 구하고 싶을 때. 지
금은 그중 어느 때일까? 보글보글 국 끓는 소리가 평온하게 집안을
채운다. 오늘은 재이의 열다섯번째 생일이다.

*

젖 뗀 뒤 재이가 처음 먹은 음식은 흰 쌀죽이었다. 첫돌 무렵 약속
이라도 한 듯 아이 입안에 새싹처럼 작은 흰 뼈가 돋았다. 인간이 가
진 뼈 중 유일하게 바깥으로 드러난 거였다. 재이는 이유식에 잘 적

응했다. 말을 배우듯 난생처음 접한 '맛'들을 하나하나 익혀갔다. 생각과 판단이 깃든 얼굴로, 오물오물 턱 근육을 움직이면서. 생각의 그물 짜기, 감각의 실뜨기를 이어갔다. 그러다 어느 땐 혼자 힘으로 완성한 아름다운 레이스를 펼쳐 보이듯 나를 보며 자랑스러운 표정을 짓곤 했다. 그때마다 나는 "우리 재이, 사람 다 됐네!" 하고 놀려대듯 칭찬해줬다. 말은 그렇게 하면서, 짐승 만지듯 손바닥에 힘을 실어 쓱쓱 쓰다듬었다.

재이는 잘 자랐다. 통통해졌다 홀쭉해지길 반복하면서. 가끔은 키워주는 사람 좋으라고 선심 쓰듯 웃어주는 일도 잊지 않았다. 어쩌다 감기라도 한 번 앓으면 아이답지 않은 턱선이 생겨 사뭇 청초해 보이기까지 했는데, 이제 화농성 여드름에 귓바퀴에도 기름 끼는 나이가 됐다. 재이가 학교에 간 사이, 방 청소를 할 때마다 베개에 떨어진 머리카락이나 속눈썹을 보며 재이가 여전히 '자라고 있음'을 실감했다. 어느 유명한 탈옥 영화 속 주인공이 감방 벽을 조금씩 파낸 뒤 그 흙을 주머니에 담아 몰래 버렸듯, 재이도 자기 일부를 끊임없이 버리며 크고 있구나 하고. 재이에게 고마웠다. 나야 삶을 스스로 택했고 별로 후회한 적 없지만 재이가 쐰 공기는 달랐을 테니까. 처음 만난 순간부터 나는 줄곧 어른이고 재이는 그렇지 않았으니까. 문득 재이가 어린이집 앞에서 장화를 벗다 한숨 쉰 일이 기억난다. "쪼그만 게 웬 한숨이냐" 나무랐더니 "어린이는 원래 힘든 거예요"라 대꾸한 게. '어린이'가 무슨 직업인 양, 막일인 양 말해 어이없었지. 이제 와 생각하니 재이 말이 맞는 것 같다. 각 시기마다 무지 또는 앎 때문에 치러야 할 대가가 큰 걸 보면.

재이도 재이가 재이라는 이유로 치른 비용이 있겠지. 내가 아는 것만 해도 몇 개이니 모르는 건 훨씬 많을 거다. 초등학교 3학년 즈음 재이는 교회 성가대에 들어갔다. 먹고살기 바빠 행사 초대장을 받고도 기대보다 의무감이 앞섰는데, 막상 무대에 선 아이를 마주하자 뭉클한 감정이 일었다. 위축된 표정으로 또래 속에 섞인 모습을 보니 저 아이가 저 작은 몸으로 벌써 '사회생활'을 감당하고 있구나 싶어서였다. 크리스마스라 교회 안엔 많은 빛이 있었다. 조도 낮은 천장 조명과 가짜 전나무에 감긴 꼬마전구, 성가대가 든 촛대 등 여러 '빛 덩이'가 멍울멍울 어둠 속을 떠다녔다. 나는 그 경건하고 고요한 분위기에 살짝 경도됐다. 이윽고 아이들은 노래했다. 아직 '맛' 경험이 적은, 죽은 동물을 덜 먹어본, 축축하고 맑은 혀로. 어떤 음은 허공에 가느다란 포물선을 그리다 고꾸라지고, 어떤 음은 누군가의 단독 비행을 좇다 기꺼이 함께 낙하하고, 모두가 막 사라진 음의 행방을 신경 쓸 찰나 그 소멸을 위로하듯 여러 개의 음이 다시 풍등처럼 날아올랐다. 그리고 그 사이사이 아름다운 가교처럼 이어지던 재이의 독창. 재이 목소리는 아주 작은 충격에도 산산이 부서질 것 같은 알전구처럼 가늘고 투명했다. 높은음을 낼 때 성대 속 필라멘트가 노란 빛을 내며 파르르 떨리는 듯했다. 부모도 자식에게 경외감을 느낄 수 있구나…… 네 안의 어떤 것이 너를 그렇게 만드는 걸까. 그중 내가 준 것도 있을까. 만일 그게 내가 준 것도 네가 처음부터 가진 것도 아니라면 그건 어디에서 온 걸까? 아득한 기분으로 박수 친 기억이 난다. 그날 네가 얼마나 어렵게 노래를 마친 건지 전혀 알지 못한 채. 내게 교회는 늘 안전한 장소처럼 보였으니까. 종교를 갖지 않은 내가 굳이 아이를 그곳에 보낸 것도 그 때문이었던 것처럼. 돈 버느라 재이 곁을 떠날 때 나 대신 누가 아이 옆에 있어주길 바랐나보다. 그게 나와 전혀 면식 없는 신이라 해도.

며칠 뒤 재이는 이제 노래 같은 건 별로 하고 싶지 않다고 했다. 친구들이 "역시 넌 좀 특별한 것 같아"라고 말하는 게 싫다고.
—왜? 칭찬이잖아.
재이 입가에 부루퉁한 기운이 서렸다.
—엄만 한국인이라 몰라.
나는 깜짝 놀라 답했다.
—너도 한국인이야.

*

수돗물을 틀자 스테인리스 볼에 뽀얀 물안개가 인다. 손가락을 성글게 벌린 채 천천히 손목을 돌린다. 손가락 사이로 곡식 낱알이 시간처럼 빠져나간다. 쌀뜨물을 하수구에 두어 번 흘려보내고 무쇠솥에 쌀을 안친다. 평소 전기밥통을 이용하지만 오늘은 특별한 날이니까. 쌀과 찹쌀을 2대 1 비율로 섞는다. 이 정도면 우리 둘이 두 끼 먹는다. 재이도 나도 진밥을 좋아한다. 입맛도 그러려니와 속이 닮아 그럴 거다. 위가 약한 내가 비빔밥을 별로 안 좋아하듯. 젖은 쌀 위로 손바닥을 댄다. 반투명한 밥물이 손등 위에서 고요히 찰랑인다. 늘 반복하는 일인데 밥물 잴 때마다 목숨 재는 기분이 든다. 지은 지 삼십 년된 아파트의 녹슨 수도관을 타고 내 앞에 도착한 물의 이력과 그 물로 씻은 백미, 그 밥이 피가 되는 경로를 상상하게 된다. 이럴 땐 대학 때 접은 공부를 마저 할 걸 그랬나 아쉬움이 든다. 아이 아빠를 처음 만난 곳도 전공 서적이 잔뜩 꽂힌 책장 앞이었지. 먼 훗날 다시 이년제 영양학과에 들어가 혼자 살 길을 찾으리라 예상 못하고. 사랑에 빠졌지.

한동안 공부와 일, 육아를 병행하다 도저히 생활이 안 돼 친정 엄마가 있는 고향집에 내려갔다. 처음엔 아이가 초등학교 들어갈 때까지만 머물 계획이었는데, 갑자기 엄마 건강이 안 좋아지는 바람에 지금까지 살게 되었다. 작년에 엄마가 돌아가시고 이곳엔 이제 아이와 나 둘뿐이다.

몇 년간 시내 중학교에서 일하다 최근 요양병원으로 자리를 옮겼다. 학교가 정원 미달로 다른 곳과 통폐합돼 어쩔 수 없었다. 급식 지도는 자원을 어떻게 배분하고 누구에게 먼저 줄지 결정하는 일이라 학교에서 '성적' 다음으로 중요하게 여겼다. 매달 배포되는 '이달의 식단'은 전교생 중 어떤 아이도 버리지 않는 유일한 가정통신문이었다. 한 아이는 그걸 무슨 책처럼 만들어 소중히 갖고 다녔고, 또 어떤 아이는 비닐 파일에 넣어 책상에 붙여놨다. 먹을 것을 향한 사춘기 아이들의 집념은 대단했다.

—그 맛없는 걸?

대학 동기 하나가 눈을 크게 뜨며 저도 모르게 내 '식판 밥'을 폄하했을 때 애써 웃으며 답했다.

—애들이 학교에서 무슨 낙으로 살아. 급식시간만 기다리지. 급식 비우고 매점 가서 또 빵 사먹고 아이스크림 빨고 그래.

일터에서건 집에서건 밥 짓는 건 말 그대로 노동이고 어느 땐 중노동이었다. 아주 단순한 요리라도 그 안에는 장보기와 저장하기, 씻기, 다듬기, 조리하기, 치우기, 버리기 등 모든 과정이 들어가야 했다. 수백 명의 밥을 차리고 집에 와선 완전 녹초가 돼 정작 나 자신은 컵 라면이나 빵으로 끼닐 때울 때도 적지 않았다. 게다가 영양사는 매일 '만인의 반찬 투정'을 듣는 직업이었다. 급식 메뉴에 핫도그나 돈가스를 넣어 아이들 입맛에 맞추면 선생들이 꺼리고, 아욱국이나 취나물 등 교사들 식성에 맞추면 아이들이 싫어했다. 예산 문제로 반찬을 검소하게 꾸리면 누군가 내 도덕성을 의심하는 투로 불평해 마음을 다친 적도 있다. 담임 몰래 식판을 들고 밖으로 나간 남학생들이 단지 반납하기 귀찮다는 이유로 식판을 학교 담 너머로 던져 민원이 들어오는 일은 애교에 속했다. 식재료 검수서며 거래 내역서며 챙겨야 할 행정 업무도 많고, 계약직이다보니 급식 만족도 조사 기간이나 운영위원회 모니터링 시기엔 나도 모르게 신경이 곤두서 주방 상태를 더 꼼꼼히 확인하는데, 한날 아주머니들이 설거지하며 쑥덕이는 소릴 들었다.

—어휴, 피곤해. 왜 저렇게 예민하대?

—놔둬, 여자 혼자 살아서 그래.

―저래서 이혼했나봐.

　병원 식당은 환자별 식단을 달리해야 해 신경쓸 게 많다. 밥이 독
이 될 경우 환자가 쇼크로 사망할 수 있다. 요양병원에는 몸이 불편
한 어르신이 많다. 전쟁을 겪은, 전쟁을 아는, 여전히 전쟁중인 분들
이. 여느 무리가 그렇듯 그중에는 좋은 분도, 그렇지 않은 분도 있다.
고집스러운 얼굴로 이상한 식탐을 부리고, 비위를 맞추면 반말하고,
사무적으로 대하면 훈계하고, 식사 후 아무 할 일도 없으면서 새치기
하고, '찬밥도 위아래가 있다'는 장유유서 정신을 강조하는 분들이 정
말로 많다.
　―너무 스트레스 받지 마. 가진 도덕이, 가져본 도덕이 그것밖에
없어서 그래.
　오래전 당신과 팔짱을 끼고 걸을 때, 사람들이 자꾸 쳐다보자 당신
은 대수롭지 않게 말했지. 병원 어르신들을 보면 가끔 그 말이 떠올
랐다. 나는 늘 당신의 그런 영민함이랄까 재치에 반했지만 한편으론
당신이 무언가 가뿐하게 요약하고 판정할 때마다 묘한 반발심을 느
꼈다. 어느 땐 그게 타인을 가장 쉬운 방식으로 이해하는, 한 개인의
역사와 무게, 맥락과 분투를 생략하는 너무 예쁜 합리성처럼 보여서.
이 답답하고 지루한 소도시에서 나부터가 그 합리성에 꽤 목말라 있
으면서 그랬다.

　직업 안정성은 학교보다 요양병원이 나았다. 학교는 계속 사라지
는 추세이지만 병원은 자리가 없어 못 들어가니까. 다만 요양병원은

내게 끊임없이 '노화'를 상상하게 만들었다. 노후를 생각하면 늘 두려운 마음이 들었다. 지금 연봉으로 몇 살까지 버틸 수 있을까. 아이에게 짐이 되고 싶지 않은데…… 우아하고 호사스런 말년을 기대하진 않았다. 다만 청결과 위생에 대한 불안은 자주 일었다. 한겨울, 욕실에서 뜨거운 물로 몸을 덥힐 때마다 '십 년 뒤에도 이렇게 매일 샤워할 수 있을까?' 걱정됐다. 변기와 이불과 창틀을 지금 수준으로 깔끔하게 유지할 수 있을까. 깨끗하게 살려면 돈이 있어야겠구나. 수납하기 위해선 수납함 먼저 사야 하듯. 청결도 청결의 관성이 있어 자주 치우는 곳만 살피게 되던데. 얼룩도 계속 놔두다보면 괜찮아질까? 늙어 요양원에라도 들어갈 수 있다면 운이 좋은 거겠지. 돈으로도 감출 수 없는 수치와 모욕이 있을 테고. 당장 내 엄마만 봐도 그랬다. 언젠가부터 그 말끔하던 고향집이 어수선해지고 엄마가 정성스레 만든 음식에서 좀 심하다 싶게 자주 머리카락이 나왔다. 처음엔 엄마가 기력이 달려 집안일을 안 하는 줄 알았다. 나중에야 내 눈엔 잘 띄는 얼룩이 엄마 눈엔 보이지 않는다는 걸 알았다. 시력이 약해진 엄마 입장에선 먼지를 안 치우는 게 아니라 먼지가 존재하지 않는 거였다. 게다가 엄마 오줌 냄새가 갈수록 좀 역해졌다. 언젠가 제 외할머니 다음으로 화장실에 들렀다 나온 재이가 철없이 혀 짧은 소리로 외쳤다.

—엄마, 화장실에서 왜 토냄새가 나?

그뒤 엄마는 용변을 본 뒤 꼭 화장실에 방향제를 뿌렸다. 엄마가 자주 다니는 건강원에서 산 정체불명의 것이었다. 나는 엄마의 오줌 냄새보다 그 독한 향이 더 견디기 힘들었지만 내색하지 않았다. 그래도 엄마와 보낸 몇 년은 내게 각별한 기억으로 남아 있다. 테두리가 타지 않은 완벽한 달걀부침이며 얼음물에 담근 오이지, 삶은 양배추, 조기로 여름 밥상을 완성하고, 맨손으로 생선살을 발라 아들과 엄마 밥에 얹어준 뒤 도란도란 떠든 일들이 아련하다. 결혼할 때 워낙 엄마 속을 썩인 탓도 크지만. 엄마가 재이를 봐준 덕에 나 역시 모처럼 사람답게 자고, 밥도 사람처럼 식탁에 앉아 먹을 수 있었다. 그리고 세상에서 가장 맛있는 밥 중 하나는 내가 하지 않은 밥이라는 것도 알았다. 부모 아래 있으니 생각도 게을러지는지 종종 나는 내 나이를 잊었다. 마흔 넘고부터 자꾸 한두 살씩 가물거렸다.

─엄마, 나 지금 몇 살이지?

그때마다 엄마는 예닐곱 종류의 알약을 입에 털어넣으며 무심하게 답했다.

─네 나이는 네가 좀 세라.

가끔 엄마가 낯설게 느껴질 때도 있었다. 내가 기억하는 엄마의 활달함이랄까 생명력이 실은 무례와 상스러움의 다른 얼굴이었나 싶어 당혹스러운 적이 많았다. 내 사촌언니 두 명이 한 달 새 나란히 사고로 아이를 잃자, 엄마는 '어쩌다 이런 일이 동시에 일어났는지 모르겠다'며 '우리 집안 죄받았다 할까봐 부끄러워 어디 가서 말도 못 꺼낸다'고 했다. 그것도 상복 입은 사촌언니 앞에서. 엄마가 늙었나? 그새 분별력과 자제심을 잃었나? 얼굴이 달아올랐다.

─그럼, 아버지도 죄받은 거야?

돌아오는 길에 엄마에게 되묻자 엄마는 자신이 못 배우고 무식해

서 그렇다며 차창 밖으로 고개를 돌렸다. 엄마는 군인이었던 아버지
가 남긴 연금으로 근근이 살고 있었다.

엄마 발인 때 집안 어른들로부터 '긴병에 효자 없다는데 네 엄마가
너 고생 안 시키려고 그리 급히 떠났나보다'라는 얘길 들었다. 그 말
은 나를 몹시 아프게 찔렀는데, 정말 그런 생각을 한 번도 한 적 없는
지 자문했을 때 쉽게 답하지 못한 까닭이다. 내 효심이 우리의 생활
고를 이기지 못하면 어쩌나 늘 두려웠다. 아이 일이라면 그러지 않았
을 거다.

청결에는 청결의 관성이, 얼룩에는 얼룩의 관성이 있음을 실감한
건 재이 초등학생 때 일이다. 내가 재이에게 경외감을 느낀 그 크리
스마스 행사를 며칠 앞두고 재이는 성가대 대표 선출 선거에서 세 표
차로 졌다. 한창 클 때 이기고 지는 거야 별일 아니지만, 한 투표용지
에 좀 모욕적인 문구가 적혀 있었나보다. 사회를 보던 아이가 경솔하
게 그걸 또 읽었고 분위기가 싸해진 가운데 몇몇이 작게 웃었다고.
재이는 그때 누가 웃나 너무 궁금했지만 몸이 굳어 돌아보지 못했단
다. 실은 선거에서 진 것보다 그 웃음소리가 더 견디기 힘들었다고.
반년 전 교회에서 일어난 일을 학교 담임 선생님에게 듣는데 가슴이
죄어왔다. 그동안 재이 마음을 전혀 몰랐다는 데 죄책감과 부끄러움
을 느꼈다. 지지해준 절반이 있어도 무리에서 부정당한 느낌이었겠
지. 선량한 친구들의 얼굴을 마주할 때마다 '혹시 넌가?' '너였을까?'
하는 의심을 피할 수 없었을 테니까. 시간이 매일 뺨을 때리고 지나

가는 기분이었을 거야. 복잡하고 어려운 숙제가 생긴 것 같은. 그런데 나는 너를 위로한답시고 자긍심을 가져도 된다는 듯 기껏 이렇게 말했지.

　　—재이야, 너희 아빠 여기 일하러 온 거 아니야. 공부하러 온 사람이었어. 고향집에 하인도 있었대.

　　성가대 사건 후 재이 생활에 큰 변화가 생기진 않았다. 다만 재이가 학원에 가 있는 시간이 좀 늘었다. 나는 얼마 안 되는 소득 대부분을 아이 교육에 쏟았다. 그게 아이를 지키는 법이라 생각했다. 누구도 무시하지 못할 사람으로 만들어주고 싶었다. 재이도 내 뜻을 순순히 따라, 중학교에 올라갈 즈음 학급 친구들이 충분히 좋아할 만한 사람이 되었다. 그렇지만 재이도, 나도, 재이 내면의 무언가가 변했다는 건 알았다. 아이가 속내를 일일이 털어놓지 않아도 그 정도는 알 수 있었다.

　　　　　　　　　　　*

　　개수대 앞 창문 너머로 바깥을 본다. 그러면 네가 어디 있는지, 어디까지 왔는지 알 수 있기나 한 듯. 겨울이라 주위가 어느새 캄캄하다. 찬장에서 작은 프라이팬을 꺼내 불에 올린다. 팬에 포도씨유를 두르고 두툼한 갈치 두 토막을 조심스레 미끄러뜨린다. 치지직 소리와 함께 사방에 고소한 냄새가 퍼진다. 콩의 고소함이나 깨의 풍미와는 비교가 안 되는 포식자의 고소함, 남의 살을 먹고 사는 생물의 깊은 고소함이. 은빛 몸통 주위로 황금빛 공기 방울이 풍요롭게 자글거린다. 팬에 유리 뚜껑을 덮고 갈치 속이 촉촉하게 익길 기다린다. 식탁 위에 올려둔 휴대전화에서 메시지 알림 음이 울린다.

　―엄마, 나 버스 탔음. 십 분 후 도착.

　―응. 조금 늦었네? 밥 다 했어. 얼른 와.

　답장을 보낸 뒤 문자 창을 닫는데 낮에 열어둔 뉴스 페이지가 눈에 들어온다. 오늘 하루만도 댓글 칸의 새로 고침 단추를 여러 차례 누른 뉴스다. 최신순으로 다시 댓글을 정렬하자 익숙한 비난과 욕설이 주르륵 쏟아진다. '급식충들 암 유발' '인성 쓰레기' '이래서 삼청교육대 부활시켜야 함' 같은 가해 학생들을 향한 비난과 저주가 대부분이나 개중에는 '노인네도 노답'이라든가 '나는 쟤들 심정 이해됨' 같은 반응도 있다. 그런데 그중 어떤 댓글 하나가 시선을 끈다.

　'K시 중학생 노인 폭행 동영상 노모 버전. 신상 공개. 널리 배포해주세요.'

　모자이크 처리가 안 된 영상은 인터넷에 아직 뜬 적 없는데. 거기 우리 아이 얼굴도 나올 텐데…… 안 되는데…… 동영상 내리려면 어떻게 해야 하지? 어디다 말하지? 식탁 의자에 앉아 한 손으로 이마를 짚은 채 영상을 클릭한다. 그러곤 재이가 나오는 부분을 나도 모르게 여러 번 돌려 본다. 자세히 본다.

　재이와 나는 그 영상을 경찰서에서 처음 봤다. 팔 분 사십이 초간 둘 다 아무 말 않고 숨죽인 채 봤다. 편의점 앞에 주차된 자동차 블랙박스에 찍힌 동영상이었다. 소리는 전혀 나오지 않았지만 화면만으로 충분히 당시 상황을 짐작할 수 있었다. 지금 인터넷에 떠도는 노모 버전 파일은 그때 본 그 영상이었다.

남자 셋, 여자 하나. 십대 아이들 네 명이 편의점 앞 의자에 앉아 있다. 하얀 플라스틱 탁자 위로 매운 불닭면 용기와 캔 콜라, 탕수육맛 스낵 봉지가 보인다. 한 노인이 폐지 실린 유모차를 끌고 지나간다. 무리 중 한 녀석이 노인에게 다가가 오천 원짜리 지폐를 내밀며 뭔가 흥정한다. 노인이 뭐라 훈계하며 삿대질한다. 그러곤 아이들 쪽을 향해 침을 카악 뱉은 후 편의점 앞에 쌓인 종이 상자를 유모차에 싣고 걸음을 옮긴다. 무리 중 대장으로 보이는 아이가 농구대에 삼 점 숫 넣는 자세로 유모차에 빈 담뱃갑을 던진다. 재이 증언에 따르면 '담뱃갑도 종이이니까, 폐지에 보태시라'는 뜻으로 그랬단다. "그 형이 할아버지한테 그렇게 말했어요." 담뱃갑은 허공에 긴 포물선을 그리며 낙하하다 노인의 뒤통수를 때리고 튕겨 나간다. 노인이 노여운 얼굴로 돌아보고 곧 실랑이가 벌어진다. 대장 아이가 노인에게 무슨 말을 내뱉자 다른 아이들이 일제히 깔깔댄다. 흥분한 노인이 여자애의 머리채를 잡는다. 대장 아이가 노인에게 발차기를 날린다. 그리고 이 모든 광경을 맞은편 인형뽑기 기계 앞에서 재이가 보고 있다. 노인은 발길질 한 번에 힘없이 픽 고꾸라진다. 아스팔트 위로 나동그라진 채 몸을 부르르 떨다 꼼짝 않는다. 한 녀석이 노인에게 살금살금 다가가 얼굴을 살핀다. 그러곤 나머지 세 아이를 향해 어두운 표정을 짓는다. 녀석이 본능적으로 주위를 둘러본다. 그러다 저멀리 목격자인 재이와 눈이 마주친다. 재이가 시선을 피하며 고개 돌린다. 아이들이 주춤거리다 재빨리 자리를 뜬다. 재이도

곧 화면 바깥으로 사라진다. ……사라졌는데, 사라졌다, 약 오십 초쯤
지난 뒤 다시 등장한다. 동영상을 본 많은 이들이 이 장면에 꽤 집중했
다. 왜 그러지? 무슨 일을 하려는 거지? 아깐 겁이 나서 가만히 있다 뒤
늦게 노인을 구하러 왔나? 재이가 천천히 사각 화면 안으로 들어온다.
그러곤…… 조심스레 인형뽑기 기계 앞으로 가, 방금 전 두고 온 라이
언 인형을 들고 서둘러 자리를 뜬다. 몇 분 뒤 쓰레기통을 비우러 나온
편의점 청년이 노인을 발견한다. 청년은 깜짝 놀라 어딘가에 급히 전화
한다.

블랙박스 영상을 본 재이는 좀 당황했다. 기껏 돌아와 인형이나 챙
겼다고, 훗날 욕을 하는 사람도 많았지만 나는 아직 아이이니까 그
럴 수 있다고 생각했다. 대신 내가 걱정하는 건 따로 있었다. 재이가
그날 일로 큰 충격을 받지 않았을까 하는 거였다. 어느 땐 무언가를
한 사람이 아니라 본 사람이 더 상처 입으니까. 이를테면 전쟁을 겪
고, 전쟁을 아는, 요양병원 어르신들이 자주 얘기하는 '폭력몸살' 같
은 걸. 조사관은 몇 가지 간단한 사실만 확인한 뒤 우리더러 집에 가
보라 했다. 예상보다 싱겁게 끝나 긴장한 게 허무할 정도였다. 그런데
우리가 자리에서 일어설 즈음 조사관이 가벼운 투로 중요한 질문을
던졌다.

　—아 참, 그런데 왜 신고 안 했니?
　재이가 입술을 달싹이다 조그맣게 답했다.
　—실은 제가 그날 학원 수업을 빼먹어서…… 들통나면 엄마한테
혼날 것 같았거든요.

이 말은 내 가슴에 묘한 얼룩을 남겼다. 나는 사건이 일어난 요일에 학원 수업이 없다는 걸 알았다. 그런데 그 순간 왜 아이 말에 동의하듯 고개를 끄덕였는지 모르겠다. 형들에게 보복 당할까 무서워서 그랬대도 이해했을 텐데. 재이는 왜 거짓말을 한 걸까.

*

현관 잠금장치 풀리는 소리가 난다. 폴리에스테르 소재 점퍼가 바스락거리는 기척과 함께 쿵쿵 다급한 발소리, 화장실 문 닫히는 진동이 전해진다. 집이 낡아 양변기에 오줌 떨어지는 소리가 부엌까지 다 들린다.

　—어? 이거 무슨 냄새야?

재이가 젖은 두 손을 바지춤에 쓱쓱 문지르며 다가온다. 재이 몸에 바깥공기의 비릿한 활기와 냉기가 묻어 있다.

　—……엄마가 뭘 좀 태워버렸네.

　—어? 갈치네? 나 갈치 좋아하는데.

　—그러게. 한 마리에 이만 원이나 준 건데. 엄마가 깜빡했어.

재이가 제 방에서 옷 갈아입는 동안 저녁상을 차린다. 궁중 팬에 불고기를 붓고, 미역국을 데운다. 긴 젓가락으로 불고기를 뒤적이다, 민첩하게 식탁에 수저를 놓고, 배추김치를 꺼낸다. 재빨리 가스레인지 앞으로 돌아가 불고기를 살피고, 밥을 푸고, 미역국을 담는다. 흰밥 봉분을 예쁘게 쌓고, 신경써서 재이 그릇에 우럭 살을 많이 넣는

다. 갈치구이가 빠진 게 영 서운하지만 아쉬운 대로 포장 김을 뜯어 접시에 올린다. 아무리 바빠도 음식을 플라스틱 용기가 아닌 접시에 담으려 노력하는 건 내가 부모 세대와 반 발짝 다르게 사는 법이다. 말은 반보라지만 실은 결정적으로 다르게 사는 방식. 낙향 후 그나마 주거비가 덜 들어 생긴 여유일지 모르나 평소 재이에게도 음료를 병째 마시지 말고 컵에 따라 먹으라고 잔소리한다. 그렇게 작은 것들이 나중에 큰 걸 지켜주기도 한다고. 오목하고 넓은 접시에 불고기를 수북 담으니 오늘 저녁 밥상이 다 완성됐다. 앞치마를 벗고 식탁에 앉는다. 두 사람이 마주한 사 인용 식탁 위로 아스라한 김이 너울거린다.

—먹자.

—응.

재이가 의욕적으로 불고기를 향해 돌진하다 어쩐 일인지 머뭇거리며 예의를 차린다.

—엄마 먼저 들어요.

순간 헛웃음이 나 긴장이 좀 누그러진다.

—우리 재이, 사람 다 됐네.

겨울밤, 습기 찬 부엌에 짤그락 따다닥 식기에 젓가락 부딪히는 소리가 불규칙하게 이어진다.

—엄마.

재이가 시선을 마주치지 않고 묻는다.

—무슨 일 있어요?

—일은 무슨.

—그런데 얼굴이 왜 그래?

—……갈치를 태워서.

재이가 피식거린다.

—난 또 뭐라고.

재이를 따라 웃으면서도 내 시선은 재이의 손, 어느새 뼈마디가 굵어진 손등 언저리로 향한다. 아기 땐 포동포동한 손등 위에 보조개 같은 홈이 팼는데. 제 손이 제 것인 걸 믿지 못해 자꾸 입에 넣어 빨고.

—재이야.

—어?

—미역 많이 먹어. 뼈에 좋대.

아이가 선크림을 잘못 발라 하얗게 뜬 얼굴로 상긋 웃는다. 재이는 언제부턴가 선크림을 과하게 발랐다. 오늘처럼 비가 올 때도, 저녁 늦게 외출하는 날에도 잊지 않았다.

—엄만 뭐 만날 다 좋대. 마늘은 어디 좋고, 양파는 어떻고.

재이가 까부는 걸 보니 재이가 재이처럼 느껴져 가슴 깊이 친밀한 기운이 인다. 이 아이, 아기 땐 밥상 앞에서 늘 조잘조잘 높은 소리로 아무 말이나 떠들어댔는데. 단순한 어휘로 생각을 정리하고 유예하느라 말끝마다 "어" "어" 이음새를 넣던 바보 같은 습관도 어여뻤는데. 대체 언제 이렇게 자라버린 걸까. 짧은 감상에 젖다 아이와 실없는 얘길 나누는 게 좋아 부러 화제를 만든다.

—전에 학교에서 보니까, 조회 전에 애들 하나도 안 떠들더라? 교

실 불도 안 켜고 다들 엎드려 스마트폰만 하던데. 너도 그러니?

—어, 그거? 불 켜면 액정 잘 안 보이잖아. 귀찮기도 하고.

—그래도 공부가 돼?

—그러니까 걷지.

—누가? 선생님이?

—핸드폰 도우미가.

—그런 게 있어?

—어, 되게 많아. 분리수거 도우미, 과제 도우미, 그걸로 점수 받고.

재이가 호로록 미역을 넘기다 입에서 잔가시 하나를 스윽 빼낸다.

—엄마도 급식 도우미 알잖아?

—잘 알지.

핸드폰 도우미 이야기를 들으니 아이가 속한 세상이 염려되지만 참고 내색 않는다. 애가 어릴 땐 집 현관문을 닫으면 바깥세상과 자연스레 단절됐는데. 지금은 그 '바깥'을 늘 주머니에 넣고 다녀야 하는 모양이다. 아직까진 친구들과 메시지를 주고받고, 모바일 게임을 하고, 실시간 인터넷 방송을 즐겨 보는 정도 같지만, 가끔 아이 몸에 너무 많은 '소셜social'이 꽂혀 있는 게 아닌지 걱정된다. 온갖 평판과 해명, 친밀과 초조, 시기와 미소가 공존하는 '사회'와 이십사 시간 내내 연결돼 있는 듯해. 아이보다 먼저 사회에 나가 그 억압과 피로를 경험해본 터라 걱정됐다. 지금은 누군가를 때리기 위해 굳이 '옥상으로 올라와'라 하지 않아도 되는 시대이니까. 아이가 지금 나와 식사를 하는 중에도 실은 어딘가에서 누군가에게 얻어맞으며 피 흘릴지 몰랐다. 재이는 틀림없이 이런 나를 고루하다 할 테지만.

―엄마.

―응.

―아빠랑 왜 헤어졌어?

새삼스런 질문에 당황하지 않으려 천천히 고개를 든다.

―……전에 말해줬잖아.

―그런 거 말고, 진짜 이유.

재이가 내 앞에서 짐짓 어른인 척 사회적인 표정을 짓는다. 마치 자신이 사회에 대해 나보다 더 잘 알고 있다는 듯.

―나 때문이야?

―아니라고 몇 번 말해.

―그럼 왜……?

―쓸데없는 소리 말고 밥이나 먹어.

―말해줘. 생일 선물로.

……말해달라니. 막막해서 도리어 웃음이 난다. 이걸 어찌 설명하나. 말한다고 네가 알까. 이상하게 들릴지도 모르지만 재이야, 어른들은 잘 헤어지지 않아. 서로 포개질 수 없는 간극을 확인하는 게 반드시 이별을 의미하지도 않고. 그건 타협이기 전에 타인을 대하는 예의랄까, 겸손의 한 방식이니까. 그래도 어떤 인간들은 결국 헤어지지. 누가 꼭 잘못했기 때문이 아니라 각자 최선을 다했음에도 불구하고 그런 일이 일어나기도 해. 서로 고유한 존재 방식과 중력 때문에. 안 만나는 게 아니라 만날 수 없는 거야. 맹렬한 속도로 지구를 비껴가는 행성처럼. 수학적 원리에 의해 어마어마한 잠재적 사건 두 개가 스치는 거지. 웅장하고 고유하게 휙. 어느 땐 그런 일이 일어났다는

걸 알아차리지 못할 정도로 강렬하고 빠른 속도로 휙. 그렇지만 각자 내부에 무언가가 타서 없어졌다는 건 알아. 스쳤지만 탄 거야. 스치느라고. 부딪쳤으면 부서졌을 텐데. 지나치면서 연소된 거지. 어른이란 몸에 그런 그을음이 많은 사람인지도 모르겠구나. 그 검댕이 자기 내부에 자신만이 온전히 이해할 수 있는 암호를 남긴. 상대가 한 말이 아닌, 하지 않은 말에 대해 의문과 경외를 동시에 갖는. 그런데 무슨 말을 하다 여기까지 왔지? 그래, 엄마랑 아빠는…… 지쳐 있었어. '이해'는 품이 드는 일이라, 자리에 누울 땐 벗는 모자처럼 피곤하면 제일 먼저 집어던지게 돼 있거든. ……그런 걸 다 설명하진 않는다. 대신 이 곤경을 어떻게 빠져나갈까 고민하다 온전한 참도 거짓도 아닌 말을 던진다.

—아빠랑 왜 헤어졌냐고?

—응.

—음…… 생각이 달라서?

재이가 뜻밖에 가벼운 웃음을 터뜨린다. 그러곤 교과서에나 나올 법한 말을 훈계조로 이야기한다.

—그럼 토론했어야지, 민주주의 사회에서.

저녁상을 치우고 베란다에서 케이크를 내온다. 웬만한 제과점에 다 있는 고전적인 모양의 생크림 케이크다. 빵 테두리를 장식한 생크림 방울 끝이 날렵하게 여며진데다, 설탕물을 입힌 키위와 딸기, 감귤이 알록달록 플라스틱처럼 반들거린다.

—초 켜고 노래할까?

—싫어. 그런 거 하지 마, 하지 마.

—그래도 초는 켜야지.

케이크 상자 위에 붙은, 넓적하고 긴 종이봉투에서 파스텔빛 초를 꺼낸다. 꽈배기 모양의 가느다란 기둥 하단에 은박지가 감겼다. 초 한 개에 한 살, 모두 열다섯 개다. 부드러운 카스텔라 안에 깊숙이 초를 꽂는다. 해마다 아이 생일 초를 밝힐 때면 기쁘고 엄숙한 마음이 든다. 긴 하루가 모인 한 해, 한 해가 쌓인 인생이 얼마나 고되고 귀한 건지 알아서.

—어? 왜 성냥이 없지?

종이봉투를 뒤집어 손바닥에 대고 털어본다. 제과점 주인이 깜빡한 건지, 낮에 내가 너무 당황해 잊고 온 건지 알 수 없다.

—그럼 딴걸로 붙여.

재이가 대수롭지 않은 투로 말한다.

—……어디 있지?

식탁에서 몸을 돌려 싱크대 서랍을 뒤진다. 일회용 나무젓가락이며 이쑤시개, 병따개 따위를 넣어두는 칸이다. 언젠가 여기서 막 뒹구는 라이터를 본 것 같은데.

—없어?

—이상하다.

신발장 쪽으로 걸음을 옮겨 공구함을 뒤진다. 목장갑과 노끈, 망치 사이에 정전 때 쓰려고 사놓은 비상용 양초가 보인다. 그렇지만 그 안에도 성냥은 없다.

—아이고, 참, 무슨 집에 불 밝힐 성냥 하나가 없니?

─그럼 그냥 놔둬, 엄마. 어차피 끝 불인데 뭐.

─아니야, 그래도 초 켜고 소원 빌어야지. 혹시 너 라이터 가진 거 없니?

─뭐?

─있으면 줘봐. 뭐라 안 할게.

─그런 거 없거든?

성냥에 대한 미련을 못 버린 채 수납함 속 전단지를 들추다 입에서 불쑥 이런 소리가 나온다.

─재이야.

─응?

─내일 엄마랑 그 할아버지…… 장례식에 가보지 않을래?

그동안 한 번도 생각하지 않은 말이 튀어나와 나도 놀란다. 그리고 온종일 내 마음이 그렇게 무거웠던 건 어쩌면 아이에게 바로 이 말을 하기 위해서가 아니었을까 짐작한다.

─……

─그렇게 하자. 엄마는 재이가 그 할아버지에게 마지막 인사 해줬으면 해.

─……

─우리 아들, 죽은 사람한테 절하는 법은 알아?

─……

─여기 이렇게, 밥 먹는 손을 가리는 거야.

─……

아이 앞에서 왼손으로 오른손을 덮으며 어색한 시범을 보인다.

—엄마도 예전에 늘 헷갈렸거든. 실수할까봐 긴장하고. 그런데 이렇게 외운 뒤로 안 잊어먹었어. 밥 먹는 손 가리는 손, 밥 먹는 손 가리는 예禮…… 아 참, 엄만 너랑 반대고.

재이가 한참 자기 발끝을 바라보다 입을 연다.

—……생각해볼게.

그렇게 말해주는 재이가 짠하고 안타깝다.

—그래, 고마워.

재이 몸에서 갑자기 휴대전화 벨소리가 울린다. 재이가 발신자를 확인한 뒤 슬쩍 제 방으로 들어간다. 잠시 부엌에 홀로 남아 내 앞에 놓인 빈 의자와 케이크를 바라본다. 왜 그랬습니까? 무슨 생각으로 그랬죠? 눈부신 카메라 플래시와 더불어 쏟아지는 질문에 점퍼를 뒤집어쓴 아이가 잘 들리지도 않는 목소리로 웅얼거렸다. 할아버지를 해칠 맘은 전혀 없었다고. 할아버지가 먼저 우리에게 욕을 했다고. 우린 그냥 그 사람에게 '교훈'을 좀 주려 한 것뿐이라고. 그 노인은 며칠 동안 사경을 헤매다 숨을 거뒀다. 오래전 연이 끊긴 자식들과 어렵게 연락이 닿았지만 자식들이 시신 인수를 포기해 '무연고 장례'가 치러질 예정이라는 걸 나도 오늘 기사를 보고 알았다.

—누구야?

—그냥 아는 애.

재이가 제 바지 주머니에 휴대전화를 넣으며 앞에 앉는다.

—학교에서 애들이 뭐라 하진 않아?

—상관없어.

상관없다고 말하는 재이의 얼굴에 옅은 그늘이 서린다.

—안 되겠다. 불, 가스에 붙여야겠다.

생일 초를 하나 뽑아들고 가스레인지 앞으로 간다. 틱틱틱틱— 불을 켜며 가스레인지의 푸른 불꽃을 응시한다. 태곳적 사람들도 저녁에 불을 피웠겠지. 춥거나, 허기지거나, 누군가에게 도움을 구하고 싶을 때. 심지 끝이 노랗게 타오르는 초를 들고 케이크 앞으로 다가간다.

—근데 너 라이언 인형이 그렇게 좋아?

아이 얼굴이 살짝 굳는다.

—어? 왜?

손에 든 초를 비스듬히 기울여 다른 초에 불을 붙인다.

—네 방에 똑같은 게 세 개나 있어서.

—좋아서 뽑은 거 아니야. 그게 가장 많아서 뽑게 되는 거야. 많으니까 잘 뽑히고……

초 끝에서 실오라기 같은 그을음이 피어오른다. 다음 또 다음 초에 천천히 빛을 옮긴다.

—그래?

—……

이윽고 케이크 위 모든 초가 몸을 떨며 주위를 밝힌다. 멍울멍울 노란 불꽃이 따뜻하고 아름답다. 촛농이 빠른 속도로 뚝뚝 흘러내린다.

—근데, 동영상 아직 다 안 내렸던데.

—엄마가 사이버 수사대에 전화해봤는데 원본은 내렸지만 복사본이 도는 거라 시간이 좀 걸린대.

모자이크가 지워진 영상에 드러난 재이 얼굴엔 당황한 티가 역력했다. 처음엔 호기심 가득한 표정이다 어느 순간 한 손으로 입을 막는데 동공이 크게 벌어져 그 장면만으로도 재이가 얼마나 놀랐는지 짐작할 수 있다.

—그런데 그 영상에 소리 안 나오잖아.

—응.

—중간에 걔네들 자기들끼리 막 뭐라 하며 웃던데, 뭐라 그러는 거니?

지금까지 잠자코 있던 아이 입가에 천진한 흥미랄까, 아는 체랄까 묘한 기운이 어린다.

—틀딱?

그러곤 아차 싶은지 재빨리 미소를 거둔다. 마치 소중한 비밀처럼. 누구에게도 들키면 안 되는 보물인 양 얼른 감춘다. 나는 아이 얼굴을 빤히 바라본다. 아이가 이상한 말을 뱉어서가 아니라 방금 저 표정을 이미 어디선가 한 번 본 것 같아서. 그런데 어디지? 어디서였지?

—그게 무슨 말이니?

—어, 그냥 애들끼리 하는 말이에요. 엄마, 우리 초 안 꺼요?

아이가 서두르듯 벌떡 일어나 부엌 등을 끈다. 춥고 어두운 겨울밤. 아이와 나 사이에 노란 빛이 일렁인다. 불빛 아래서 우린 왜 조금씩 달라 보일까. 이제 정말 소원 빌 시간이다. 아이에게 박수 쳐줄 준비를 하며 숨을 고른다. 재이가 눈을 감고 슬며시 미소짓는다. 그런데 그걸 본 순간 내 속에서 짧은 탄식이 터져나온다. 웃음 고인 아이 입매를 보자 목울대가 매캐해지며 얼굴에 피가 몰린다. 불현듯 저 손, 동영상에 나온 손, 뼈마디가 굵어진 손으로 재이가 황급히 가린 게 비명이 아니라 웃음이었을지도 모른다는 생각에. 정말 그렇다면 그동안 내가 재이에게 준 것은 무엇이었을까. 이윽고 눈뜬 아이가 맑은 눈망울로 나를 바라본다. 그러곤 가슴팍을 크게 부풀려 숨을 모은 뒤 초를 향해 훅 입김을 분다. 초가 꺼지자 주위가 순식간에 어두워진다. 그 어둠 속에서 잘 보이지도 않는 재이 얼굴을 찾으려 나는 꼼짝 않는다.

박민정

1985년 서울에서 태어났다. 2009년 《작가세계》 신인상에 단편 「생시몽 백작의 사생활」이 당
선되면서 등단했다. 단편집 『유령이 신체를 얻을 때』 『아내들의 학교』가 있다. 김준성문학상,
문지문학상을 수상했다.

박민정

바비의 분위기

오늘 그녀를 다시 만난 날이란다. 고작 이렇게 내 손에 쥐어질 거면서, 그 오랜 시간 동안 나를 힘들게 했다고 생각하니 기가 막혔지. 여기 그녀의 얼굴을 첨부한다. K-Bot. jpg

불시에 건물에서 쫓겨나 서성이는 신세가 된 학생들이 불만을 터뜨리기 시작했다. 자유열람실 대청소는 한참 동안 끝나지 않았다. 청소가 끝나기를 기다리는 학생들은 대학원 건물 앞 벤치와 흡연구역에 쪼그려 앉거나 서서 책을 읽고 공부를 했다. 유미도 그 풍경의 일부가 되어 쫓기는 기분으로 책을 들여다봤다. New media literacy. 제목과 조응하는 내용이 좀처럼 등장하지 않았다. 한 페이지도 제대로 읽지 못하고 반납할 책들을 매일같이 대출하는 중이었다. 발췌 인용할 대목만 급하게 핸드폰 카메라로 찍고 책을 덮기 일쑤였다. 제대로 된 공부라고 할 수 없었다. 이런 식으로 대충 들여다본 책이 백여

권에 육박했다. 최종 제출일까지 이틀밖에 남지 않았다. 유미는 자유열람실 재입장이 가능할 때까지 커피라도 마시며 숨을 고르면 좋겠다고 생각했다. 그러나 그럴 여유가 없었다.

지도교수는 그 대목을 고치지 않으면 더 이상 방어해줄 수 없다고 했다. 논문심사가 끝난 지 한 달이 지났지만 수정은 거듭되었다. 심사위원으로 참여한 교수 셋 중 두 명이 유미의 원고에 난색을 표했다. 겸연쩍은 얼굴로 침묵을 지켰던 유일한 사람은 유미의 지도교수였다. 심사장은 그의 연구실이었다. 유미가 미리 마련해간 커피를 세 사람 모두 입에 대지 않았다. 이거 지도교수가 책임져야 하는 거 아닙니까, 이 지경까지 끌고 왔다면. 유미를 제외한 모두가 웃음을 터뜨렸다. 유미는 막막했다. 통과여부가 결정되는 심사였고 교수 세 명의 날인을 받아야 했다. 심사대상자인 학생이 직접 준비해가는 최종제출승인서가 가방에 있었다. 쉬는 시간을 가진 후 지도교수는 유미에게 그것을 꺼내보라고 했다. 그는 다른 교수들에게 손짓으로 날인을 요구했다. 둘은 마지못한 듯 도장을 꺼냈다. 교수들이 합의한바 조건부 통과였다. 지도교수는 심사위원을 대표하여, 원고의 한 대목을 수정하는 조건으로 논문을 통과시키겠노라고 말했다. 최종 제출 전까지 수정된 원고를 가져와야만 비로소 통과가 완료되는 것이며, 그때까지 최종제출승인서는 심사위원장이 보관하겠다는 것이었다.

그 말을 들을 때 유미는 다 필요 없으니까 이제 그만두자고 대답하려 했다. 그러나 결국 오늘까지 이렇게 애달프게 원고를 수정하고 있었다. 교수들이 문제 삼은 대목, 이것을 결코 우리 과의 졸업논문 데이터베이스에 올릴 수 없다고 역설한 대목을 어떻게 제외하거나 변화시켜야 하는지 해답을 찾지 못한 채.

싸락눈이 흩날렸다. 학생들 사이에서 욕설이 터져 나왔다. 당장 행정실에 항의할 기세였다. 유미는 책에 내려앉는 눈을 손가락으로 살살 치우면서 다들 조용히 해주었으면 좋겠다고 생각했다. 생각과 더불어 곧장 자유열람실 조교가 나와 청소가 끝났으니 질서 있게 입장하라고 외치는 소리를 들었고, 일사불란하게 움직이는 학생들 틈에서 유미는 그 남자를 발견하고 흠칫 놀랐다. 한 이틀간 오지 않던 그였다. 그의 낡은 항공점퍼 위에도 비듬처럼 눈이 쌓였다. 언제나처럼 배낭을 멘 그는 웅크리며 대열의 일부에 자연스레 합류했다. 유미는 그의 눈에 띄지 않으려 애썼다. 어차피 곧 그의 눈에 띄고 말 것이었지만. 유미는 남자가 누군지 몰랐고, 다만 남자의 이름을 알았다.

그는 유미가 석사논문을 쓰기 시작한 학기 초부터 내내 유미 옆에 앉았다. 일부러 그럴 리는 없다고, 자신의 착각일지도 모른다고 생각한 적도 있었다. 처음에 유미는 분명 그렇게 생각했다. 당시 아직 늦여름이라 할 만한 계절이었고 그는 검정 피케티셔츠를 입고 있었다. 허옇게 먼지가 달라붙은 지저분한 여름 셔츠였다. 그걸 관찰해낼 수 있을 만큼 그는 유미와 가깝게 앉아 있었다. 콧김 내뿜는 소리가 거슬렸지만 공용공간에서 침묵 이상의 고요를 요구할 수는 없는 노릇이었다.

그보다 더 정숙하지 못한 학생들은 얼마든지 있었다. 대학원생의 삼분의 일을 차지하는 중국인 유학생들은 유별나게 튀는 행동을 일삼았다. 가끔 큰 소리로 전화를 받는 경우도 있어 조교의 지적을 심심찮게 받을 뿐 아니라, 조교가 자리를 비운 틈을 타서 도시락과 간

식거리를 펼쳐놓고 먹기도 했다. 좀처럼 글이 안 써질 때 유미는 누구라도 붙들고 따져 묻고 싶은 심정에 사로잡혀, 태연히 식빵에 잼을 발라먹으며 이어폰도 끼지 않고 예능프로를 감상하는 여학생의 머리채를 잡아 흔들고 싶다고 생각했다. 자유열람실을 사유화하는 일부의 학생을 '중국인 유학생'이라고 싸잡을 수는 없는 노릇이었다. 그러나 유미가 본 그들 전부는 분명 '중국인'이었기에 자기를 사로잡았던 정념의 기원이 과연 편견에서 비롯된 것인지 아닌지 고민해야 했다. 한마디 하고자 마음먹고 여학생 가까이 다가섰을 때 컴퓨터 모니터에서 흘러나온 중국말이 논문학기 내내 머릿속에 맴돌았다. 어쩐지 아무 말도 못하고 유미는 돌아섰다. 유미가 본 그들이 전부 중국인들이었다 하더라도, '중국인 유학생들은 전부 공중질서의식이 없다'고 말할 수는 없었다. 그래서 유미는 나름대로 신중하게 발화했다. 가까운 친구들에게만. 유미가 선택하는 서두는 '높은 확률로'였다. 높은 확률로, 중국인 유학생이었다.

정말이지 높은 확률로 그 남자는 유미의 옆 좌석을 점거했다. 사실상 백 퍼센트였다. 자유열람실에는 지정좌석이 없었다. 유미가 어디에 앉든 바로 옆 좌석이 비어 있는 경우엔 무조건 남자가 앉았다. 유미는 날마다 아침 일찍 등교해 자유열람실에 자리를 잡았고 남자는 오후에 입장했다. 유미가 오후 늦게부터 논문을 쓰기 시작한 날에는 멀리서부터 슬금슬금 움직여 굳이 유미 옆으로 자리를 옮겨오곤 했다. 유미는 그 사실을 인지했다. 논문 초고를 시작하고 한 달이 지났을 때, 서론을 완성했을 무렵이었다. 이제 유미는 남자가 자신을 따라다니고 있다는 결론을 외면할 수 없었다. 그러나 그다지 중요한 사실이라고 할 수 없었다. 남자는 유미에게 별다른 피해를 끼치지 않았다. 식빵을 처먹으며 예능프로를 감상하던 여학생이 훨씬 더했다. 그는 단지 콧김을 소리 나게 뿜으면서 유미와 바짝 붙어 뭔가에 열중하다 돌아갈 뿐이었다. 그는 늘 유미보다 먼저 자유열람실을 나섰고, 귀가할 때 몇 번인가 주변을 살핀 적도 있었지만 유미의 뒤를 쫓았던 적은 없었다. 캠퍼스 주변은 밤늦게까지 밝았다. 어디서나 돗자리를 펴고 즐겁게 노는 학부생들로 가득했다. 위험하지 않았다. 그는 그렇게 학기 내내 유미의 옆자리에 온종일 붙어 있을 뿐이었다.

그는 몸을 바짝 움츠리며 질서 있게 줄을 서서 자유열람실에 입장했다. 날은 추웠고 남자 말고도 많은 학생들이 몸을 바짝 움츠렸다. 그런데 유미는 남자를 다른 이들과 같은 학생이라고 생각할 수 없었다. 남자는 학생이 아니었다. 자유열람실은 이 학교 학생, 그중에서도 대학원생만이 이용할 수 있는 곳이었다. 그러나 학생증을 태그해서 출입해야 하는 것은 아니었기에 사정을 아는 누구든 마음만 먹으면 이용할 수 있는 곳이기도 했다. 복사, 스캔 서비스가 무료로 제공되었고 성능이 좋은 데스크톱 컴퓨터 수십 대가 있었다. 대부분의 학생들이 이곳에서 학위논문과 페이퍼를 작성했다. 유미는 교수가 부르면 바로 달려가서 연구미팅을 해야 했고, 논문작성에 필요한 서적이 끊임없이 필요했기에 학교가 아닌 다른 곳에서 논문을 쓸 수 없었다. 잠깐 자리를 비울 때는 개인소지품을 두고 가도 되는 곳이었지만 유미는 도서관에 갈 때마다 남자를 의식하며 소지품을 모두 챙겼다. 쓰던 자료를 모두 백업해두고 전원을 내리는 일도 잊지 않았다.

남자는 유미가 조금도 두렵지 않았는지 부주의하게 자신이 보던 그대로, 동영상의 정지 버튼만 누르거나 메일 작성란을 열어둔 채 자리를 오래 비우곤 했다. 그는 물경 한 학기 동안 자유열람실에서 빈둥빈둥 놀고만 있었다. 이틀 후부터 유미는 자유열람실에 발길을 끊을 예정이었다. 학교 쪽으로는 고개도 두지 않겠노라 말하고 다니는 중이었다. 그 후에도 남자는 계속 나올 것인가. 유미는 궁금했고, 오빠 생각을 했다.

그런 시커멓게 혼자 다니는 남자들을 볼 때마다 오빠 생각이 났다.

보물섬이 폭발하던 날……

언제 생각해봐도 믿어지지 않는 말이다. 유미가 열두 살이었을 때, 오빠가 열일곱 살이었을 때. 그해 오빠는 고등학교에 입학했다. 유미는 『수학의 정석』을 붙들고 끙끙대던 오빠에게 다가가 메모를 건넸다.

—오빠 내가 좋아하는 남자애 집전화번호야. 전화 걸어서 걔가 받으면 이렇게 말해줘.

메모지에는 '너 5학년 3반 최종원 맞지? 너 김유미 알지? 걔를 어떻게 생각하고 있는지 말해라' 따위의 조잡한 각본이 적혀 있었다. 오빠는 메모를 읽은 후 피식 웃으며 관두라고 했다.

—어설픈 수작을 관둬라. 나는 이런 유치한 장난에 동조할 수 없다.

유미는 입을 삐죽이며 방에서 나왔고 냉장고에서 할머니가 얼려둔 요구르트를 꺼내 마셨다. 살얼음을 부수려고 요구르트 팩을 이리저리 흔들었다. 거실 구석 커다란 하우스 케이지 안에서 오빠가 키우던 햄스터들이 뿔뿔 돌아다녔다. 유미는 그걸 흘끗 봤다. 할머니 집에서는 할머니 냄새가 났다. 그날의 정황이 또렷하게 기억났다. 할머니 냄새와 오빠가 아끼던 햄스터들과 요구르트, 그리고 보물섬……

오빠는 큰아빠의 아들이었고, 유미의 유일한 사촌오빠였다. 큰아빠와 큰엄마는 오빠를 키우지 않았다. 유미가 기억하는 최초의 순간부터 오빠는 부모와 떨어져 할머니 집에 살았다. 큰집과 택시로 십 분도 채 안 걸리는 옆 동네, 연립주택 이층에 있는 18평짜리 집이었다. 방 두 개에 거실 한 개. 그 집은 할머니 집이었고 오빠의 집이기도 했다. 반면 큰집은 마당이 있는 단독주택이었고, 큰아빠와 큰엄마, 유미보다 어린 사촌동생들이 살았다. 어쩐지 그때까지 유미는 일이 왜 그렇게 되었는지 의문을 전혀 품지 않았다. 여동생들과 오빠는 서로 만나지 않았고, 명절에 만나도 데면데면했으며, 차라리 유미와 오빠가 훨씬 친남매 같았다. 큰아빠는 오빠와 마주치면 인상 쓰고 혼내기만 했다. 유미가 있는데도 멍청한 놈이라고 욕하기 일쑤였다. 중학생이었을 때의 오빠는 공부를 못했다. 큰아빠가 물어물어 데리고 온 과외 선생에게 엄청난 금액을 지불했다고 했다. 오빠는 유미에게 이제 당분간 오지 마, 너랑 놀아줄 시간이 없어, 시무룩하게 말했다. 과외선생에게 회초리로 종아리를 맞아가며 오빠는 고입 연합고사를 준비했다. 꼴찌만 안 하면 다 붙는다는 시험에 떨어질까봐 그 고생을 했던 것이다. 큰아빠는 유미의 부모를 만날 때마다 자기 아들을 욕했다.

—서울에서 인문계 고등학교 못 가는 애가 어디에 있다고 이런 유난을 떨어야 하는지.

그때나 지금이나, 당시 오빠가 왜 그렇게 공부를 못했었는지 유미는 까닭을 알고 있다.

또한 보물섬이 없었다면, 보물섬의 주인인 오빠가 없었다면 결국 철학과에 진학하지 않았을지도 모른다고 유미는 생각했다. 보물섬이 유미에게 미친 영향은 그만큼 깊었다.

유미는 할머니 냄새를 싫어했고 철없이 코를 틀어쥐기도 했지만 하루가 멀다 하고 그 집에 찾아갔다. 큰집이라 불렀던 곳에는 명절에만 갔지만, 할머니와 오빠가 살던 그 집은 열쇠까지 제 몫으로 만들어 갖고 있었다. 초등학교에 입학한 무렵부터 틈만 나면 혼자 시내버스를 타고 갔다. 중학생이었던 오빠는 유미를 보면 오른손을 제 뺨 가까이 올려붙이며 짤막하게 인사했다. 유미, 어서와. 도수 높은 안경알 너머 조그만 눈동자를 맥없이 빙글빙글 굴리며. 유미는 그런 오빠를 이상하다고 생각하지 않았다. 오빠는 성인이 되어서까지 유미와 눈을 마주쳐본 적 없었다.

중학생인 오빠는 날마다 뭔가를 끊임없이 샀다. 유미가 갈 때마다 없던 물건이 생겨나 있었다. 그 방 네 벽면을 가득 메우고 있던 브로마이드, 셀 수 없는 만화책과 소설과 게임팩, 프라모델, 피규어 장난감과 용도를 알 수 없는 각종 전자기기. 유미는 구미가 당기는 대로 아무거나 꺼내봤다. 오빠와 밖에 나가서 놀아본 적은 없었다. 둘은 대화도 나누지 않고 방에 처박혀 게임하거나 각자 책을 읽었다. 할머니는 주로 마실 나가고 없었는데 늦게 돌아와 저녁밥을 챙겨줬고 식사를 마치면 유미 부모에게 전화를 걸어 그만 애를 데려가라고 소리를 질렀다. 유미의 부모는 사교육에 관심이 전혀 없었고, 외동딸을 떼어놓고 일을 다녔기 때문에 유미가 종종 오후 시간을 할머니 댁에 붙어 있는 걸 다행스럽게 여겼다. 보물섬이 폭발하던 날, 큰아빠는 부모에게 너희들도 애 간수를 똑바로 하라고 윽박질렀다. 몇 년간 오빠와 보냈던 오후가 그렇게 잘못한 일이 되어버릴 줄은 몰랐다. 유미의 오랜 오후는 그날 통째로 부정당했다.

　오빠는 뭐든 들어주었고, 자기 물건을 건드려도 예민하게 굴지 않았기 때문에 유미는 그 방에서 노는 게 좋았다. 책을 읽다 심심하면 책상 서랍을 뒤졌다. 오빠는 신경도 쓰지 않았다. 유미는 아예 서랍을 들어내어 다리 사이에 끼고 앉아 하나하나 살펴봤다. 이건 뭔데, 지난번에는 없던 건데? 유미가 따져 물으면 오빠는 돌아보지도 않고 대답했다. 지난번에 용산에서 산 거야. 지난번에 코믹에서 산 거야. 갖고 싶으면 가져. 이런 식으로. 항상 그냥 가져, 했기 때문에 굳이 탐이 나지 않았고 유미는 다시 있던 자리에 잘 넣어두었다. 구석에 중학생 소년 방에 어울리지 않는 할머니의 자개장이 있었고, 그 위에 오빠가 아끼던 로봇들이 일렬 횡대로 반듯이 서 있었는데 해가 질 때면 그 부분부터 주황색으로 물들어 유미는 잠시 그 풍경을 멍하니 바라보곤 했다. 깃털을 펼친 공작새와 꽃사슴 자개가 빛을 받아 반짝거렸고 오빠가 직접 조립한 로봇 프라모델이 출격 준비 자세를 취하고 있었다. 유미는 오랫동안 그 풍경을 기억하게 된다. 이건 뭔가 세계 종말 같은 느낌이다. 유미는 생각했는데 오빠가 심드렁하니 대답하지 않을 게 뻔했기 때문에 입 밖에 내지는 않았다.

　유미는 그 방을 보물섬이라고 불렀다.

　정확히는 그렇게 규정지었고, 기억했다. 보물섬이 폭발한 날 이후 오빠와 유미는 그날에 대해 언급한 적 없었다. 아마 '보물섬'이라는 말을 꺼내본 적도 없었으리라고 유미는 생각했다. 아무 때나 서랍을 뒤지면 피자배달 쿠폰이 우습게 쏟아져 나왔고, 오빠 나 이걸로 시켜 먹는다, 하고 키득거리면 그러라고 하는 오빠가 있던 방. 지난번에 읽은 만화 시리즈의 이어지는 편을 보기 위해 버스에서 내리자마자 좁은 골목을 달음박질로 통과했고 돌계단을 뛰어올라 초인종을 누르거나 문을 따고 들어가던 기억이 살아가는 내내 생생했다. 보물섬이 폭발한 후 그 집에 관한 기억은 끝났다. 그 집이 불타버린 것도 아니었는데.

그런가 하면 그 시절에 관해 유미에게는 다른 종류의 기억도 있었다.

유미와 함께 시장에서 햄스터를 사들고 오던 오빠에게 거실에서 기다리던 큰아빠가 던진 말. 사내자식이 학교에서 처맞고 다니는 거냐? 그것도 계집애들한테. 유미는 얼른 보물섬으로 피신했고 더 이상 듣지 않았다. 풀죽어 방에 들어온 오빠에게도 묻지 않았다. 어른들은 유미가 듣는 데서 말조심 하지 않기가 매한가지였는데 오빠가 학교에서 따돌림 당하고 맞기도 한다는 이야기도 그랬다. 오빠는 괴로운 교실을 버티고 있었고 그럴수록 자기만의 세계에 빠져들었다. 유미는 그런 오빠가 불쌍하다고도 생각했지만 오빠가 외로울수록 자신에게는 흥미로운 것들이 더 많이 생겨난다는 것도 알고 있었다. 오빠의 분신과 같았던 그것만 건드리지 않으면 유미는 뭐든 갖고 놀 수 있었다. 그 방에 있는 수많은 물건들을 만져보고 꺼내볼 수 있도록 해줬지만 오직 하나 허락하지 않은 것이 있었다. 오빠가 애지중지 아꼈던 486컴퓨터였다.

새로운 매체에는 새로운 언어가 필요하다, 그것이 이 특수한 매체환경에서 생존하는 방식, 우리에게 요청되는 새로운 문해력이다.

유미는 물끄러미 모니터를 바라봤다. 논문초록에 넣은 문장이었다. 초록까지 교수들이 관여하지는 않았으므로 그들이라면 절대 허용하지 않을 문장을 적어낼 수 있었다. 논문을 한 마디로 요약하라면 결국 이렇게 요약해야 했다. 유미에게 다른 말은 중요하지 않았고 이 말만이 중요했다. 이 말을 하기 위해서 목차를 구성했고 소목차의 세부 내용을 만들었으며 수많은 참고문헌에서 이론적 토대를 빌렸다. 무엇보다 이 말을 증명하기 위해 유미로서는 목격하는 것만으로도 고통스러웠던 지난한 논쟁을 따라갔다.

교수들은 처음에 조사방법 자체를 받아들일 수 없다고 했다. 논쟁 과정을 스크린샷으로 수집한 방법이 문제였지만, 졸업생의 논문 중 인터넷 토론을 그대로 캡처해서 매체이론을 전개한 원고가 있었기 때문에 어떻게든 넘어갈 수 있었다. 비판커뮤니케이션학과는 철학과와 신문방송학과가 결합된 학과였고 두 학과의 상이한 특성을 모두 받아들여 교과과정을 구성했지만 학위를 수여해야 하는 시기에는 문제가 생겼다. 철학과 교수들과 신문방송학과 교수들 사이에 묘한 긴장이 흘렀고 인문계열에 속하는 철학과와 사회과학계열에 속하는 신문방송학과의 결코 화합할 수 없는 지점을 아프게 발견하곤 했다. 철학과 교수들은 줄곧 '우리들의 만남은 결국 불륜일 뿐이었나봐, 미사리 시절의 달콤한 환상은 이젠 없어' 따위 농담을 했고 학생들은 불쾌해했다. 신문방송학과 교수들은 도대체 통계를 쓰지 않고 어떻게 엄밀한 현장 조사를 할 수 있느냐며 어이없어하곤 했다. 그들이 말하는 '엄밀한 현장 조사'라는 말을 유미는 끝내 이해할 수 없을 것 같았다.

교수들은 아예 트위터라는 매체 특성 자체를 이해하지 못했다. 각 유저들이 자신의 의견을 말하는 방식을 지도교수에게 이해시키기 위해 유미는 몇 번이고 설명했다. 이를테면 트위터의 RT, 재전송 기능은 다른 이의 의견을 그저 인용하는 것만으로도 의견이 제출되는 것처럼 보이는 특성을 가졌다. 지도교수는 트위터가 가진 고유의 매체 특성을 어려워했고, 끝내 심정적으로는 동의하지 못했다. 게다가 유저 개인이 참여하고 있는 논쟁 공간은 고정되어 있지 않았다. 그 자신이 직접 편집하고 구성한 타임라인도 수시로 바뀌었으며 그곳에서 얼마든지 이탈할 수도 있었다.

—이걸 공론장이라고 할 수 있나?

논쟁을 전수 조사하는 방식으로 각 유저의 타임라인을 밤새 캡처했던 유미는 헛웃음을 지었다. 스크린샷 그대로 논문에 쓸 수는 없었으므로 언론 기사에서 그러하듯 그것을 재구성해야 하는데 유미는 포토샵을 조금도 다룰 줄 몰랐다. 유미는 한글 창에서 트위터 화면을 재현하는 표를 만들어 대화 내용을 일일이 타이핑했다. 유미 자신이 주장하는바 '새로운 매체에 필요한 문해력'을 뒷받침하는 징후가 되어줄 중요한 사건이었으나, 그것을 다시 복기하는 것은 고통스러운 일이었고 역겨운 일이었다. 지도교수도 더러운 것이라도 본 듯 고개를 돌렸다. 마치 신성한 논문에 이런 말들이 날것으로 들어간다는 것 자체가 불쾌하다는 듯. 유미의 원고에는 규격에 맞춘 각주보다 본데 없는 표가 더 많았다.

지도교수가 유미의 논문을 방어해주어야 하는 까닭은 사실 그 자신을 위한 것이었다. 지도교수는 유미에게 이런 위기는 너의 앞날을 위한 거름이 되리라는 진부한 표현을 사용했고, 석사논문을 쓰던 시절 자신 역시 학계의 완고함과 투쟁했노라고 술회했다. 그는 대부분 독일철학을 전공한 교수들 사이에서 프랑스철학을 공부했다는 점에서 이단아였고, 심지어 유학파도 아니라는 점에서 역시 그랬다. 그래서 선생님은 이겼고 여기까지 왔잖니, 그는 유미를 달래듯 말했다. 대학원에 비판커뮤니케이션학과가 신설될 때 유미를 설득해서 데리고 온 사람이 그 자신이기 때문에 지도교수는 유미를 지켜야 했다.

유미로서는 교수를 원망할 수는 없었다. 유미는 스스로 철학과의 교과과정에 한계를 느꼈고 매체이론에 깊은 관심을 가졌으며 그래서 비판커뮤니케이션학과를 선택했다. 자신이 대학원에 진학할 무렵에 자신의 관심사를 충족해줄 수 있는 협동과정이 신설되었다는 점을 무척 다행스럽게 여겼다. 지도교수가 설득하지 않았어도 이곳을 선택했을 것이다. 다만 유미가 선택할 수 없었던 것은 졸업에 관한 문제였다. 유미는 학위를 얻고자 하는 욕심이 없었다. 박사과정에 진학할 생각이 없었으므로 학위를 탐낼 리 없었다. 졸업을 한다 해도 여느 일반대학원 학생들처럼 시간 강사 자리를 얻을 수도 없었다. 논문 제안서를 공개하던 날 신문방송학과 교수들의 폭언을 듣고 유미는 논문을 쓰지 않겠노라고 했다. 애초에 자신에게는 학위를 얻고자 하는 미련이 없었노라고. 선생님 말대로 그저 원하는 공부를 했으니 자신으로서는 더 바랄 것이 없다고.

유미는 기회만 오면 그렇게 말했다.

논문을 반쯤 작성했을 때에도 여전히 그랬다. 그날, 지도교수는 유미에게 낯선 반응을 보였다.

—선생님이 너에게 뭘 해줄 수 없다는 건 알고 있는데 계속 그렇게 엄살을 피워야겠니?

유미는 울지 않으려고 했다. 여기서 울어버리면 그 말을 인정하게 되는 것 같아서. 교수의 말인즉슨 힘들게 졸업을 한다고 해도 별다른 현실적인 이득이 없으므로 학위에 미련이 없는 거냐는 직설적인 질문이었다. 달리 말하면 '별다른 걸 바라고 공부했던 거니?'와 같았다. 유미는 그런 오해를 받고 싶지 않았다. 그러나 대학원에 진학한 대다수 친구들이 교수의 잔심부름을 하며 버텨내는 까닭을 알고 있었다. 강의 자리를 얻거나 학계에 계속 발붙이기 위해 어떤 고생을 하며 살고 있는지. 지도교수의 말을 부정하면 다른 친구들마저 모욕하게 되는 것 같았다. 유미는 대답하지 못하고 울먹였다. 교수 앞에서는 말대답을 하기보다는 울어버리는 게 언제나 유리했지만 그날만큼은 굴욕감을 느꼈다.

그날은 정말이지 한 줄도 쓰고 싶지 않았고 원고를 들여다보고 싶지도 않았다. 유미는 자유열람실 의자에 등을 기대고 멍하니 앉아 있었다. 공부를 계속하기로 결정했을 때 가졌던 순수한 마음과 그간 겪은 여러 가지 현실적인 문제를 차근차근 복기하고 있었다. 학기가 거듭될 때마다 느낀 뿌듯함과 희열, 지난 학기의 질문에 이번 학기가 답하고 그것이 다음 학기의 질문이 되던 과정. 자석에 철이 모여들

듯 순식간에 수많은 질문이 수렴되던 순간을. 유미로서는 학위를 얻는 것보다 더욱 중요했던 전언. 우리는 더 이상 실천이성의 주체로서 언어의 주인이 될 수 없다. 우리에게는 새로운 언어가 필요하다.

그때 남자가 콧김을 뿜으며 바짝 모니터 앞으로 다가앉았다.

유미는 아랫입술을 깨물며 남자를 노려봤다. 남자가 유미에게 가까이 다가앉은 것이 아니라 모니터에 다가갔음을 알고 있었지만. 유미는 남자가 학생이 아니라고 거의 확신하고 있었다. 그가 날마다 반나절 내내 축구 경기와 연예 뉴스를 감상하다 돌아간다는 것을 알았기 때문이었다. 그러면서도 그는 거의 하루도 빠짐없이 자유열람실에 출석했다. 유미가 화장실에 가거나 자판기를 이용하기 위해 자리에서 일어설 때면 그는 꼬박 몸을 움츠리며 유미를 의식하는 티를 냈다. 유미는 화가 났다. 그 순간에는 정말이지 참을 수 없이 화가 났다.

그러나 단지 조용히 따라다니기만 하는 남자에게 따져 물을 수도 없었다.

유미는 눈을 지그시 감으며 한숨을 길게 쉬었다. 차라리 오늘은 열람실에 오지 말았어야 했다, 몇 번이고 되뇌다 눈을 뜨니 남자가 보이지 않았다. 유미는 남자의 자리를 살펴봤다. 그새 남자는 가방을 정리해 자리를 비웠다. 남자의 평소 패턴에 비해 이른 귀가였다. 유미는 문득 남자가 사용하던 모니터 쪽으로 몸을 기울여 그것을 살펴봤다. 그날 남자는 그간 사석화한 채 자리를 오래 비울 때 그랬던 것처럼 작업 상태 그대로 두고 귀가해버렸다. 그날따라 자유열람실에는 조교도 없었고 한두 명 학생만이 드문드문 떨어져 앉아 있었다. 유미는 남자의 부주의함에 혀를 찼다. 동영상은 일시정지 상태였고 그가 들여다보던 웹브라우저가 잔뜩 열려 있었다. 유미는 동영상을 끄고 웹브라우저를 하나씩 열어보았다. 그는 심지어 개인 메일 계정으로 메일을 작성하다 말고 가버린 것이었다. '형 잘 지내요? 나는 뭐 그냥 그렇지, 언제나 똑같이 살고 있어, 답이 늦었네, 형 나 아직 여자 없어' 따위의 말들이 띄어쓰기가 엉망인 채로 박혀 있었다. 유미는 고개를 절레절레 흔들며 다른 웹브라우저를 눌러봤다. 유미는 잠시 숨을 골랐다. 그리고 남자가 사용하던 마우스에서 손을 가만히 뗐다.

그가 보던 웹페이지는 전부 구글이었고 검색결과는 하나같이 여자들의 사진이었다. 그저 '일반인' '길거리' 등의 검색어를 통해 펼쳐진 여자 사진들이거나, '아스카 키라라' '레이 미즈나' '마츠모토 리나' '아사다 오이시' 등 알 수 없는 조어를 통해 펼쳐진 여자 사진들이기도 했다. 남자의 열람실 이용 패턴이 언제나 일정했던 것처럼, 비슷한 검은 옷을 입고 와서 유미의 옆에 앉아 하루 종일 시간을 보내다가 유미보다 먼저 열람실을 나섰던 것처럼 남자의 검색 패턴도 그 나름의 일정한 체계 안에서 규칙적으로 작동되고 있는 것 같았다. 무엇을 검색해도 여자의 특정 신체 부위가 부각되는 사진이 나오도록 프로그래밍된 것일까.

유미는 정말이지 그날은 더 이상 아무것도 하고 싶지 않았다. 집에 돌아가는 길에 유미는 오빠를 생각했다. 유미가 대학에 들어간 후 얼마 되지 않아 연락이 끊겼으므로 거의 십 년째 오빠의 근황을 몰랐다. 유미와 오빠가 어린 시절 아무리 각별했다 한들 부모들끼리 의절하고 난 후에는 서로가 서로에게 아무런 의미가 없었다. 유미로서도 그때부터 오빠와 더 이상 연락하고 싶지 않기도 했다. 아니, 오빠에게는 어떨지 몰라도 나에게는 아무런 의미가 없을 수는 없다, 유미는 생각했다. 사실 인정하고 싶지 않았지만 철학과에 온 것 자체가 오빠 때문이었으니까. 어쩌면 내가 처음 만난 대타자였으니까. 그러나 오빠가 지금 열람실의 그 남자와 별다르게 살고 있으리라는 확신이 좀처럼 들지 않았다. 아버지 형제가 의절한 후에도 사촌동생들의 결혼 소식을 전해 들었으므로, 오빠가 결혼이라도 했다면 이미 소식을 들었을 거였다. 오빠가 결혼하고 아이 낳고 남들처럼 살고 있지도 않을 것이고, 설령 그렇다 해도 그 남자와 얼마나 다를 것인가. 유미는 오빠를 잘 알았다. 살아오면서 가만히 여자들을 따라다니는 시커먼 남자들을 볼 때마다 오빠 생각을 했고, 그들을 경멸하는 마음과 동시에 연민하는 마음이 들어 곤란했다. 덩치가 산만한 철없는 남동생을 둔 친구가 진심으로 털어놓았던 걱정처럼.

—이제는 이 새끼가 며칠 집에 안 들어오면 다른 게 걱정이 아니라 어디 집회 현장에서 용역 뛰고 있을까봐 걱정 돼.

해적질을 일삼는 오빠가 유미로서는 알 수 없는 세상에서 약탈해 온 재미난 것들만 가득 모아다놓은 보물섬. 유미는 그곳에서 처음 만화책을 봤고, 마음 졸이며 다음 편을 기다리는 시리즈물의 묘미를 알게 되었으며, 무엇보다 이야기가 끝날까봐 아껴 읽는 즐거움, 독서의 즐거움을 알게 되었다. 뿐만 아니라 유미로서는 난생처음 벌거벗은 남녀가 뒤엉켜 있는 사진과 그림도 구경했고, 뜻을 짐작하기 어려웠던 번역 투의 에로틱한 대사들을 잔뜩 알게 되었다. 그 말들이 전부 무엇을 의미하는 것이었는지는 대학에 온 이후에야 깨달을 수 있었다. 어린 시절 오빠가 유미 앞에서 내뱉지는 않았지만, 보물섬 말고 어디에서도 그런 말들을 들을 수 없었기 때문에 '오빠의 말들'로 기억되던 것들. 대학에 와서 수많은 오빠들을 만나다보니 그것들은 자연스레 다시 들려오곤 했다. 유미는 유일한 사촌오빠이자 자신의 대타자로 사후적으로 규정지었던 오빠와의 기억을 아프게 떠올려야 했다.

그날 큰아빠는 보물섬에 불을 질렀다. 정확히는 오빠 물건에 불을 질렀던 것이지만 유미에게는 방이 통째로 타버린 것과 다름없었다. 오빠도 억울했겠지만 유미도 억울했다. 유미가 알기로 오빠는 고등학교에 입학한 후 정말 열심히 공부하고 있었다. 유미가 놀러 와도 같이 놀지 않았고 책상에 틀어박혀 수학과 영어를 공부했다. 오랫동안 둘은 각자 놀았고 유미는 오빠가 뭘 하건 신경 쓰지 않고 방에 있는 물건들을 구경하고 책을 읽었기 때문에 달라진 것도 없었다. 그런데 큰아빠는 불같이 화를 내고 정말로 불을 질러버렸던 것이다. 이놈의 개자식이 고등학교에 가서도 달라진 게 없이 방구석에서 쓸데없는 짓만 한다면서. 그날을 떠올리면 유미는 오빠가 어지간히 멍청했다고도 생각한다. 사실 큰아빠는 아들에게 보물섬을 곧 폭발시키겠노라고 수없이 예고했다. 그날도 전화를 걸어 공부를 열심히 하고 있느냐고 물었고, 당장 그 방구석에 있는 쓸데없는 만화책과 게임기 같은 것을 갖다 버리지 않으면 가서 다 태워버리겠다고 소리쳤다고 했다. 오빠는 전화를 끊고 어깨를 으쓱해 보이더니 유미에게 이 방에서 뭐가 가장 좋았냐고 물었다. 유미는 방을 둘러보다 어린이 이데아 문고 시리즈를 가리켰다. 오빠는 그중에서도 뭐, 하고 물었다. 유미는 시리즈 05번 『도노반의 뇌』를 골랐다. 그게 가장 좋았다기보다는 20 권 중에 유일하게 다 읽지 못한 작품이기 때문이었다. 표지에 시뻘건 핏발이 선 눈알이 튀어나온 로봇이 그려져 있었기 때문에 무서워서 건드려보지 못하다가 겨우 읽기 시작한 소설이었다. 이데아가 무슨 말인지 당연히 몰랐고, 이런 이야기를 쓰는 작가는 정말이지 변태이자 미친 괴짜인가보다, 유미는 생각했었다. 오빠는 그럼 그 책을 너에게 주겠노라고 말했다. 그러더니 옷장에서 커다란 보이스카우트 캠핑 가방을 꺼내와 만화책과 소설책을 담기 시작했다. 자개장 위 로봇도 하나씩 비닐로 포장해 담았다. 오빠는 유미에게 그만 집에 가라고 했다. 무슨 짓을 꾸미려는 건지 몰라 불안해져 유미는 집에 가지 않고 오빠를 따라다녔다. 오빠는 이제 무시무시한 재앙이 닥칠지도 몰라, 시무룩하게 말하며 입꼬리를 내렸다. 오빠는 가방을 둘러메고 집을 나섰다. 유미는 따라갔다. 집 앞 놀이터로 간 오빠는 정글짐 뒤 우거진 장미 덤불 안에 캠핑 가방을 집어던졌다. 유미가 들고 있던 책을 물끄러미 보더니 오빠는 그것도 이리 줘봐, 했다. 유미는 고개를 저었다. 오빠는 그럼 간수 잘 하도록, 하고 비장하게 말했다.

현관문을 박차고 쳐들어오는 큰아빠를 보며 저것이 오빠가 말했던 재앙이구나, 유미는 생각했다. 큰아빠는 몽둥이를 들고 들어왔는데 처음에 유미는 그것이 사냥총인 줄 알고 정말 깜짝 놀랐다. 아버지 형제가 틈틈이 총기소유허가를 받아가며 주말마다 사냥을 즐기던 시절이었다. 유미는 큰아빠가 오빠를 쏴 죽이려는 줄 알고 소스라치게 놀랐다. 만약 큰아빠가 총을 쏘려고 하면 자신이 막아주겠다는 각오를 하고 유미는 방에 들어갔다. 이미 캠핑 가방으로 자신이 중요하다고 생각하는 물건들을 적당히 빼돌려놨기 때문인지, 막상 사냥꾼 아버지를 마주하고 나니 오금이 저려서 그런지 오빠는 미동도 하지 않고 서 있기만 했다. 큰아빠가 고함을 지르며 만화책을 찢고 장난감을 부수고 책상 서랍을 뒤집어엎는 난동을 부리는데도. 유미는 문지방에 올라서서 발을 동동 굴렀다. 큰아빠는 유미를 힐끗 보더니 유미가 안고 있던 책을 냅다 빼앗았다. 어디 이런 그지 같은 것도 책이랍시고 아주, 큰아빠는 오빠를 노려보며 뇌까렸다.

　—이놈의 자식. 아버지가 진작 다 갖다 버리라고 했어, 안 했어?

　그때 유미는 큰아빠 뒤에 숨어 오빠에게 지시했다. '잘못했다고 해, 빨리, 어서.' 유미는 눈을 부라리며 조용히 말했다. 오빠는 유미의 말을 못 들은 척하며 눈을 내리깔았다. 유미는 발을 동동 굴렀다. 분에 못 이긴 큰아빠가 라이터를 꺼내 들고 있던 책에 불을 붙일 때 유미는 오빠를 때리며 지금이라도 무릎 꿇고 빌라며 재촉했지만 오빠의 태도는 변함없었다. 유미는 속으로 오빠를 욕했다. 이 등신새끼, 그냥 빌어, 잘못했다고 하라고. 오빠는 난리 통에도 꼼짝 않고 그저 고개 숙인 채 가만히 서 있기만 했다.

　그날에 대해 오빠와 이야기 나눈 적은 없었다. 그러나 훗날 유미는 어쩌면 그날 오빠는 자기 아버지가 비싼 컴퓨터만큼은 결코 건드리지 않으리라는 걸 알았기 때문에 그랬던 것은 아니었을까 짐작해보았다. 최신형 486컴퓨터는 무척 비싼 물건이었다. 분에 못 이겨 고함을 질러대며 여기저기 불을 놓던 큰아빠가 얄궂게도 컴퓨터 쪽으로는 다가가지도 않았다는 걸 유미도 알고 있었다. 오빠는 아주 어린 아이였을 때부터 비싼 컴퓨터를 갖고 있었고 몇 년에 한 번씩 최신

기종으로 바꿔 가졌다. 재혼하며 아들을 떼놓은 큰아빠가 아이를 달래는 유일한 수단이었던 것이다.

사실 보물섬의 모든 것은 그런 식으로 큰아빠가 조달한 것이나 다름없었다. 큰아빠는 사실상 아들을 방치하면서 자신의 죄책감마저 돈으로 해결하려 들었다. 오빠는 아주 어릴 적부터 지나치게 많은 용돈을 받았다. 돈은 많고 친구는 없었다. 대여점에서 마음에 드는 만화책이나 비디오를 발견하면 웃돈을 주고 사버렸고, 불법 수입된 해적판 잡지들도 PC통신에서 만난 형들에게 그런 식으로 얻었던 것이다.

그러나 오빠의 수집벽으로 형성된 독특한 감각은 곧 그의 인생에 커다란 선물을 안겨줬다. 오빠는 보물섬이 폭발한 지 얼마 되지 않아 국내 최고의 공학전문대학에서 개최한 로봇경시대회에서 1등상을 받게 되었다. 유미도 깜짝 놀랐다. 컴퓨터를 붙들고 날마다 노는 줄로만 알았던 오빠는 로봇 프로그래밍과 센서 개발에 몰두하고 있었던 것이다. 심사평에는 '우수한 프로그래밍과 더불어 독특한 미술적 감각이 높은 점수를 받았다'고 적혀 있다고 했다. 오빠는 입상과 동시에 로봇영재가 되었고, 특기자 지원자격을 부여받아 예비입학자로 선정되었다. 오빠가 로봇공학과 예비학교에 들어가기 며칠 전 큰집 마당에서 파티가 열렸다. 큰엄마와 여동생들과 오빠가 모두 한 자리에 있는 풍경을 유미는 낯설게 쳐다봤다. 여동생들은 오빠에게 말도 걸지 않았고 큰엄마는 말없이 미소만 지었다. 큰아빠는 사냥해온 고기를 바비큐로 요리하며 연신 싱글벙글 웃었다. 쓸모없는 개자식이라고 욕할 땐 언제고, 유미는 속으로 생각했다. 누리끼리한 목장갑을 긴 손으로 고기를 집어다 먹으라고 권할 때 유미는 소스라치게 놀라며 도망갔다. 직접 사냥한 고기라는데 무슨 짐승의 고기인지 알 길 없었다. 유미는 말없이 고기를 받아먹는 오빠를 멀리서 지켜봤다. 로봇영재가 되어 명문대에 입학하게 될 오빠. 지금껏 그랬던 대로 제멋대로 살 수 있을까? 벌써 저런 고깃점마저 거부하지 못하는데? 유미는 쓸쓸한 기분에 젖었다.

이제 유미는 알고 있다. 로봇영재라는 한때의 영광은 결코 오빠의 인생을 행복하게 만들어주지 못했다는 것을. 오빠는 결국 로봇공학자가 되었지만, 그것이 그 모든 비극에 값할 만한 성공이었는지 회의가 들곤 했다. 보물섬에 처박혀 자기가 좋아하는 일에 몰두하던 소년은 대학사회라는 진짜 세상에 던져져 그저 시커먼 남자가 되어버리고 말았다. 유미는 지금도 그날들을 생생하게 기억했다. 예비학교에 들어간 직후부터 영어를 못해서 무시당했던 오빠, 수재들이 모인 학교에서 좌절감에 젖어 몇 번이고 자기 목을 조르던 오빠를. 그러나 그렇다고 해서 오빠의 잘못을 용서받을 수 있나. 그가 불행했던 것이 사실이고 그의 좌절을 바로 옆에서 목격한 사람들이 있다고 해서.

오빠가 예비학교에 입학한 직후 할머니는 혼자 저녁식사를 하다 냉장고에 물을 가지러 가던 길에 쓰러져 영원히 일어나지 못했다. 큰아빠는 할머니 장례식장에서 줄담배를 피우며 그래도 저 상등신 같던 손주 녀석이, 어따 쓸지 몰라 고민이었던 손주 녀석이 대학 가는 꼴은 보고 돌아가셔서 다행이란 말을 했다. 오빠는 소리 내지 않으려 애쓰며 서럽게 울었다. 오빠가 잘 돌봐달라고 신신당부했던 햄스터는 어느새 큰아빠가 치워버리고 없었다. 발인하던 날 오빠는 유미에게 '내 햄스터들은 어디로 갔을까?' 물었다. 유미는 바비큐가 되어버린 햄스터를 상상하고 눈을 질끈 감았다. 햄스터를 볼 때마다 큰아빠가 '저것들 키워봤자 어디 먹을 것도 없고'란 말을 했던 게 기억났다. 할머니 집은 정리되었고 오빠의 짐은 유미 집으로 옮겨졌다. 오빠는 병역특례요원이 되기 전까지 서울에 올 때마다 유미 집에 다녀갔다. 대학생이 된 오빠는 어른스러워지기는커녕 몸만 자란 것 같았다. 오빠는 유미에게 이런저런 고민을 털어놓기 시작했다. 수강신청을 해야 하는데 자신으로서는 뭐가 고민이고, 전부 영어로만 수업을 하니 알아들을 수가 없고, 학교 연구실은 자신과 맞지 않는다는 둥…… 고작 중학생인 유미로서는 알아들을 수 없는 이야기였다.

　—오빠가 그런 이야기를 한다고 해도 중학생인 내가 해결해줄 수는 없는 거잖아?

　유미의 말에 오빠는 고개를 끄덕이며 그건 그렇지, 쓸쓸하게 대답했다.

　오빠가 대학에서 첫 여름방학을 맞았을 때, 유미는 처음으로 자기 소유의 퍼스널 컴퓨터를 갖게 되었다. 방학 중에도 기숙사에 머물던 오빠는 자신의 하드디스크 메모리를 가져와 유미의 컴퓨터에 그대로 옮겨주었다. 문서 작성을 위한 프로그램과 영화나 음악을 감상할 수 있는 프로그램 등을 깔아주었고, PC통신에 가입하는 방법과 동호회에서 활동하는 팁까지 알려주었다. 오빠는 유미가 보지 않는 틈을 타서 뭔가를 분주하게 지웠다. 유미가 불쑥 다가가 그거 뭐야? 물었을 때 오빠는 화들짝 놀랐다.

　—너한테 필요한 것들만 정리한다고는 했는데 내가 실수로 못 지

운 것들이 있어서.

유미는 그것들이 혹시 예전에 보물섬에 있었던 것과 같은 재미있는 콘텐츠들이 아닐까 잠시 기대했다. 유미는 오빠에게 예전에 나에게 줬던 책의 제목이 뭐였는지 기억 나냐고 물었다. 오빠는 이데아문고 시리즈를 검색하더니 핏발 선 눈알이 튀어나온 로봇이 그려져 있는 책 표지를 보여주며 『도노반의 뇌』라고 말해주었다. 유미는 오빠가 유일하게 나에게 줬던 책인데 다시 구할 수 없겠느냐고 물었다. 오빠는 이미 절판된 시리즈고 자기도 그때 힘들게 구했던 거라 어렵겠다고 말했다. 시무룩한 유미에게 오빠는 원서라도 괜찮다면 구해주겠다고 했다.

—그런데 뭘 그렇게 지우고 있는 거야?

유미는 오빠가 지우려던 폴더를 가리켰다. 오빠는 볼록한 모니터를 감싸 안았다. 유미는 오빠가 앉은 의자를 힘껏 걷어찼다. 화면에 낯선 여자 사진 수십 장이 떠 있었다. 유미는 할 말을 잃고 잠시 서 있었다.

—이게 뭔데? 오빠, 변태야?

오빠는 유미를 노려봤다.

—내가 좋아하는 사람이야. 너는 반에서 좋아하는 애 없냐?

유미는 기가 막혀 오빠를 빤히 바라봤다. 오빠는 입을 앙다물더니 다시 사진들을 지우기 시작했다. 유미는 그런 오빠가 꼴도 보기 싫어 방을 나섰다. 머릿속에 사진의 잔상이 남았다. 초록을 배경으로 환히 웃는 여자는 미인이었다. 하얀 셔츠와 청바지를 입고 웃고 있는 여자의 전신에서부터 콧잔등에 있는 커다란 점이 보일 정도로 가까이, 카메라 줌을 당겨 그녀의 모습을 찍은 것 같았다. 유미는 식탁에 앉아 곰곰이 생각하다 다시 방에 들어가 오빠에게 물었다.

—그 여자가 알아? 오빠가 사진 찍은 건?

—몰라. 아마도 모르겠지. 나는 그녀와 이야기를 나눠본 적도 없는걸.

유미는 오빠의 어깨를 잡아 흔들었다.

—이야기를 나눠보지도 않았는데 좋아한다고? 바보 아니야?

그날 밤 오빠는 갑자기 복통에 시달렸다. 얼굴이 새하얗게 질려 땀을 흘리는 오빠의 모습을 유미는 처음 봤다. 유미의 부모는 당황해 안절부절못하며 어서 응급실에 가자고 했다. 오빠는 한사코 거절했다. 기숙사에서도 이런 적 많아요. 저는 왜 그런지 잘 알고 있어요. 오빠는 마른입술을 달싹거리며 말했다. 작은아버지, 죄송합니다.

며칠 후 유미는 아버지 형제가 통화하는 소리를 엿듣게 되었다. 아버지는 한숨을 내쉬었다. 도대체 그게 뭐라고 그렇게까지…… 그냥 눈 딱 감고 이겨내면 되는걸……

유미는 그 말을 잊지 못했다.

—정 그러면 어쩔 수 없지. 내 여자라고 대자보를 붙이라고 해요.

대자보, 유미로서는 처음 듣는 말이었다. 유미는 PC통신에 접속해 대학생들의 커뮤니티에서 대자보라는 단어를 검색해보았다. 등록금 투쟁할 때, 시국선언을 할 때, 부당한 일을 당했을 때 걸어 붙이는 대형 게시물을 오빠가 왜 만든다는 말인가? 유미는 아버지에게 물어보았다.

—아빠, 오빠가 짝사랑하는 여자 때문에 대자보를 붙인다는 게 무

슨 말이에요?

—그러게 말이다. 그 바보 같은 놈이 곧 졸업하고 결혼할 여자 때문에 병이 났다지 뭐냐. 안 되면 그거라도 해야지 어쩌겠냐.

유미는 충격을 받았다. 아버지에게 더 이상 물어봤자 소용없을 것 같았다. 유미는 오빠에게 거지같은 짓을 그만두라고 단단히 경고해야겠다고 마음먹었다. 새 학기가 시작되기 전주에 다니러 온 오빠에게 유미는 말을 걸었다.

—오빠, 좋아하는 여자 때문에 많이 힘들지?

오빠는 유미의 말에 놀란 듯 잠시 침묵하다 눈물을 흘리며 이야기를 시작했다. 그녀를 어떻게 알게 되었는지, 몇 번이고 주변을 통해 자신의 진심을 전달했으나 번번이 무시당했다는 이야기, 그녀의 약혼자가 보란 듯이 학교로 날마다 그녀를 만나러 온다는 이야기……오빠가 어찌나 서럽게 울던지 유미는 아무 말도 못했다. 할머니 장례식장에서밖에 본 적 없는 모습이었다. 내 햄스터들은 어디로 갔을까? 쓸쓸하게 묻던 오빠의 모습을 유미는 기억하고 있었다. 그녀의 약혼자가 누구에게 보란 듯이 학교로 온다는 말이야? 오빠, 정신 차려. 그녀는 오빠에게 보란 듯이 살고 있는 게 아니야. 그냥 자기 인생을 살고 있는 거라고. 그런 말들을 해주고 싶었지만 유미는 아무 말도 할 수 없었다.

—아버지 말대로, 작은아버지 말대로 내가 병신새끼라서 그런 거겠지. 그렇지?

오빠는 울먹였다. 선배들 말대로 특기자랍시고 들어와서 수업도 못 따라가고. 할 줄 아는 거라고는 호작질밖에 없는 병신이니까. 너도 그렇게 생각하지? 나는 누구에게도 사랑받을 수 없을 거야. 오빠는 눈물을 훔치며 말했다. 유미는 기가 막혀 아무 말도 하지 못했다.

몇 달 후 유미는 PC통신에서 난데없는 메시지를 받았다. '안녕, 유미? 오빠야. 잘 지내고 있니?' 유미는 답장했다. '아, 이걸로도 대화할 수 있는 거였네. 잘 있어?' 다음날 유미가 통신에 다시 접속했을 때 부재중 메시지가 와 있었다.

유미야, 엄청난 비밀을 알아버렸어. 그녀에 대해서. 나는 이제 그녀를 바비라고 부르기로 했어. 그녀의 아이디가 barbieboom이거든. 이제는 그녀를 생각해도 조금도 고통스럽지 않아. 그럴만한 여자가 아니라는 걸 내가 알아버렸거든.

얼마 후 유미 앞으로 우편물이 도착했다. 『Donovan's Brain』. 오빠가 구해주겠다고 약속한 책이었다. 첫 장에 짤막한 메시지도 적혀 있었다. '인공지능을 상상해봐. 그는 사람과 똑같이 생각하고 느끼지, 그래야 인공지능이니까. 그런데 어느 날 깨달아버린 거야. 등이 가렵다고 느꼈는데 자신에게는 긁을 등이 없다는 것을.' 유미는 영어사전을 끼고 다니며 책을 읽었다. 알 수 없는 오빠의 메시지도 함께 해독하며.

그녀를 생각해도 조금도 고통스럽지 않다는 것은 거짓말이거나 착각이었다. 오빠는 유미와 마지막으로 만나던 즈음까지, 그러니까 그로부터 사 년 정도 흘렀을 무렵까지 그녀를 잊지 못했다. 때때로 스트레스성 복통에 시달리고 간혹 식음을 전폐하던 것까지 여전했다.

오빠는 그런 사실들을 유미에게 솔직히 털어놓았다. 어차피 내가 병신인 거 너는 다 아니까 숨기고 말고 할 것도 없지, 뇌까리면서. 유미는 매번 생각했다.

오빠, 남들이 들으면 거짓말인 줄 알겠다. 2D 여자나 다름없는 상대를 짝사랑하면서, 이렇게 힘들어한다는 게 말이 돼?

유미는 아직 그 책을 갖고 있었다.

오빠의 메시지가 무슨 의미였는지도 이미 오래전부터 알고 있다.

그녀가 오빠의 인생에서 결코 2D여자가 아니라는 것도.

마치 PC통신 시절에서부터 지금에 이르기까지 기술 발전이 조금도 이뤄지지 않았다는 듯, 오빠와 자신을 포함한 누구도 성장하지 않았다는 듯. 십수년 세월을 뛰어넘어 그때처럼 난데없는 오빠의 메시지가 도착해 있었다. 논문심사를 마치고 초록을 작성하던 무렵이었다.

오늘 그녀를 다시 만난 날이란다. 고작 이렇게 내 손에 쥐어질 거면서, 그 오랜 시간 동안 나를 힘들게 했다고 생각하니 기가 막혔지. 여기 그녀의 얼굴을 첨부한다. K-Bot. jpg

초록에서 가장 핵심적인 대목이라고 할 만한 문장은 메시지를 확인하고 얼마 지나지 않아 작성되었다. 새로운 매체에는 새로운 언어가 필요하다, 그것이 이 특수한 매체환경에서 생존하는 방식, 우리에게 요청되는 새로운 문해력이다. 유미는 논문학기를 보내며 지도교수에게 몇 번이나 말했다. 인터넷의 혐오발언이나 정치적 보수화 현상을 예전과 같은 방식으로 이해할 수는 없어요. 해석학적 전통에 의해 만들어진 근대 주체의 이미지는 이제 더 이상 유효하지 않다는 말입니다. 유저들은 이제 사이보그와도 같아요. 새로운 매체라는 기술의 종속변수로서 움직이고 있다고요. 지도교수는 유미가 원고 빼곡하게 캡처해온 혐오발언과 논쟁을 들여다보며 인상을 찌푸렸다.

—사실 내가 보기에 이것은 '외화'된 형태 같기도 한데. 매체의 문제라고 하기에는 애매하게 느껴지기도 한단 말이지? 내가 보기에는.

유미는 지도교수의 말과 함께 오빠의 메시지를 떠올렸다. 이미 논문은 완성되었고, 교수들이 아무리 트위터 타임라인 자체를 논문의 근거로 인정할 수 없다고 한들 유미로서는 어쩔 수 없었다. 이 시점에서는 '혐오발언 생산은 주체가 매체의 종속변수임을 드러내는 징후'라는 대목을 설득력 있게 만들기 위해 참고문헌을 더욱 보충하는 수밖에 없었다. 유미는 오빠의 메시지를 잊으려고 애썼다.

내 사촌 여동생, 유미야. 잘 지냈니. 곧 전시를 열 예정이란다. 너무 오래 걸렸지. 한동안 로봇 디자이너의 길을 외면하고 방황했단다. 더이상 부모에게 폐를 끼치지 않는 인간으로 제 몫을 다 하기 위해 노력해온 삶이랄까. 내 인생 목표는 오직 그것뿐이었단다. 유미 너도 기억하고 있겠지만 이십대 내내 나는 나 자신의 연정조차 어쩌지 못해 부모에게 도움의 손길을 청하곤 했었지. 폭군 같던 아버지에게조차. 물론 후회하고 있단다. 사람의 마음은 결코 억지로 얻을 수 없다는 것을 이제 분명히 알고 있지. 오래전에 네가 했던 말을 기억하고 있다. '그 시간들은 오빠에게 선물과도 같은 시간이었어.' 로봇경시대회에서 수상했을 때 축하와 함께 네가 건넨 말이었다. 학교에서 따돌림 당하고 부모로부터 버려진 내가 방구석에 처박혀서 로봇 디자이너의 꿈을 키워올 수 있었다는 뜻이었겠지. 그러나 유미 너도 이제는 알고 있겠지. 그런 시간들은 결코 선물이라 표현할 수 없지. 내가 그녀 때문에 고통 받았던 오랜 시간이 결코 선물이 아니듯. 나는 서른 살이 다 되어서까지 그녀를 기다렸단다. 그녀에게 편지를 보내고 그녀의 집 앞에서 기다렸단다. 철저히 무시당했지만. 연구실 사람들은 이제 모리 마사히로의 '불쾌한 골짜기'는 폐기되었다고 이야기한단다. 로봇이 인간의 얼굴을 닮으면 언캐니한 공포를 느끼게 된다는 이론 말이지. 이미 너무 많은 여자들이 성형을 해서 얼굴을 조합하는 이 시대에 그게 무슨 의미이겠냐는 말이야. 너도 기억하니. 그녀도 결국 성형한 얼굴이었지. 그 사실을 알고도 그녀를 잊지 못했지만. 그녀의 얼굴을 닮은 로봇을 만들었단다. 우리 연구실 조교 기영의 이름을 따서 K-Bot이라고 이름 붙였지만, 그러나 나는 그녀를 바비라고 부르지. 이미 내가 사랑했던 여자의 얼굴이 프랑켄슈타인의 괴물과도 같은 얼굴이었다는 것을 나는 이제야 온전히 인정하지.

유미는 열람실 앞 벤치에 앉아 논문학기를 돌이켜봤다. 최종 제출일까지 이틀밖에 남지 않았다. 교수들에게 다시 검토를 받아 최종 승인을 얻어 논문을 제본하려면 시간이 빠듯했다. 그러나 오빠를 생각하니 자기 앞에 주어진 다급한 과업이 손에 잡히지 않았다. 왜 철학과를 떠나야겠느냐고 누군가 질문했을 때 유미는 '이론의 근거를 문헌이 아닌 현실에서 찾고 싶다'고 대답했었다. 현실은 징후로서 이론을 증명할 수 있다는 것을 유미는 얼마간 믿었고 대학원 생활은 그 현실에 대한 질문의 연속과 같았다. 그러나 어쩌면 자신이 질문을 잘못 던졌을 수도 있으며 질문을 바꿔 던져야 할지도 모른다고 유미는 생각하고 있었다. 자기가 세운 가장 중요한 전제가 틀렸을지도 모른다고 유미는 고통스럽게 인정했다.

오빠의 가장 큰 잘못에 대해 유미는 기억했다. 그녀의 PC통신 아이디를 해킹해서 그녀의 사적인 기록을 훔쳐보고, 졸업을 목전에 둔 그녀에 대한 악질적인 소문을 퍼뜨렸다는 걸 유미는 기억하고 있었다. 온통 수재들이라는 그 학교 학생들은 왜 고작 그런 소문 때문에 그녀를 비웃었다는 걸까. 부모에게 사정을 전해들은 유미는 그렇게 생각했다. 믿기지 않지? 그런 걸로 사람을 매장할 수 없다는 건 너무 당연한 이야기인데…… 유미는 가장 가까운 친구에게 그 이야기를 하며 덧붙였다.

유미는 오빠가 보낸 사진을 열어봤다. 몸통이 없는 그녀가, 오래전 오빠가 다급하게 지우던 사진 폴더 속 아름다운 그녀가 아크릴판에 세워져 있었다. 분명 그녀를 닮았지만 그녀일 리 없는, 그녀의 얼굴을 모욕하는 그녀의 괴상한 얼굴이. 모리 마사히로의 불쾌한 골짜기를 운운하는 오빠의 말이 떠올라 유미는 괴로웠다. 그 순간에도 옆에 앉아 힐끔거리며 유미를 관찰하는 남자가 있었다.

최은영

601, 602

최은영

1984년 경기도 광명에서 태어났다. 2013년 《작가세계》 신인상에 중편 「쇼코의 미소」가 당선
되면서 등단했다. 단편집 『쇼코의 미소』가 있다. 젊은작가상, 허균문학작가상을 수상했다.

우리 가족은 내가 다섯 살이 되던 해에 광명의 주공아파트로 이사했다. 광명에서 부천 역곡으로, 안산 반월을 거쳐 다시 광명으로 돌아온 것이다. 엄마 아빠의 눈에 1988년식 신축 주공아파트는 주거비 부족으로 서울에 진입하지 못하는 아쉬움을 잊을 만큼 훌륭했던 것 같다. 깨끗한 새 아파트는 연탄을 때야 하는 구식 아파트와는 차원이 달랐고, 6층 남향집 거실에는 밝은 꿀빛 햇살이 고였다.

여덟 가구가 살던 복도에서 효진이는 우리 옆집에 살았다. 우린 같은 나이에 생일도 이틀 차이였고 키도 몸무게도 비슷했다. 심한 사투리 때문에 그애가 무슨 말을 하는지 제대로 알아듣지 못했던 기억이 난다. 칠곡에 살던 효진이의 가족은 효진이 아빠가 서울에서 일을 하게 되면서 광명에 자리를 잡았다고 했다.

아주 어린 시절의 일인데도 효진이가 해준 몇몇 이야기들은 아직도 선명히 남아 있다. 천장에서 밤마다 소리가 들렸는데 알고 보니 뱀이 천장에 알을 까서 어미 뱀과 아기 뱀들이 득시글했다는 이야기, 시골에는 아기들 무덤이 따로 있는데 어두운 밤에 보면 파란 도깨비 불이 이리저리 날아다닌다는 이야기 같은 것들이었다. 효진이의 얘기를 듣는 순간만큼은 나도 그애를 따라 한 번도 가보지 못한 칠곡이라는 곳으로 갔다.

효진이 집은 적어도 달에 한 번은 제사를 지냈다. 제삿날이면 활짝 열어놓은 현관문 밖으로 남자들이 술을 마시고 시끄럽게 떠드는 소리가 흘러나왔고 신발장에는 뒤축이 구겨진 구두들이 벌여져 있었다. 제사 지내는 저녁이 되면 효진이는 우리 집에 와서 나와 함께 숙제를 하거나 만화책을 봤다.

언젠가 엄마 심부름으로 효진이네 집에 갔을 때가 기억난다. 더운 날씨에 그 좁은 집에서 여러 명의 어른들이 부대끼는 모습을 봤다. 고조할아버지 윗대를 기리는 제사라고 했다. 여자들은 부엌에서 남자들이 먹을 상을 차리느라 분주했고, 남자들은 검은 정장을 갖춰 입고 땀을 흘리고 있었다.

제사가 시작되자 모두가 입을 다물고 엄숙한 표정을 지었다. 부엌에 있던 여자들도 그때만큼은 움직이지 않고 남자들의 모습을 지켜봤다. 남자들의 정장 바지는 엉덩이 부분이 반들반들했다. 검은 정장은 같았지만 양말은 다 달라서 어떤 남자는 뒤꿈치 부분이 닳아서 살이 비치는 검은 양말을, 어떤 남자는 회색 발가락 양말을 신고 있었다. 기준도 남자들의 대열에 나란히 서서 짐짓 어른스러운 표정을 지었다.

나는 기준을 증오했고 증오심만큼이나 두려워했는데 당시에는 그 것이 무슨 감정인지 몰라 몸을 사리기만 했다. 그때 나와 효진이는 여덟 살, 기준은 열세 살이었다. 국민학교 1학년 아이에게 6학년 아이가 얼마나 커 보였는지, 기준은 우리 아빠나 효진이 아빠보다도 더 어른처럼 보였다.

어른이 되어 그때 그의 모습을 사진으로 본 적이 있다. 그토록 커 보이던 기준은 그저 작고 살집 있는 어린애일 뿐이었다. 사진 속의 그는 아파트 단합대회에서 마이크를 쥐고 노래를 부르고 있었다. 기억한다. 그가 능청스레 가수 흉내를 내서 모두를 웃게 했던 일을. 91년의 여름밤이었고, 나는 그날을 기억한다.

그날 기준은 효진이의 어깨를 벽에 밀어붙이고 무릎으로 그애의 배를 가격했다. 내가 이해하지 못할 욕을 하면서 연속해서, 몸의 반동으로 그애를 때렸다. 맞을 때 사람의 몸에서 무언가 터지는 소리가 난다는 걸 나는 그때 알았다. 폭죽이 터지는 소리처럼 펑, 펑. 효진이는 머리를 앞으로 수그린 채로 맞고 있었다. 벗어나려고 몸부림쳤지만 잘 되지 않았고 맞을 때마다 고개가 더 꺾였다. 애를 죽이고 있어. 나는 그렇게 생각했다. 조금만 더 때렸다가는 분명 효진이가 죽으리라는 생각에 무서워져 그의 팔과 허리를 잡고 효진이에게서 떼어내려고 애썼다. 내가 자기 몸에 달라붙자 그는 나를 향해 씩 웃어 보이고는 방 밖으로 나갔다. 효진이는 두 손으로 배를 감싸 쥐고 앉아 울었다. 팔로 가린 얼굴은 보이지 않았지만 동그란 귀는 빨갛게 달아올랐다.

"아 잡겠다. 적당히 해라."

효진이 아빠는 심드렁하게 말했다. 효진이의 부모는 거실에서 텔레비전 코미디 프로를 보며 웃고 있었다. 효진이는 옷장 앞에 쭈그리고 앉아 울음이 섞인 딸꾹질을 했다.

"효진아."

"주영이, 니, 아무한테도 말하지 마라."

효진이는 손등으로 눈물을 닦았다.

"내, 맞구 산다꼬, 말하지 말란 말이다."

나는 효진이의 방 구석에 가만히 앉아서 텔레비전에서 개그맨들이 하는 농담과, 어른들의 웃음소리를 들었다. 울음 때문에 숨도 제대로 못 쉬고 딸꾹질을 하면서도 효진이는 눈물을 흘리지 않았다.

"약속했다."

"그래."

"느그 집에 가라."

나는 풀 죽은 강아지처럼 효진이 곁을 떠나지 못했다. 효진이가 걱정되어서도 그랬지만 그 집의 공기에 위축되어서였다. 효진이의 부모와 기준이 있는 거실을 지나야 한다고 생각하자 가슴이 뛰고 속이 울렁였다.

"안 가고 뭐 하노?"

효진이가 싫은 내색을 하고 나서야 나는 그애의 방을 떠났다.

"니 가나? 또 놀러 온나!" 효진이 엄마가 말했다. 효진이 아빠와 기준은 나를 쳐다보지 않았다. 그날 저녁, 아파트 주민 단합대회에서 기준은 코믹한 표정으로 트로트를 불렀고, 나는 웃고 있는 사람들 가운데서 땅바닥을 보며 우두커니 앉아 있는 효진이의 얼굴을 봤다. 효진이와의 약속대로 나는 그날의 일에 대해 누구에게도 말하지 않았다. 효진이를 위한 배려만은 아니었다. 효진이와의 약속에 어떤 주술적인 힘이 있어서 내가 그 약속을 깼다가는 효진이에게 다시 그런 일이 일어날 것 같다는 생각 때문이었다. 그리고 나에게도.

나와 효진이는 같은 반은 아니었지만 학교가 끝나면 놀이터에서, 아파트 복도에서, 내 방에서 놀았고 숙제도 같이 했다. 가끔씩은 우리 집에서 같이 자기도 했는데 어른들의 코 고는 소리가 들리는 한밤중까지 서로 이야기하느라 잠들지 못하기도 했다. 가끔 효진이는 울면서 우리 집에 왔다. 무슨 이유로 우는지 이야기할 법한데도 효진이는 입을 다물었고 울음을 그친 후에는 아무 일도 없었던 것처럼 더 명랑하게 이야기했다.

학교에서 효진이는 똑똑한 축에 들었다. 월말고사를 보면 올백을 맞거나 한두 개를 틀리는 정도였다. 내가 모든 과목에서 70점대 점수를 받는 것과는 달랐다. 나의 부모는 아주 뒤떨어지는 것은 아닌 정도 수준의 점수를 받아오는 나를 걱정했다. 엄마는 서점에서 『문제은행』이라는 두꺼운 문제집을 사서 나에게 풀게 했지만 푸는 족족 틀리고 오답 설명을 들어도 잘 이해하지 못하는 내 앞에서 답답해했다.

엄마는 겸손의 표시로 다른 사람들 앞에서 자신의 딸을 깎아내리기를 잘했다. 효진이 엄마 앞에서 효진이를 칭찬할 때면 그 칭찬의 번제물로 나의 모자람을 바치곤 했다.

"우리 주영이는 머리가 안 좋은지 수련장을 풀게 해도 80점을 못 받아요. 효진이랑 맨날 같이 노는데 타고난 머리가 달라 그런지. 벌써

부터 이렇게 차이가 지면 나중에 효진이 발끝에도 못 미치겠어요."

"가스나가 공불 잘하면 뭐에 씁니꺼. 계집아들은 살림 밑천이라, 그저 조신하게 있다 돈이나 벌고 시집이나 잘 가면 다행 아닙니꺼. 쓸데없어예. 아 헛꿈 꾸지 말그로 그런 말씀 마시이소."

엄마는 저런 엄마 밑에서 자랄 효진이가 불쌍하다고 말했다. 요즘 저런 집이 어디 있느냐고, 딸이 쓸 데 없다고 말하는 집이 어디 있느냐고.

나의 아빠는 맏아들이었고, 결혼한 지 십 년이 지나서도 아들을 낳지 못한 엄마는 친인척들이 모인 자리에서 늘 은근한 지탄의 대상이 되곤 했다. 그 잘난 맏며느리, 밖에서 일한다고 살림도 소홀히 하고 아들도 낳지 못하는. 그것이 엄마 이름 김미자 앞에 붙은 무겁고도 끈적이는 수식이었다. 엄마의 일부는 그 수식이 부당하다는 것을 알고 있었지만, 그보다 더 큰 엄마의 일부는 그 수식을 수의처럼 입고 있었다. 아들을 낳지 않는 한 벗어버릴 수 없는 무거운 옷. 딸 아들 운운하며 효진이를 깎아내리던 효진이 엄마의 말은 사실상 아들 없는 엄마의 처지를, 아무리 잘 키워봤댔자 그저 '가스나'일 뿐인 나를 향한 말이기도 했던 것이다.

효진이네와 우리는 이웃 간의 흔한 다툼 한 번 없이 지냈다. 먹을거리를 주고받기도 하고, 복도에서 마주치면 웃으며 소소한 이야기를 나누기도 하면서. 그러나 이웃끼리 응당 그 정도는 해야 한다는 당시의 규범을 따른 것이지, 속으로도 서로를 좋아했던 건 아니었다. 나의 아빠는 시끄럽게 가족모임을 하는 옆집의 유난함에 혀를 내둘렀고, 엄마는 효진이 엄마의 교양 없음에 대해 진저리를 쳤다. 그러면서도 한편으로는 엄마나 아빠나 기준을 좋게 평가했다. 모범생에 인사성도 바르고 어른에게 깍듯하고 공부도 잘한다는 말이었다. 엄마 아빠 말이 맞았다. 기준은 어른들을 만나면 고개 숙여 인사했고, 넉살도 좋아서 어른들의 비위를 잘 맞춰줬다.

　나와 효진이가 3학년에 올라가던 해에 기준은 중학교 2학년이 됐다. 그 무렵의 일들은 조금 더 생생하게 기억난다. 기준이 항상 앉아 있던 책상 앞에는 대입 시험 수석의 인터뷰 기사가 붙어 있었고 책상 주변에는 무겁고 긴장된 공기가 고였다. 그는 자기 부모가 있을 때나 없을 때나 효진이에게 욕을 했다. 효진이가 어떤 행동을 해서가 아니라, 습관적으로 하는 말 같았다. 자기 힘으로 막을 수 없는 발작이나 경련 같은 것처럼. 효진이가 참지 못하고 맞서면 효진이 엄마가 나서서 효진이를 말렸다. 가스나가 억세면 좋아할 남자 없다는 말을 붙이면서.

　효진이 엄마는 중학교에 들어간 기준을 어른 대하듯 했다. 동등한 존재로서 존중한다는 의미가 아니라, 자기보다 높은 사람으로 모신다는 느낌이었다. 기준은 아랫사람 대하듯 자기 엄마에게 충고를 늘어놓고 소리를 치기도 했다. 내 눈에는 그가 마치 작은 효진이 아빠처럼 보였다. 효진이 아빠도 효진이 엄마에게 그렇게 소리치곤 했으니까. 그럴 때면 효진이 엄마는 아들의 기분을 살피며 머쓱한 웃음을 짓곤 했는데 그 이상한 웃음이 아들에 대한 노골적 굴종의 포즈라는 것을 나는 나중에야 이해하게 된다.

　시간이 지나면서 효진이의 집에는 좀처럼 걸음하지 않게 됐다. 그가 나에게 따로 해코지를 한 적은 없었지만 내가 있는데도 효진이를 위협하고 자신의 엄마를 함부로 대하는 태도에서 나를 향한 부정적 감정이 느껴져서였다. 그의 공격성에는 일종의 징그러움이 있었다.

자기 집안의 분위기와 관계없이 효진이는 점점 빛나는 아이가 되어가는 것 같았다. 우리는 4학년 때 처음으로 같은 반이 되었는데 효진이는 누구보다도 눈에 띄는 아이였다. 공부도 잘하고 운동도 잘하고 그림도 잘 그렸지만 무엇보다도 그애에게는 사람을 끌어당기는 타고난 매력이 있었다. 학교에서 효진이는 나를 여러 친구 중 한 사람으로 대했다. 나를 바라보고, 내 말에 대답하는 방식이 그애의 완벽해진 서울 억양만큼이나 낯설고 차가웠다. 그러다가도 학교가 끝나면 효진이는 다시 우리 집 초인종을 누르고 내게 다정하게 말을 걸었다.

어느 수업 시간에 우리는 자기 가족과 가훈을 소개해야 했다. 나는 엄마가 급조해준 가훈을 들고, 도화지에 가족사진을 붙이고 싸인펜으로 가족에 대해 소개하는 글을 써서 코팅했다. 부모가 맞벌이를 하고 형제가 없다는 말을 하는 것이 부끄러웠던 기억이 난다. 가족을 소개한 종이는 학급 게시판에 붙여졌다.

효진이는 발표를 잘했다. 두려워서 떨리는 목소리를 수습하려고 겨우겨우 말하던 나와는 달리 여유로운 효진이의 발표에는 아이들이 책상을 치며 웃게 하는 유머가 있었다. 효진이는 가족사진을 붙인 가족 소개문을 가리키며 발표를 했다.

"우리 가족은 칠곡에서 올라왔습니다. 저 빼고는 모두 경상도 사투리를 써요." 그애는 그렇게 말하고는 경상도 사투리 시범을 보였다.

애들은 눈물이 나도록 웃으며 효진이의 발표를 들었다. 효진이의 입에서 묘사된 효진이네 가족은 모두가 부러워할 만한 사람들이었다. 성실하고 재미있는 아빠, 조건 없이 자길 좋아해주는 엄마, 늘 유쾌하고 친구처럼 지내는 오빠.

표정 하나 바꾸지 않고도 거짓말을 할 수 있는 효진이가 미우면서도 그 거짓말을 이해할 수밖에 없었으므로 나는 그애를 가만히 바라보기만 했다. 효진이는 자신을 향한 그들의 관심과 사랑이 귀찮아서 그 소중함을 몰랐던 적이 많았다며 앞으로 착한 딸, 착한 동생이 되겠다는 말로 발표를 끝마쳤다.

학급 게시판에 붙어 있는 효진이의 가족사진은 완벽한 가족의 한때를 붙잡아 놓은 것처럼 보였다. 유원지에서 찍은 사진으로 네 사람 모두 카메라를 바라보며 활짝 웃고 있었다. 효진이는 그 사진에서 누구보다도 즐거워 보였다.

우리는 대여점에서 《윙크》《밍키》 같은 만화 잡지와 이미라, 원수연, 박희정의 단행본을 빌려 읽었다. 그 만화 속 인물들은 커다란 눈에 별빛을 담았고, 저속함과 남루함과는 한참이나 동떨어진 아름다운 세계에 속해 있는 사람들이었다. 그 만화들을 읽으며 우리는 어쩐지 하늘에 붕 뜬 것처럼 우쭐하고 어지러운 고학년의 세계로 진입했다.

우린 약속이라도 한 듯이 효진이의 집에서 만나지 않았다. 기준이 고등학교에 들어가면서 집에서 웃고 떠들어서는 안 된다는 규칙이 생겨서였다. 나 또한 그 집 안에서 느껴지는 무거운 공기를 피하고 싶었다. 바지가 반들반들한 남자들은 한 달에 한 번씩 효진이의 집에 찾아와 제사상에 절을 했지만 늦게까지 술을 마시지는 못했다. 귀한 장손 대학 가는 길에 방해가 되어서는 안 된다는 효진이 아빠의 명령이었다고 한다.

한 번은 집으로 돌아오는 길가에서 기준을 본 적이 있었다. 친구들이 장난을 치면 수줍은 미소로 몸을 사리는 모습이 선해 보였고, 기본적으로 배열이 잘된 이목구비가 호감 가는 인상을 줬다. 내가 그를 바깥에서 알았다면 누구보다도 더 먼저 그에게 반했을지 모르겠다는 생각을 했다. 저 선량한 얼굴로 집에 들어와서 엄마와 동생에게 폭언을 하고 자기 마음 내킬 때마다 동생을 때린다는 사실을 이해할 수 있는 방법은 세상 어디에도 없었다.

그리고 엄마가 우는 밤이 있었다. 수도꼭지 트는 소리, 코를 푸는 소리가 전부였지만 나는 엄마가 거의 매일 밤 울고 있다는 걸 알았다. 엄마 아빠는 내게 아무 말도 하지 않았지만 나도 그것이 무슨 문제인지 어렴풋이 알고 있었다.

작은 숙모는 딸을 둘 낳고 결혼 칠 년 만에 아들을 출산했다. 하도 오랫동안 아이가 생기지 않아 더는 오가지 않던 이야기가, 작은 숙모의 출산 후, 자연스럽고 노골적으로 어른들 사이에 돌았다. 엄마는 숙모에게 축하한다고 말하고 아기를 귀여워했지만 그 웃음에는 언제나 자기 처지에 대한 난처함이 깃들어 있었다.

"너가 착하게 굴어야 엄마가 아들 낳지."

할머니는 엄마가 보는 앞에서 나에게 그런 식으로 말했고 나는 그것이 엄마를 괴롭히는 말이라는 것을 느끼면서도 마땅히 대답할 말을 찾지 못해서 할머니를 더 미워할 수밖에 없었다. 엄마는 그 새로운 분위기 속에서 쩔쩔맸다. 효진이 엄마의 고루함을 비웃던 엄마도 꼭 아들이 필요하다는 어른들의 말에 심정적으로 동의하고 있었던 것이다.

"셋째가 자꾸 여자애가 들어서더래. 그래서 계속 지웠다나봐. 응. 세 번 지웠대. 그렇게까지 해서라도 대를 이어야 했다고 말하는 거야. 아버님은 첫 손자라고 얼마나 예뻐하시는지…… 응. 주영이는 자고 있어……"

아니, 나는 자고 있지 않았다. 따뜻하고 귀여운 사촌동생의 탄생 이야기는 내가 들었던 그 어떤 이야기보다 비정하고 아팠다. '아들이 뭐라고.' 그렇게 말해왔으면서도 결국 엄마가 속한 세계는 그런 곳이었다. 자식 사랑하지 않는 부모가 어디 있니, 어른들은 내게 그렇게 말했지만 그 말조차 완전한 진실은 아니었다. 어른들은 사람을 해쳐서는 안 된다고 했고, 아무것도 훔치지 말라고 했으면서 아들을 얻기 위해서라면 어떤 짓이든 할 수 있는 사람들이었다. 모두 한통속이었다. "너희 할아버지는 네가 딸이라고 처음엔 쳐다보지도 않으셨단다." 이런 이야기를 하며 웃던 친척들의 웃음을 나는 곱씹어보았다.

효진이는 문이 닫힌 방에서 셀 수도 없이 맞았던 것 같다.

그애가 기준에게 언어맞는 모습을 다시 본 건 5학년 여름이었다. 효진이에게 빌린 만화책을 가져다주려고 찾아간 날이었다. 기준의 방에 효진이가 있다는 효진이 엄마의 말을 듣고 문을 열자, 교복 차림의 기준이 그애를 바닥에 눕혀 놓고 뺨을 때리고 있었다. 그는 한

쪽 손으로는 효진이 티셔츠의 목 부분을 잡고 한 손으로는 때리면서
욕을 했다. 효진이는 작은 편에 속했고 그는 덩치가 큰 남자였다. 그
는 내가 방에 들어온 걸 아는지 모르는지 계속 효진이를 때렸다.

"그만, 그만해요."

그를 효진이에게서 떼어내려고 노력했지만 내 완력으로는 상대할
수 없었다. 나는 거실로 갔다.

"아줌마, 지금 효진이 맞고 있어요. 가서 좀 말려보세요."

아줌마는 피곤하다는 듯이 소파에 누워서 내 말에 대답하지 않
았다.

"아줌마, 효진이 맞는다고요."

"맞을 짓을 했으니까 맞겠지."

"네?"

"주영이 니는 말이 너무 많다. 오라비가 지 동생 단도리한다는데
니가 무슨 관계고. 몇 대 맞는다고 안 죽는다."

"아줌마!"

"아가 말이 많아 쓰나. 골 아프게스리."

아줌마는 눈을 감고 잠을 청했다. 나는 다시 효진이 방에 갔다. 그
는 효진이의 몸 위에서 내려와서 이번에는 웅크린 효진이를 발로 차
며 욕했다.

"내가, 니를 보면, 속이, 시끄럽다, 안 하나, 쓰잘 데도 없는, 밥충이
년, 같은 게."

효진이의 방에 매운 공기가 가득했다. 무언가 내 머리를 쾅 치고
지나가는 것 같았다. 앞이 하얗게 보였다.

나는 그의 책장에 전시된 로봇 장난감을 바닥으로 던졌다. 로봇의 일부가 부서져서 바닥에 뒹굴었다. 그때까지도 그는 효진이를 때리느라 무슨 일이 벌어졌는지 제대로 알지 못했다. 나는 두 개의 로봇을 양손에 들고 벽에 집어 던졌다. 로봇이 산산조각 나자 그는 효진이의 몸에서 떨어졌다.

"이기 뭐꼬?"

그는 부서진 로봇을 쥐고 나를 쳐다봤다. 나는 보란 듯이 나머지 로봇 하나도 바닥에 집어 던졌다. 어느새 효진이 엄마까지 와서 넋이 나간 표정으로 나를 바라보고 있었다.

"이기 미쳤나."

화를 낸 건 오히려 효진이 엄마였다. 기준은 지금 자기가 처한 상황이 무엇인지 이해하지 못하는 표정이었다. 나는 발길을 돌려 집으로 갔다. 긴장이 풀리고 다리의 힘이 빠졌고, 방에 도착하고 나서야 울음이 터졌다.

나는 방으로 온 엄마에게 모든 이야기를 다 했다. 그가 어떻게 효진이를 때리고 욕하고 괴롭혀왔는지를, 효진이의 부모가 그 모든 것들을 얼마나 태연하게 방관하고 있었는지에 대해서. 엄마는 무표정하게 내 이야기를 듣더니 말했다.

"너도 어른이 되면 알겠지." 엄마가 말했다. "피하는 게 현명한 일이라는 걸 너도 알게 될 거야. 상대가 얼마나 악하든, 결국 상처받는 건 나서는 사람들이야. 아무리 애써도 아무것도 달라지지 않는다는 걸 너는 아직 몰라. 그런 사람들 자극하지 마. 엄만 겁이 난다……"

"그래도 엄마……"

"오늘 넌 그저 운이 좋았을 뿐이었어."

그 말을 하는 엄마의 입술이 일그러졌다.

"넌 여자애야."

엄만 미간을 찌푸린 채로 나를 바라보다 밖으로 나갔다. 엄마는 거짓말을 했어. 엄마는 늘 친구를 도와야 한다고 했지. 옳은 일을 해야한다고. 나는 슬픔 속에서도 엄마의 반응에 분노를 느꼈다. 외로움이서린 분노였다. 나는 나중에 효진이 엄마에게서 엄마가 그녀에게 부서진 로봇에 대한 금전적 보상을 했다는 말을 들었다. 보상금은 어린내가 상상할 수 없는 액수였고, 나는 깊은 죄책감을 느낄 수밖에 없었다.

얼마 지나지 않아 엄마는 오래 다니던 직장을 그만뒀다. 그것이 임신을 위한 퇴사였다는 것을 나는 나중에 친척들에게 들어 알았다. 애미가 되어서 돈 번다고 애를 방치한다는 말을 듣던 엄마는 막상 직장을 관두고서는 남편 잘 만나 집에서 속 편하게 노는 여자라는 말을들어야 했다.

그 사건이 있은 후로 효진이의 부모는 효진이가 우리 집에 놀러 오는 것을 금지했고, 우리는 조금 서먹해진 채로 아파트 광장이나 학교놀이터에서 잠깐 만나는 것으로 서로에 대한 마음을 달래야 했다. 그리고 그해 가을, 효진이는 칠곡으로 떠났다.

서울에서 돈을 모으는 데 성공한 효진이 아빠가 칠곡에 주유소를차렸다는 것을 나는 엄마를 통해 들었다. 나는 효진이가 그 사실을내게 직접 이야기하기를 기다렸지만 효진이는 아무 일도 없는 것처

럼 굴었다. 전학 가기 이틀 전에야 효진이는 우리 집 초인종을 누르
고 나를 불러냈다.

우리는 만화 대여점에 가서 다 읽은 만화책을 반납하고 우리가 자
주 가던 팬시점에 들러 편지지와 소품 들을 구경했다. 돌아오는 길에
는 놀이터에 들러 뺑뺑이를 탔다. 내가 타면 효진이가 돌려주고, 효진
이가 타면 내가 돌려주는 식으로 놀았다. 이사에 대해서는 아무 말도
하지 않은 채로. 손에서 뺑뺑이 쇠 냄새가 나고 어지러워 속이 울렁
거릴 즈음 우리는 놀이터를 떠났다.

"나 방학에 놀러 올게. 전화는 못 한대. 원채 비싸다 하더라 그건."

"그러믄."

"편지 보낼게. 가자마자 보낼게."

나는 새끼손가락을 내민 효진이의 손을 치우고 울면서 집으로 돌
아갔다.

우리는 중학교에 들어가서도 편지를 주고받았다. 나는 그때 처음
으로 글을 썼다. 숙제로 쓴 일기나 독후감도 있었지만 그것은 순전히
억지에 불과했음을 나는 효진이에게 편지를 쓰며 깨달았다. 생일에
는 라디오에 나온 좋은 노래를 녹음한 믹스 테이프와 효진이가 좋아
하던 꿈틀이 젤리를 소포로 보내기도 했다. 그러나 그런 식의 교류는
애초에 오래갈 수 없는 것이었다. 우리는 하루하루 다른 사람들이 되
어가고 있었다. 얼굴과 몸매가 변하고 키가 자라고 세상을 이해하는
방식이 변해서 고작 일 년이 지났을 뿐인데도 일 년 전의 일이 낯설
게 느껴지기도 했다. 우리의 편지는 중학교 1학년이 끝날 무렵 끊어

졌다.

　나는 내가 효진이와 전혀 다른 사람이라고 오래도록 생각해왔다. 그애가 처한 상황을 보며 그런 집에서 태어나지 않았다는 사실에 안도하기도 했고 그애가 자기 자존심을 지키기 위해 애쓰는 모습에 반감을 느끼기도 했다. 그러면서도 내가 그애보다 나은 처지라는 것을 스스로에게 확인하기를 원했다. "엄마가 아들을 낳았어. 나에게도 남동생이 생겼다." 나는 효진이에게 보내는 마지막 편지에 그렇게 썼다. "이제 우리는 누구보다도 행복해질 거야. 우리는……"

편혜영

개의 밤

편혜영

1972년 서울에서 태어났다. 2000년 《서울신문》 신춘문예에 단편 「이슬털기」가 당선되면서 등
단했다. 단편집 『아오이가든』 『사육장 쪽으로』 『저녁의 구애』 『밤이 지나간다』 장편소설 『재
와 빨강』 『서쪽 숲에 갔다』 『선의 법칙』 『홀』 등이 있다. 한국일보문학상, 이효석문학상, 동인
문학상, 이상문학상, 현대문학상 등을 수상했다. 명지대 문예창작학과 교수로 재직 중이다.

개들이 너무 짖지 않는다.

김은 잠든 아내를 깨우지 않도록 조심하면서 침대에서 몸을 일으켰다. 한번 그 생각에 사로잡히자 잠이 오지 않았다. 깊은 밤이라고는 하지만 지나치게 조용했다. 진입로 위쪽에 자동차 전용도로가 있으나 차 소리도 들리지 않았다. 새벽 네 시가 넘은 시각이었다. 쥐도 새도, 심지어는 개도 차도 다 잠든 시간이라는 의미였다. 김은 잠옷으로 입는 반팔 티셔츠 위에 후드티를 겹쳐 입고 조용히 집을 빠져나왔다.

단지 내 도로는 텅 비어 있었다. 김은 제 집을 멀찍이 서서 바라본 후 천천히 도로를 걸었다. 분수에 맞지 않는 액수의 집을 짓는 일로 김은 오랫동안 장인의 비위를 맞춰왔다. 가끔 참을 수 없는 때가 있었는데, 완공된 집을 보자 다 괜찮아졌다.

타운하우스는 분양 당시 디자인 주택이라는 점이 인기를 끌었다. 천편일률적인 아파트나 기성품 같은 주택에 질린 사람이 많았는지 주변 시세보다 비쌌음에도 청약률이 높았다. 김이 이제껏 살아본 적 없는 크기의 집이었다. 이렇게 완벽하게 새것이고 덩치가 큰 물건이 제 소유라는 것에 가슴이 벅찼다. 삼형제 중 막내인 김은 뭐든 형들의 물건을 썼다. 당연히 헌것이거나 유행에 뒤처진 것이었다. 형의 이름이 사방에 적힌 사전이나 형의 취향으로 음악이 채워진 엠피쓰리, 심지어는 형이 다니는 대학교 로고가 박힌 후드 티셔츠까지. 김이 쓰는 물건이 자랑거리가 된 적은 없었다. 아내와 장모는 달랐다. 자랑할 만한 물건이 많았고 그것에 대해 말할 기회를 놓치지 않았다. 이 집도 그랬다. 김이 모르는 많은 사람들이 장모와 함께 집을 보러 다녀갔고 주택 경향이나 건축자재, 시세 같은 이야기를 나누었다. 김은 불편했지만 내색하지 않았다. 자랑거리가 된다는 것. 그게 중요했다. 하지만 얼마 전부터 장모의 방문객이 뚝 끊겼다. 장모는 처남 일로 정신이 없었다. 김은 고요해진 생활에 안도하면서도 누구도 제 것을 알아봐 주지 않는 데서 묘한 서운함을 느꼈다. 드나들 때면 아무도 봐주지 않는 제 집을 구석구석 살폈다. 그럴 때마다 미장공이나 타일공, 목공의 실수를 알아차렸다. 시세를 떠올려야만 인부들의 무성의와 무능을 참을 수 있었다.

김은 조용한 새벽 거리를 두 번 왕복했다. 며칠 전 13호 노부부가 들것에 실려 나온 후 구급차를 타고 이 길을 빠져나갔다고 했다. 관리인에게 들었다. 아내에게는 말해주지 못했다. 관심을 가질 얘기였지만, 아내 역시 처남 일로 정신없이 바빴다. 아내는 잠도 잘 못 잤고 식사도 자주 걸렀다. 낮에는 변호사와 함께 처남을 만나러 가거나 탄원서를 받으러 다녔다. 사람들을 만날 때면 사정을 설명하고 처남을 변호하는 말을 했다. 울먹이며 전화를 걸어오는 장모를 달래거나 같이 울었다. 아는 사람들과 얘기할 때면 의연하게 대꾸하려다가 뉴스 보도가 잘못된 것이라고 화를 냈다.

13호에 경찰이 도착한 후 단지 내에 있던 주민 몇이 무슨 일인가 싶어 나와봤고 얼마 후 구급대원이 들것 두 개를 포개서 들고 집 안으로 들어가는 걸 지켜봤다. 정황만으로 판단하기 어려웠는데, 구급차가 떠난 후 주민 중 하나가 모포 밖으로 빠져나온 노부인의 팔에 피가 묻어 있었다고 얘기하고 관리인이 얼마 전부터 차림새가 좋지 않은 아들이 드나들었다는 말을 보태면서, 형편이 어려워진 아들이 벌인 짓이라는 소문이 돌았다.

행색이 말이 아니었다니까요.

관리인이 목소리를 낮춰 말했다. 그는 틈만 나면 그 일에 대해 이야기하고 싶어했다.

그럴 수 있죠.

그럴 수 있다뇨?

김의 대꾸에 관리인이 화를 내듯 되물었다.

부모님 집에는 보통 편한 차림으로 다니잖아요.

제가 그것도 구별 못 할 것 같습니까. 그런 건 금세 티가 나요.

저는 티가 납니까, 안 납니까.

네? 그게 무슨 소립니까?

관리인이 김을 탐탁지 않게 쳐다보았다. 얘기한 걸 후회하는 눈치여서 김은 슬며시 자리를 피했다.

김도 노부부를 본 적 있었다. 그들은 늘 함께 단지 내 공원을 산책

했다. 아내는 그들과 지나칠 때면 공손하고 다정한 태도로 허리를 구부려 인사했고, 작은 목소리로 그들이 몇 해 전 국립대 교수로 퇴임했다고 일러주었다. 마치 그게 상냥하게 구는 이유라도 된다는 듯이.

단지에 있는 주택 중 마당에 개집을 내놓은 곳은 네 집이었다. 김은 소리를 내려고 슬리퍼를 질질 끌며 걸었다. 개가 있는 집을 지나칠 때면 일부러 큼큼 하는 소리를 냈다. 개들은 짖지 않았다. 마당이 아니라 집 안에서 자고 있다면 듣지 못할 것이다. 그래도 자동차 전용도로에서 차 소리가 들리고 덩치 큰 차량이 지나가면 덜컹거리는 소리도 나고 바람이 목재 대문을 흔들며 넘나드는데, 개들은 왜 짖지 않을까.

김은 해안가 별장처럼 흰색 벽에 푸른색 지붕을 얹은 18호 집 앞에 멈춰섰다. 마당에 개집이 있었다. 거기에 덩치 큰 보더콜리가 누워 있는 걸 여러 번 보았다. 주인은 자주 마당에서 개와 놀았고 누군가 지나가면 보여주려는 듯 개에게 고무공을 던졌다. 개는 훈련받은 대로 재빨리 공을 향해 내달렸다. 아내는 개가 참 야무지다는 칭찬을 울타리 너머로 인사 삼아 건넸고 김에게도 아는 체 하라는 듯 눈짓을 했지만 김은 무뚝뚝한 표정을 풀지 않았다.

바닥에서 손가락 두 마디 정도 되는 돌멩이를 주워 18호 집 마당을 향해 던졌다. 개집을 맞히지는 않았다. 단지 내 전 주택에 보안 시스템이 가동되고 있었다. 경보음이 울리면 곤란했다. 관리인은 많은 사람을 알았고 자기가 아는 것을 말하기 좋아했다. 돌멩이가 포물선을 그리며 짧게 활공했다. 잘 자란 잔디가 돌멩이 떨어지는 소리를 감췄다. 예민한 짐승이라면 알아차릴 만한 소리가 났지만 여전히 조용했

다. 김은 이번에는 목재 대문을 흔들었다. 경첩이 느슨해서 삐걱대는
소리가 제법 크게 났다. 누군가 나와보거나 경보음이 울리거나 개가
짖는다면 달아날 생각이었지만 아무 일도 없었다. 김은 다시 슬리퍼
를 끌고 집으로 돌아왔고 소파에 앉은 채로 개가 왜 짖지 않을까 생
각하다가 잠이 들었다.

　흔들어 깨우는 아내에게 김은 간밤에 무슨 소리 못 들었느냐고 물
었다. 아내가 무슨 소리? 하고 묻듯 푸석한 얼굴을 살짝 치켜들었다.

　개소리.

　아내가 대꾸 없이 식탁으로 가더니 바짝 마른 토스트를 베어물었
다. 김이 쳐다보자 이리와서 잠자코 먹기나 하라는 듯 고갯짓을 했다.
아내는 매사 그런 식으로 말하는 게 습관이 되어 있었다. 손짓을 해
서 오라고 하거나 턱을 들었다 내리는 것으로 반문하거나 눈을 부릅
뜨는 것으로 거부감을 드러내거나 틀린 걸 지적하려고 손가락으로
이마를 툭 밀었다. 김은 그게 몹시 싫었고 여러 차례 화를 냈지만 그
때마다 어린 시절부터의 습관이라서 고치기 어렵다는 해명을 들어야
했다.

　아내를 이해하기 위해 김은 매번 장인을 떠올렸다. 언제나 함께 생
각해야 덩달아 이해되는 것이 생겼는데, 아내의 가족이 그랬다. 장인
은 스스로를 가리켜 아주 열심히 산 사람이라고 말하곤 했다. 스무
살이 되기 전 공구 제작업체에서 일을 시작했고 십오 년 후에는 독
립해서 직접 사업체를 꾸렸다. 장사가 잘 됐지만 공장 규모를 늘리지
않고 버는 족족 부동산에 투자했다. 사업은 점차 기울었지만 한번 불
어난 부동산은 줄지 않았다.

그러는 동안 장인은 한 번도 파트너를 두지 않았다. 장모는 공구 얘기는 하나도 몰랐고 부동산은 중개업자를 가리키는 말인 줄 알았다. 장인에게 부하 직원은 시키는 일을 하는 사람이었다. 돈을 빌려달라거나 보증을 서달라고 할까봐 친구를 사귀지 않았고 어린 시절 친구도 만나지 않았다. 말하자면 전적으로 제 판단에 의지해 재산을 불려온 셈이었다. 스스로에게 확신을 갖지 않을 이유가 없었다. 자긍심이 높은 사람답게 장인은 목소리가 크고 시원시원했는데, 매번 화내는 것처럼 들렸다. 실제로 자주 화를 냈다.

아침부터 개소리 말고 사람들한테 탄원서 좀 받아와.

아내가 식욕이 없는 듯 접시에 빵조각을 내려놓으며 말했다. 김은 아내가 이어서 할 말을 짐작했고 예상대로였다. 아내는 요즘 들어 매일 똑같은 얘기를 했다. 김을 제외한 온 가족이 느끼는 슬픔에 대해서, 처남이 얼마나 억울한지에 대해서. 그보다는 처남이 미국 약학계에서 주목받는 전공을 선택하기 위해 고등학교 시절 얼마나 봉사 활동에 투신했는지에 대해서, 졸업 후의 창창한 미래에 대해서. 아내는 이 일로 동생의 앞길이 막혔다며 울분에 차서 말했다. 김은 아내의 말을 듣고 있다는 신호로 자주 고개를 끄덕였다. 긴 학교 생활 동안 처남이 한 번도 친구들과 주먹다짐을 해본 적 없다는 것, 친구와 말로 다툰 적 없을 만큼 순하고 착했다는 얘기까지 들어야 대충 끝날 터였다.

심드렁하게 토스트를 씹던 김은 유가족이 돈을 뜯으려 혈안이 되어 있다는 아내의 말에 고개를 들었다. 아내가 무심한 김이 화제에 관심을 보인 것에 반색하며 물었다.

유가족 말이야. 당신이 한번 만나볼래?

김은 서둘러 고개를 저었다.

당신 그런 거 전문이잖아.

김은 발끈할 뻔했다. 김이 하는 건 업무상 필요한 협의였다. 아내의 가족들이 하려는 것과는 완전히 다른 일이었다. 교량 건설 중에는 종종 불의의 사고가 생겼다. 얼마 전 사고도 그랬다. 크레인이 끊어졌고, 그러면서 크레인에 연결된 상판이 아래로 추락했다. 누구도 원치 않았지만 그 사고로 누군가 죽었다. 상판에 깔린 건 아니고 상판이 떨어질까봐 피하다가 그랬다. 어쨌거나 우연한 죽음 후에는 몇 가지 문제가 남기 마련이고 김이 인사 담당자로서 사후 처리를 맡았다. 현장 관리자가 직접 사고 수습에 나서면 추후 인적 관리가 어렵기 때문에, 본사 소속인 자신이 협의를 도맡는 것이라고 김은 이해했지만 다른 직원들은 그렇게 생각하지 않았다. 애초 그런 일을 맡기려고 김을 채용했다는 것이다. 그런 줄도 모르고 장인은 김이 회사에서 팀장이라도 하는 게 다 제 인맥 덕이라고 생색냈다.

당신 동생 아니라는 거지?

김의 미온적인 태도에 결국 아내는 불안과 두려움이 담긴 신경질을 부렸다. 김은 화를 내는 대신 능글맞게 웃었다. 과민한 사람이나 비관적인 사람, 지나치게 방어적인 사람을 대할 때 김은 비판하기보다는 동정했다. 그래야 관계가 원만해졌다. 아내와 논쟁할 생각이 없고 잘못된 생각을 교정할 마음도 없었다. 서로 이해해야만 가족으로 살 수 있는 건 아니었다.

김은 당연히 아내를 가족으로 여겼다. 자고 일어나 머리가 뻗치고 눈이 부은 아내가 사랑스러운 적이 있었고 아내가 미울 때면 함께 보았던 아름다운 풍경을 떠올렸다. 그러면 금세 애틋해졌다. 아내가 급성장염에 걸려 응급실에 실려갔을 때는 눈물이 났고 밤새 간호했다. 아내가 우울할 때 우스꽝스러운 춤으로 웃겨준 적도 있었으며 아내의 납득할 수 없는 신경질에도 순하게 대응했다.

그러나 장모와 장인, 처남은 아니었다. 김은 장모와 장인에게 늘 깍듯하게 굴었다. 직장 상사에게 하듯 존댓말을 썼고 화제가 끊기면 긴장하는 게 싫어서 증시 현황이나 장인이 지지하는 정치인 얘길 꺼냈다. 외식 메뉴는 장인이 골랐고 계산도 장인이 했다. 김의 서재 책상을 장모가 골라줄 때도 잠자코 있었다. 취향을 내세우지 않아야 주는 사람을 기분 좋게 한다는 걸 일찌감치 배웠다. 아내보다 열한 살 어린 처남은 줄곧 외국에 있었기 때문에 얼굴을 본 게 채 열 번도 되지 않았다. 장인의 외모를 쏙 빼닮은 어린 처남을 처음 보았을 때는 반말을 하기 위해 용기를 내야 할 정도였다.

아내는 정말로 그렇게 믿는 체하면서 처남이 워낙 어려서부터 유학생활을 한 탓에 한국 문화를 잘 몰라 빚어진 일이라고 했다. 그렇다면 오히려 부대에서도 자율과 존중을 강조하는 미국식으로 굴었어야 한다고 김은 생각했지만 그 얘기도 당연히 하지 않았다. 처남은 중학교를 마치고 유학을 갔는데, 학교에서 심하게 왕따를 당해서라고 했다. 가혹한 기억만 가지고 떠났으니, 그게 한국에서의 문제 해결 방식이라고 여길 수 있다는 거였다. 김은 처음 듣는 얘기였다. 장인과 장모는 늘 처남이 어린 시절부터 출중했고 유학은 당연한 선택이었다고 말해왔다. 확신에 차서 얘기하는 폼이 아마도 변호사와 협의해 그런 사정을 죄다 얘기하며 감정에 호소하기로 마음 먹은 것 같았다.

중학교 시절 얘기는 부러 끄집어낼 필요도 없었다. 그런 일을 겪었다 해도, 더한 일을 겪었다 해도, 지속적으로 누군가를 폭행한 것은 처남의 선택이었다. 과거와 상관없이 처남은 후임을 폭행하는 사람이 될 수도 있고 후임과 친구처럼 지내는 사람이 될 수도 있었다. 둘 중 어떤 사람이 될지 스스로 선택해서 지금에 이른 것뿐이다.

부대 내에서 후임에게 지속적으로 가혹 행위를 하는 동안에도 처남은 휴가를 나왔고 빨리 제대하고 미국으로 돌아가고 싶다고 투덜댔고 소개팅을 했고 상대가 뚱뚱하다고 흉을 봤고 블록버스터 영화를 봤고 텔레비전과 연결해 게임을 했고 쇼핑을 했고 늦게까지 쏘다니다 돌아왔고 장모와 장인에게 힘들다며 어리광을 부렸고 아내와 김에게 형식적으로 용돈을 받아갔다. 그 모든 일을 태연히, 자연스럽게 했다. 어린 시절의 환경이나 유전적 기질로 원인을 추적할 수 있겠지만 그건 일부일 뿐이다. 폭행 사실이 밝혀졌다는 건 평생을 그런 식으로 살아왔다는 뜻이다. 딱 한 번의 순간적인 실수가 아니라는 의미였다. 아내의 가족들이 처남에 대해 맹목적으로 구는 걸, 처남이 피해를 본 듯 구는 걸 지켜보기 힘들 때마다 김은 그 얘기를 하고 싶었지만 그러지 않았다. 아내나 장인이, 김이 자신들과 한편이 아니라고 생각해서 좋을 게 없었다.

아내의 한탄은 장모에게 전화가 걸려오고 나서야 멈췄다. 두 사람이 입맛 까다로운 처남이 밥이나 제대로 먹고 있을지 걱정하며 눈물을 흘리는 걸 보고 김은 집을 나섰다. 차창을 내리고 고요한 2차선 도로를 천천히 지났다. 주인이 정원에 물을 주고 있고 개가 물살을 이리저리 피하고 있는 집 앞에서 잠시 멈춰섰다. 아는 사람인가 싶었는지 주인이 물을 잠그고 김이 탄 차를 빤히 쳐다보았고 개는 주인 옆에 붙어 서서 순하게 꼬리를 흔들었다. 13호 노부부가 일을 당하는 동안에도, 그 집에 누군가 기웃거리는 동안에도 저 개는 짖지 않았을까. 주인 사내가 호스를 내려놓고 차 쪽으로 다가왔다. 김은 재빨리 차를 출발시켰다. 주인이 못마땅한 표정으로 쳐다보는 모습을 사이드미러로 지켜봤다. 개도 기분이 나빴을까. 짖었을까. 알 수 없었다.

회사에 채 도착하기도 전에 이사로부터 호출을 받았다. 장의 사고 때문일 터였다. 김은 다친 사람과 죽은 사람, 생계가 막막해진 사람들 사이에서 인생을 허비하고 있다는 막연한 두려움을 곧잘 느꼈고 그럴 때면 의심과 회의 속에서 업무를 방치했다. 그러한 결과로 매번 이사의 재촉을 받았다.

구두를 벗어두고 슬리퍼로 갈아신으려던 김은 책상 중앙 서랍이 오른쪽으로 기운 것을 발견했다. 주저앉아 책상을 들여다보니 합판 한 쪽이 접촉면에서 떨어져나와 붕 떠 있었다. 안에 든 것들이 곧 쏟아져 나올 기세였다. 김은 주변을 둘러봤다. 다행히 누군가 이렇게 해놓았다는 기색은 느껴지지 않았다.

김이 처음 출근하던 무렵만 해도 이런 일이 많았다. 어느 날 아침 김은 자신의 인체공학 의자가 다른 높이로 맞춰져 있다는 걸 깨달았다. 다음 날 아침에는 본체와 연결된 키보드가 책상에서 보이지 않았고, 그다음 날에는 다이어리가 온데간데 없이 사라져버렸다. 이어서 마우스와 컵, 슬리퍼 같은 것들이 날마다 티나지 않게 하나씩 없어졌다. 없어진 것들을 찾는 데 한참 걸렸다. 사람들이 자신이 그것을 찾는 걸 지켜보리라는 걸 알았지만 김은 포기하지 않았다. 사무실을 여러 바퀴 돌았고, 기어이 찾아냈다. 마우스는 책상 서랍에, 슬리퍼는 화장실 쓰레기통에, 다이어리는 회의실 서가의 책 사이에 있었다. 다른 부서 탕비실에서 칫솔을 찾아냈을 때 직원 몇이 낮게 탄성을 내지르는 걸 김은 똑똑히 보았다. 찾지 못한 것은 없었고 김에게 그렇게 한 사람들도 서서히 흥미를 잃어갔다. 김은 사람들의 반감과 자신을 술상무에 빗대 매상무라고 부르는 이죽거림을 이해했다. 별다른 경력도 없는데 장인의 도움으로 수월히 채용되었고, 해고자를 선정하거나 유족에게 사고 보상액을 통보하는 게 업무였으니까.

같은 일이 다시 반복되는 걸까. 김은 기분이 상했고 자신이 고립된 처지라는 것을 다시금 확인했다. 즉각 총무부에 전화를 걸었으나 직원이 아직 출근하지 않았다는 말을 들었다. 아홉 시가 되기를 기다려 다시 전화했고 곧 별정직 직원이 연장통을 들고 도착했다. 김은 그가 한쪽이 기울어진 책상 서랍을 제대로 꿰어 맞추는 과정을 지켜볼 생각이었으나 다시 이사의 호출을 받아 그렇게 하지 못했다.

이사는 대뜸 장의 가족을 만나봤는지 물었다. 김은 그러지 않았으므로 사고 소식을 듣고 조사해둔 장의 전날 행적을 길게 보고했다. 장은 밤 아홉시 넘어까지 야근했고, 끝나고 동료들과 술을 마셨다. 거의 매일이다시피 소주 한 병 반을 마시고 취해서야 집에 돌아갔다는 증언을 녹음해두었다. 만취한 다음 날의 사고라면 회사 쪽에 조금 유리했다.

그거 말고는요?

이사가 눈을 치켜뜨며 물었다. 매번 그런 질문을 받았으므로 김은 겁먹지 않았다.

장의 아내요. 입원 중입니다. 거기 꽃을 보내줬습니다.

얼마짜리 꽃입니까?

이사가 물었다. 이사의 질문은 종종 예측을 빗나갈 때가 있는데, 지금이 그랬다. 당연히 어디가 아프냐고 물을 줄 안 것이다. 예상치 못한 질문 때문에 김은 장의 노모 얘기는 꺼내지도 못했다.

십만 원짜럽니다.

십만 원이면, 큰돈이에요.

이사가 말했다. 김은 그 말의 의미를 헤아리느라 시선을 떨구었고 이사의 발을 내려다보았다. 구두는 흠 하나 없이 잘 닦여 있었다. 험한 길은 한 번도 걷지 않은 신발처럼 보였다.

이런 일은 선의로 해서는 안 된다는 생각이 들어요. 그거 나쁜 겁니다. 동정하는 거죠. 오히려 차별이 됩니다.

이사가 특별히 강조하는 부분도 없고 힘주어서 말하는 법도 없이, 차분하고 사무적인 투로 보상에 대한 얘기를 이어나갔다. 보상이라는 단어를 위로금이라고 바꿔 말하기도 했는데, 강조하기 위해서는 아니고 확실히 해두고 싶어서인 듯했다.

최선을 다하겠습니다.

김은 의례적인 말로 대꾸했다. 알아들었으니 그만 끝내자는 뜻이었는데 이사에게는 그럴 생각이 없는 모양이었다.

그러지 마세요. 최선은 결과예요. 보여주는 게 아니라 나타나는 거죠. 과정인 줄 아는데, 그거 큰 착각입니다.

의례적인 비난으로 위신을 세운 이사가 김이 송구한 표정을 짓자 그제야 만족한 듯 나가보라고 지시했다.

회의실에서 나오자마자 김은 책상 서랍을 확인했다. 실망을 감출 수 없었다. 별정직 직원은, 그는 분명 계약직일 텐데, 떨어진 접촉면 을 원래 위치로 붙여놓긴 했지만 휘어진 합판은 그대로 두었다. 김은 멀찌기 떨어져서 어정쩡하게 다리를 구부리고 책상 서랍의 합판이 얼마나 기울어졌는지 확인했다. 사람들이 지켜보고 있는 걸 알았지 만 휴대폰에 깔린 수평계 앱을 통해 합판의 기울기까지 확인했다. 수 평이 맞지 않았는데 무척 사소한 차이여서 트집 잡기도 애매했다. 무 게를 견디지 못해 합판은 곧 부러질 것처럼 보였지만, 이 정도가 그 의 최선인지도 몰랐다.

막 자리에 앉으려는데 장인에게서 전화가 걸려왔다. 김은 뜨끔했 다. 업무 중이라 받지 못했다고 하면 장인은 그놈의 회사 당장 때려 치우라고 말할 것이다. 김은 할 수 없이 전화를 받았고 장인에게 아 내가 줄창 말하던 탄원서 얘기를 다시 들어야 했다. 장인은 한번의 실수로 젊은이의 미래를 꺾는 일은 살인이나 마찬가지라고 목소리를 높였다. 전화 통화였으므로 김은 마음껏 인상을 찌푸렸다. 장인은 처 남을 전혀 모르는 회사 동료들에게, 사이가 좋지 않은 동료들에게, 툭 터놓고 술 한 번 마신 적 없는 동료들에게 탄원서를 받아 오라고 지 시했다. 잘 모르는 사람조차 억울하게 여길 사안임을 강조해야 한다 는 것이었다. 탄원이 소용에 닿으리라고 생각해서는 아닌 것 같았다. 순전히 김의 방관을 질책하고 김이 가족의 고통에 동참하지 않는 걸 비난하려는 뜻 같았다. 김은 전화를 끊고 싶은 마음에 그것이야말로 자신이 할 일이라고 기복 없이 대꾸했다. 탄원의 이유를 설명하고 그들이 서명하도록 동정을 산다는 게 아무래도 불가능하게 여겨졌다. 김은 인사 담당자로서 직원들의 개인정보에 비교적 쉽게 접근할 수 있다는 사실에 안도했다. 장인의 비서가 글씨체를 달리해서 탄원서를 작성해 보내면 인사 자료를 찾아 수십 명의 개인정보를 몰래 적어 넣을 작정이었다.

아내와 장인의 말처럼 이 일로 처남의 미래는 완전히 바뀔 것이다. 그러나 다른 누군가 그렇게 한 것이 아니라 처남 스스로 그렇게 한 것이었다. 당연히 감당하고 정당한 처벌을 받아야 했다. 물론 그렇게 말할 수는 없었다. 장인의 도움이 없었다면 김의 집은 지어지지 않았을 것이고 김은 입사하지 못했을 것이다. 김은 은혜를 알았고 갚을 줄도 아는 사람이었다. 당장 갚을 능력이 없다면 적어도 비위는 맞춰야 한다는 것도 알았다.

퇴근하는 길에 김은 주차장에 차를 두고 천천히 단지를 걸어다녔다. 관리인과 두 번 마주쳤다. 처음에는 인사만 하고 지나가던 관리인이 두 번째 마주치자 말을 걸었다. 함께 얘기할 사람을 찾고 있었는지도 몰랐다. 관리인은 대뜸 경찰이 아들의 방문에 대해 자세히 물었다고 털어놓았다.

행방불명됐대요. 뭔가 켕기는 게 있지 않고서야 그러겠어요?

으스대는 목소리였다. 아들의 행색에 대한 김의 의견에 반박하고 싶었던 것 같았다.

개는 안 짖었답니까?

개요?

관리인이 또 뜬금없이 군다는 듯 김을 쳐다보았다.

단지에 개가 이렇게 많은데……

이렇게 많은 건 아닙니다. 여섯 마리예요.

관리인이 정정했다.

여섯 마리의 개가 있는데 한 마리도 짖지 않았다는 게 이상하지 않습니까?

이상하지 않습니다. 개가 짖을 일이 뭐가 있다고요. 짖었을 수도 있고요. 원래 이런 개들이 짖는 소리는 잘 안 들려요.

관리인이 그렇게 대꾸하고는 때마침 들어서는 승용차를 향해 거수하며 자리를 피했다.

김은 집으로 들어가자마자 아내에게 노부부 얘기를 해주었다. 아내는 사람 죽인 얘기는 두번 다시 듣고 싶지 않다며 화를 냈다. 화를 내는 이유가 있었다. 처남에 대해서 안 좋은 소식뿐이었다. 처남의 정신 감정 결과가 나왔다고 했다. 지극히 정상이라는 의사의 소견이 검사를 통해 판사에게 제출되었다고 했다. 미친놈, 미치지도 않았으면서. 김은 속으로 중얼거렸다. 어떻게 제정신으로 한 사람을 칠 개월씩이나 지속적으로 때릴 수가 있지. 멍이 들지 않도록 담요로 돌돌 말아 발길질을 하고, 보이지 않는 곳을 라이터로 지지고, 식판에 침을 뱉고, 부하들에게도 함께 때리라고 지시하면서. 김은 그 모든 사실을 신문을 보고 알았다. 아내는 억울하다고 할 뿐 자세히 얘기해주지 않았다.

지난 번 휴가를 나왔을 때의 처남이 떠올랐다. 복귀 전날 함께 식사를 했는데, 처남이 대뜸 김에게 장가 잘 온 것 같지 않느냐고 물었다. 그것에 대해 김과 아내는 각기 다르게 해석했다. 김은 처가의 돈으로 집을 지으니 좋지 않느냐는 소리로 들었고, 아내는 예쁘고 다정한 아내를 얻어서 좋지 않느냐는 것으로 해석했다. 김은 허허 웃는 것으로 대답을 대신했고, 자신의 생각을 주장하지 않았다. 열등감을 들켜서 좋을 게 없었다.

아내는 하루 종일 참았던 듯 잠시 울음을 터뜨리고는 김을 데리고 방으로 들어갔다. 서류 봉투를 내밀었는데 각기 다른 글씨로 쓰인 탄원서가 수십 장 들어 있었다. 장인이 비서를 통해 써둔 탄원서였다. 김이 그것에 대해 뭐라고 말하기도 전에 아내가 손을 잡고 앉히더니 눈을 감으라고 했다. 서랍장 위에 그동안 보지 못한 십자가가 놓여 있었다. 아내가 중얼거리며 기도를 시작했다. 처남이 그간 얼마나 착한 아이였는지 털어놓고 나서 아내는 스스로의 죄를 고백하기 시작했다. 동생을 잘 돌보지 못한 것과 먼 곳에 있다는 핑계로 정서적으로 무심했던 것에 대해서, 그리하여 동생을 외롭고 상처받게 한 것을 회개했다.

김은 감은 눈을 떴다. 아내에게 말하고 싶었다. 하나님은 아무도 벌하시지 않는다고, 우리를 벌하는 건 우리 자신일 뿐이라고, 지옥에 있는 사람들은 대개 자기가 선택해서 거기 있는 것이라고 말해주고 싶었다. 그렇게 하는 대신 아내와 잡은 손에 힘을 주었고 그럼으로써 아내가 정작 용서를 빌어야 하는 것에는 침묵하고 잘못을 추상화함으로써 역설적으로 처남의 죄를 하찮게 만들어버린 것을 모르는 척했다. 아내에 따르면 모두의 인생에 죄가 있었다. 그러므로 아무도 죄가 없었다.

휴대전화가 울리자 아내가 기다리기라도 한 것처럼 서둘러 기도를 끝내고 김의 손을 놓았다. 목소리가 다정하고 순하게 바뀌는 것으로 보아 친목 모임 사람 중 하나인 모양이었다. 아내는 그 모임 사람들의 우정과 충고에 많이 의지했다. 그중 두 명은 아내와 마찬가지로 다른 직업을 갖지 않은 기혼자였고 두 명은 의사였고, 한 명은 변호사, 한 명은 남편이 의사인 여자였다. 매월 모임을 가졌는데, 함께 연극이나 발레, 클래식 연주 공연을 본 후 호텔에 가서 와인을 마셨다. 아내는 그중 변호사인 여자와 처남 일을 상의했다. 모임 사람들이 모르게 할 생각이었던 듯한데 변호사 여자를 통해 알려졌고 그녀들에게 번갈아가며 위로를 받는 중이었다.

장인이 선임한 변호사가 있지만, 아내는 모임의 변호사에게 자주 의견을 물었고, 그녀에게 받은 충고를 장인과 나누었다. 처남에게 고의성이 없었다는 것을 입증하기 위해 정신 감정을 의뢰한 것도 두 변호사의 공통 의견이었다. 김은 아내가 친목 모임의 변호사에게 처남의 일을 어떻게 얘기했는지 알지 못했다. 그렇기 때문에 변호사와 통화를 끝낸 아내가 잠깐 희망이 감도는 낯빛으로 몇 가지 증빙 자료만 준비하면 괜찮을지도 모른다고 한 말도 믿지 못했다. 아내는 분명 많은 것을 누락하고 얘기했을 것이다. 아니면 변호사가 뉴스에서 보도된 사건인 줄 알면서도 모른 척하는 것이거나. 뉴스 보도 너머에는 또다른 진실이 있다는 것을 알 만한 사람이었기 때문에, 처남의 사건도 피의자 측에서 보자면 보도되지 않은 고통이 있으리라 생각하는지도 몰랐다. 아내 편을 드는 건 모임이 훼손되지 않기를 바라서이리라. 물론 그것이 진심인지는 알 수 없지만.

다음 날 오후 김은 안과 함께 장의 아내가 입원한 병원으로 갔다. 안과는 별로 얘기를 나눠본 적 없지만 그가 유머 감각이라곤 없고 고지식하고 복장이나 태도가 철저하다는 건 알고 있었다. 안은 김에게 지나칠 정도로 깍듯하게 굴고 경어를 썼는데, 자신의 업무가 아님을 분명히 하려는 뜻이었다. 김으로서도 동행이 반가울 리 없었지만 이사는 노골적으로 김을 못미더워했고, 언제든 김의 일을 다른 사람에게 넘길 수 있다고 은근히 압박하면서 매번 감시꾼 같은 동행을 붙였다.

장의 아내는 몸 여기저기에 의료기기를 달고 있었다. 손목과 대퇴부 동맥에 주사와 연결된 줄이 늘어져 있었고 식염수, 진통제 같은 주사액이 계속 들어가고 있는지 몸이 퉁퉁 불어 있었다. 장 때문에 이렇게 된 게 아니라 장이 죽기 전부터 아팠다는 것에 김은 다소 안도했다.

김은 힘을 주어야 겨우 눈을 뜰 수 있는 장의 아내가 드러누운 채로 남편의 죽음을 전해 듣는 장면을 상상하지 않도록 애썼다. 어쩌면 아직까지 누구도 그 일을 하지 않았을지도 몰랐다. 김은 안이 들고 있는 비타 오백 상자를 건네받아 눈에 잘 띄도록 냉장고 위에 올려두었다. 그저께 김이 보낸 꽃은 보이지 않았다. 보호자용 의자에는 보풀이 잔뜩 인 담요가 접혀 있었다. 장은 때때로 술이 취해 병원으로 퇴근해서는 그 모포를 덮고 잠이 들었을 것이다.

다시 회사로 돌아갈까 하다가 김은 내친 김에 장의 집을 방문하기로 했다. 회사 동료라고 말했지만 장의 노모는 한참만에 현관문을 열어주었다. 노모는 문을 막듯이 서서 부스스한 얼굴로 김과 안을 쳐다보다가 갑자기 고개를 숙여 인사를 마구 하더니 몸을 비켜주었다.

　김과 안은 주춤거리며 어두운 거실로 들어섰다. 한창 해가 비칠 시간인데도 집이 무척 어두웠다. 좁은 거실에 가득 쌓인 물건이 베란다를 통해 들어오는 햇빛을 막았다. 거실과 일자로 놓인 부엌은 살림살이를 다 밖으로 내놓은 듯 정신없었다. 벽지의 낙서는 지워지지 않았고, 텔레비전 주위로 산 것과 죽은 것이 뒤섞인 오래된 화분이 빼곡히 놓여 있었다. 소파 천에는 눈에 띄게 보풀이 일었고, 좁은 현관에는 맑은 날인데도 대충 감아둔 우산 두 개가 세워져 있었다. 방정맞게 뛰어다니는 개만 이 집에서 생동하는 유일한 생명처럼 보였다.

　노인이 마루에 주저앉아 두 사람은 왜 앉지 않느냐는 표정으로 올려다보았다. 김은 노인 맞은편에 무릎을 꿇고 앉았다. 안이 쭈뼛거리며 김을 따라 무릎을 꿇었다. 김은 노인을 자극하지 말아야 한다는 걸 알았지만 그렇다고 입을 다물고 있을 수는 없었다. 김의 짤막한 인사말에도 노인은 잠잠했다. 김은 별 소득이 없을 줄 알면서도 장의 사고에 대해 심하다 싶을 정도로 상세히 덧붙였다. 노인은 여전히 입을 다물고 김과 안을 번갈아 쳐다보았다. 왜일까. 돈보다 사과가 먼저다, 내 아들 목숨으로 장사할 생각이 없다, 사람이 죽은 마당에 그깟 돈이 무슨 소용이냐, 돈이면 다냐, 너희 같은 큰 회사 놈들은 다 그러냐, 같은 뻔한 얘기를 왜 하지 않을까. 그런 얘기라면 김은 얼마든지 들어줄 수 있었다. 고함과 분노가 없으면 어색했다. 목숨을 두고 견주는 흥정이어서 분노의 시간이 없다면 오히려 민망해졌다. 한쪽은 슬픔을 과시해서 거래처럼 보이지 않도록, 한쪽은 배려와 위로처럼 보이도록 자연스럽게 굴 필요가 있었다. 김은 늘 해오던 말을 술술 늘어놓을 수도 있었다. 합의금이 유가족에게 어떻게 삶의 숨통이 될지, 지금 합의하는 게 경제적으로 얼마나 유리한지에 대해서 말이다. 앞으로도 자주 하게 될 말이기도 했다. 생각나는 대로 말하거나 감정에 호소하는 게 아니라, 각각의 수치 차이를 보여주며 설득할 수 있었다.

노모는 계속 입을 다물었는데, 수긍의 침묵일 리 없으므로 김은 유독한 욕설과 비난을 각오했다. 회사 사람들이 김을 매상무라고 부르는 데는 다 이유가 있었다. 건설회사다 보니 심심치 않게 사고가 발생했는데, 김의 일은 어떻게든 사고 당사자의 잘못을 찾아내서 회사 측의 보상 범위를 줄이는 것이었다. 김은 현장 근무자보다 안전 수칙을 정확하게 외고 있었고, 감정적, 육체적 피로 누적도가 사고에 미치는 영향을 철저히 조사했다. 그러다 보니 피해자 가족을 만나면 위로금 액수가 적은 것에 대해 납득할 수 있게 설명해야만 했다. 말하자면 피해자가 어떤 안전수칙을 어겼는지, 전날 술을 얼마나 마셨으며 점심 시간에는 반주를 얼마나 했는지, 감정적 피로 상태가 어떠했는지, 평소 근무 태도는 어떠했으며 동료들과는 어떻게 지냈는지, 가족 이외에 친밀하게 지낸 사람이 있는지 같은 얘기들 말이다. 멱살을 잡히거나 따귀를 맞거나 때로는 물벼락을 맞을 일이었다. 이런 줄 모르고 시작한 일이지만, 알고 난 후에도 김은 관두지 않았다.

안은 침묵이 만든 긴장에 사로잡혀 비장한 표정으로 앉아 있었다. 그 표정을 보자니 김은 불쑥 이 자리가 나쁘지 않게 느껴졌다. 오히려 상황을 악화시켜 안을 자극하고 싶어졌다. 자신이 그간 감내한 굴욕이나 정당한 대가를 치러야 겨우 성사되는 거래 방식을 보여줌으로써 자신의 노고를 깨닫게 하려는 게 아니었다. 안의 인생에는 멸시

하는 장인이나 사고를 저지른 처남 같은 게 없고 죽은 사람 몫의 비용을 두고 흥정할 일도 없겠지만, 누구에게든 내몰려봐야 안은 자신이 어떤 사람인지 알 수 있는 기회를 가질 수 있을 터였다. 김이 노모를 자극하면 안은 상대방과의 성격상의 차이나 정치적 견해, 단순한 실수의 가능성 때문에 화를 내는 것이 아니라 교묘하게 감춰져 있다가 갑자기 불거져 나올 스스로의 이기와 수치를 견디지 못해 화를 내게 될 것이다.

개가 노모의 무릎을 파고 들어가 안겼다. 노모는 기계적인 손놀림으로 개를 쓰다듬었다. 김은 영 관심없어 보이는 노모에게 직설적으로 보상 얘기를 꺼냈다. 안을 의식하자 별로 뜯들이고 싶지 않았다. 안이 김의 매정함을 탓하듯 지그시 노려보았다. 노모는 개의 발바닥을 쓰다듬다가 고개를 들어 김을 빤히 보았다. 안은 숫제 경멸하는 낯빛으로 김을 쳐다보고 있었다. 욕을 먹을 차례거니 생각했는데, 노모가 김을 보더니 활짝 웃었고 벌떡 일어섰다. 그 바람에 개가 노모 품에서 빠져나왔다. 김은 달려오는 개를 잡아 안았다. 노모가 뭐라고 중얼거리면서 같은 자리를 맴돌기 시작했다. 김은 슬쩍 옆으로 비켜서서 노모를 지켜보며 개를 쓰다듬었다. 개는 잠자코 있었다. 이번에는 개의 발바닥을 만져보았다. 부드럽고 따뜻했다. 개가 기분이 좋은지 작은 소리를 냈다. 노모는 한참 제자리를 맴돌다가 멈춰 서서 두 사람을 노려보는 일을 반복했고 어느 순간 가까이 서 있던 안에게 다가갔다. 안이 노모를 부축하려는 듯 손을 내밀었는데, 노모는 힘을 주어 안을 부둥켜안았다. 안이 놀라서 몸을 빼려고 했지만 노인이 놔주지 않았다. 안을 감싼 손에 어찌나 힘을 주었는지 푸른 정맥이 다 보였다. 김은 개를 품에 안고 좀더 멀찍이 떨어졌다. 안이 울상이 된 채 노인의 팔을 움켜잡았다. 노인이 안의 팔을 물려고 입을 벌리고 고개를 조아렸다. 안은 힘을 주어 노인과의 거리를 유지하려 애쓰고 있었다. 조금만 힘을 주면 깡마른 노인쯤이야 쉽게 떼어낼 수 있을 텐데, 안은 악력을 쓰는 일을 망설이고 있었다.

김은 품으로 파고드는 개를 두 손에 잡고 높이 올렸다가 손의 힘을 풀었다. 바닥에 떨어진 개가 잠시 낑낑거렸으나 이내 중심을 잡고 부엌의 어둠 속으로 달아났다. 노인은 안과 부질없는 다툼을 계속하고 있었다. 안이 도와달라는 듯 김을 불렀으나 김은 모른 척 그 집에서 나와버렸다.

얼마 지나지 않아 안이 허겁지겁 장의 집을 빠져나왔다. 노인에게서 벗어나기 위해 안은 노인의 손을 힘껏 떼어냈을 것이다. 노인의 작은 몸을 물건처럼 내동댕이쳤을지도 몰랐다. 안이 김에게 항변하듯 잔뜩 화가 난 얼굴로 담배를 꺼내 물고 분이 풀리지 않는지 노인에게 욕설을 퍼부었다.

차에 올라타고 나서야 안이 한숨을 내쉬었다. 김은 안심한 표정으로 안전벨트를 매는 안에게 불쑥 서류 봉투를 내밀었다. 안이 봉투를 열어 안에 든 것을 꺼냈고 천천히 그것을 읽어내려갔다. 김은 안의 표정이 조금씩 바뀌는 것을 다 지켜보았다. 수치와 굴욕을 견디는 것이야말로 지금 할 수 있는 유일한 일이었다.

이걸 왜 저한테 보여주십니까?

안이 봉투를 흔들며 물었다.

사인해줬으면 해서요.

제가 모르는 사람입니다.

알지도 모르는 사람이에요. 사고를 당한 사람은 많으니까요.

이게 무슨 사고예요?

다급히 대꾸하느라 깍듯한 경어를 포기한 안이 김을 쳐다봤다.

랜디 존슨 압니까? 메이저리그 좌완 투수요.

갑자기 웬 야구 얘기예요?

랜디 존슨이 어느 날 선발 출전 경기에서 직구를 날렸어요. 그게 홈플레이트를 날아가던 비둘기에 명중했어요. 그 공이 95마일이었습니다. 비둘기가 어떻게 됐겠어요?

무슨 얘기가 하고 싶어서 그래요?

그 정도 속도면 당연히 죽어요. 어느 비행물체가 비행 중에 시속 150킬로미터에 달하는 물체에 맞을 확률은 약 200억분의 1이랍니다. 상식적으로는 결코 일어날 수 없는 일이죠. 하지만 그런 일이 일어나기도 해요. 어디서나, 누구에게나 일어날 수 있어요.

이 일이 그렇다는 거예요?

그렇게 생각하면 마음이 편하다는 겁니다.

말도 안 돼.

사람은 도움이 필요한 사람을 뿌리치기도 합니다.

안이 잠자코 김을 노려보았다.

물론 도와줄 때가 훨씬 많아요. 사람이니까요.

이런 사람을 도울 순 없습니다.

안이 단호한 표정을 지었다. 안은 모를 것이다. 김이 먼저 자리를 피해주는 방식으로 안이 노인에게 한 짓을 모른 척한 것을, 수치를 혼자서 감당하게 한 것을. 안다고 해도 안은 결코 고마워하지 않을 것이다.

안은 김을 쳐다보지 않으려고 부자연스러울 정도로 정면을 노려보았다. 얼마간 시간이 흐르자 안이 큰 소리로 욕을 내뱉었다. 김은 다소 마음이 편해졌다. 그제야 정당한 대가를 치른 기분이었다. 욕을 먹어야 하는 일에는 어쨌든 욕을 먹어야 했다. 그래야 열심히 산 탓이라고 가장할 수가 있었다. 너무 큰 안도감을 느낀 나머지 안과 동료가 된 기분이 들었다. 안이 탄원서를 꺼내 주민등록번호를 적었고 평소 결제란에 하는 것처럼 반듯하게 이름도 적어넣었다. 김은 안에게서 받은 탄원서를 가방에 넣었다. 안이 인사도 없이 차에서 내려버렸다. 김이 차창을 열어 안을 불러세웠다.

아까 그 개요. 바닥에 떨어졌을 때 짖었습니까.

안이 바닥에 침을 내뱉고는 대꾸없이 빠른 걸음으로 자리를 떴다. 김은 천천히 차를 출발시켰다. 개가 짖었다 해도 잠깐에 불과했을 것이다. 무엇보다 개가 짖었다고 해서 무슨 일이 벌어졌다는 느낌이 들지는 않을 것이다.

제 1 7 회
황순원문학상

심사평

실패 '이후'의 소설들

본심에서 논의된 10편의 소설은 사회적 '사건'을 문제 삼는다. 이 때의 사건은 개인적 사고가 아닌 구조적 폭력이고, 일회적 실수가 아닌 지속적 재난이다. 학교나 군대 내의 폭력, 여성이나 노인에 대한 혐오, 세월호와 같은 인재人災에 침묵할 수 없다는 시대적 요구에 응답하고 있기에 어둡고 무거웠지만 그에 응전하는 힘도 강했다.

그중에서 집중적으로 논의된 권여선의 「손톱」에서는 최저 생계비를 계산하는 주인공을 통해 지금의 청년세대들이 왜 사회적 고아들처럼 살아가야 하는지 그 책임을 시대에 되묻고 있다. 편혜영의 「개의 밤」은 낯선 사람을 보고도 짖지 않는 개를 통해 최소한의 수치심마저 상실된 비인간성을 부도덕한 침묵으로 웅변한다. 김애란의 「가리는 손」은 자식에 대한 애정으로도 막아주기 힘든 혐오의 공격성과 인간의 존엄성으로 극복해야 할 혐오의 일상성을 섬뜩하게 그린다.

수상작인 이기호의 「한정희와 나」는 타자에 대한 절대적 환대가 얼마나 허상에 불과한지 고백한다. 학교 폭력의 가해자이면서도 반성할 줄 모르는 한정희에 대한 이해의 실패와, 그런 실패를 소설로 쓸 수 없는 문학적 실패를 이중으로 경험하는 소설가 '나'의 속절없음은 윤리의 곤궁困窮을 드러낸다. 하지만 실패한다는 것은 정확하다는 의미이기도 하다. 정확한 실패는 가장 절실한 문학의 윤리다. 치열한 무력감을 통해 문학의 실체와 미래에 도달할 수 있기 때문이다. 이런 문학적 증언을 듣고 난 후 상처받을 권리와 위로해줄 의무는 이제 독자들에게 있다.

심사위원

김미현·윤대녕·임철우·하성란·황종연(대표집필 김미현)

제17회
황순원문학상
수상작품집

한정희와 나

초판 1쇄 발행 2018년 1월 22일
초판 2쇄 발행 2018년 2월 2일

지은이 이기호, 구병모, 권여선, 기준영, 김경욱, 김애란, 박민정, 최은영, 편혜영
펴낸이 김선식

경영총괄 김은영
책임편집 박보미 **디자인** 유미란 **책임마케터** 기명리
콘텐츠개발2팀장 김현정 **콘텐츠개발2팀** 김정현, 유미란, 박보미, 민현주
마케팅본부 이주화, 정명찬, 최혜령, 김선욱, 이승민, 이수인, 김은지, 배시영, 유미정, 기명리
전략기획팀 김상윤
저작권팀 최하나
경영관리팀 허대우, 권송이, 윤이경, 임해랑, 김재경, 한유현
외부스태프 일러스트 박지운

펴낸곳 다산북스 **출판등록** 2005년 12월 23일 제313-2005-00277호
주소 경기도 파주시 회동길 357 2, 3층
대표전화 02-702-1724 **팩스** 02-703-2219 **이메일** dasanbooks@dasanbooks.com
홈페이지 www.dasanbooks.com **블로그** blog.naver.com/dasan_books
종이 한솔피앤에스 **인쇄** 민언프린텍 **제본** 정문바인텍 **후가공** 평창P&G

ISBN 979-11-306-1561-5 (03810)